멍

게

의

맛

사람이 사람을 잉태하고 낳아서 키우는 과정을 면밀히
공부해 본 적이 없다. 육아 일기는 아마 출산을 했거나 앞둔
양육자들이 주로 읽을 것이다. 그래서 대한민국이 출생률을
포함해 이 지경이 되었는지도 모른다. 이성애자 비장애인
남성 작가들이 그 기득권의 단단히 고정된 관점에서
이성애자 비장애인 남성이 아닌 모든 존재를 타자화하는
이야기들로 세상을 뒤덮어 버렸다. 늦었지만 이제라도
우리는 남성이 아닌 사람, 성인이 아닌 사람의 이야기를
더 들어야 한다.

저자는 기자다. 양육자의 입장에서 아동 대상 범죄
소식을 듣고 세월호 추모제에 참가하고 아이의 옷을
갈아입히고 아이가 제1언어를 습득하는 과정을 지켜본다.
저자의 배우자는 아이와 함께 목욕탕에 가서 "사람의
시간"을 즐긴다. 나는 『멍게의 맛』이 "함께 사는 사람들이
사람의 시간을 보내는 이야기"라서 좋았다.

저자는 '육아 일기'라고 했지만 『멍게의 맛』은 사람의
시간에 대한 이야기다. 가까운 사람을 잃고, 새로운 사람과
새로운 관계를 맺고, 또 새로운 사람들을 탄생시키고,
사람으로서 세상을 보며 사람의 시간을 살아가는 이야기.
그 담담함이 무척 매력적이다.

— 소설가 정보라

대한민국에 태어나 '엄마'라는 타이틀을 갖게 된
'여성'은 특기가 하나 생긴다. 불필요한 자아 성찰.
더 큰 모성애를 가져야 하지 않을까, 내가 희생하면 우리
가족이 평안해지지 않을까, 이토록 사랑스러운 아이가
곁에 있는데 왜 마음 한구석은 텅 빈 느낌일까. 이것은
결코 나만의 고민이 아니고, 한 개인의 기질이나 성향의
문제도 아니다. 저자의 표현처럼 '사회의 입김'과 무관하지
않다. 가제본으로 받아 든 원고는 꽤 묵직했다. 쉽게
벗겨지지 않는 멍게 껍질처럼 어떤 이야기는 까끌했고,
어떤 이야기는 물처럼 쉬이 넘어갔다. 딸, 여성, 부모,
한 공동체의 구성원으로서 저자가 느낀 모든 번민들에
고개가 수없이 끄덕여졌다.

— 작가 엄지혜

두 딸을 키우며 생각한 것들

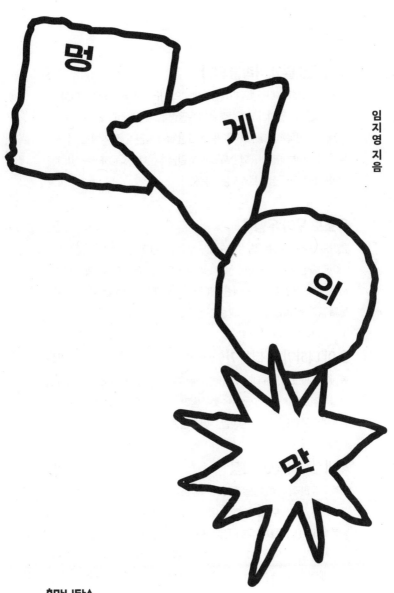

멍

게

의

맛

임지영 지음

후마니타스

차
례

1 가족을 잃고 가족을 얻다　　　　　　　　9
장례식과 결혼식＊인생의 다음장＊뱃속의 하리보＊복선＊출산 면허＊임신 중 ○○○＊딸이라서＊중력의 힘＊꿀렁＊적신호＊배려받는 기분＊비오는 날＊길목＊기대보다 두려움＊그런 날들＊돈 돈 돈＊벌초＊응시＊누가 봐도 임부＊청바지와 스웨터＊첫 만남＊산후조리원이라는 신세계＊아마도 마지막 극장＊보호자는 처음이라

2 초보 육아 우행록　　　　　　　　55
엄마의 몫＊아들 낳는 법＊가슴의 무게＊구수한 결혼기념일＊사진발＊의성어로 채운 하루＊따뜻한 말 한마디＊일인분의 몫＊재연이의 하루＊이사＊외계어＊진도에서＊너란 아이＊엄마니까?＊아장아장…… 쿵쿵＊둘째 생각＊아이의 감각＊세 살 고집

3 이 더하기 일 더하기…… 일　　　　　87
복뎅이＊핑크 월드＊태몽＊다정함에는 체력이 필요해＊나의 지배자＊골목길＊추모제＊술집 나들이＊셋째 엄마＊만삭＊롤러코스터＊멍게의 맛＊복뎅이를 만난 날＊신생아실 너머＊삼춘기＊그러할 연＊여름날

4 비전지적 엄마 시점　　　　　　　117
제주도 우리 집＊성산일불충에서＊제주의 기억＊색칠 공부＊대기조＊흔한 자매의 시작＊모기의 취향＊모방의 모범＊치마와 바지 사이＊네 살의 능력＊제사의 정석＊"우리 공주"＊먼 미래＊광주 삼남매＊첫 치과＊자매의 사회생활＊뒤끝 대마왕＊닫힌 방문 안을 상상하며＊편애＊다짐＊최고는 베트맘＊아홉 살 엘런의 원피스＊애쓰지 않아도 괜찮아＊천재는 필

요 없어＊기차 구경＊9년 만의 메일＊아이 없는 삶＊보통의 하루＊머릿니 박멸 작전＊꿀떡술떡＊점점이와 쭈쭈＊인정 투쟁＊갑갑한 여름＊씨름왕＊명절의 시작＊아이의 자장가＊우주만큼 손바닥만큼＊철봉 휘돌기＊지영이들

5 절대 내향인 가족　　　　　　　　　189
키친 드렁커＊바통 터치＊코로나 세대＊초품아＊사교육과 공포 마케팅＊무심한 엄마＊돌봄교실 선생님＊우리에겐 직진뿐＊잠금해재＊내향인 1호＊공정이란 무엇인가＊아홉 살 인생＊구례＊노키즈존＊피아골의 가을＊첫 핸드폰＊복화술의 달인＊상실의 시대＊유령 가면과 천사의 날개＊수면 독립＊영어 공부＊두 갈래 길＊낙관도 비관도 아닌＊칼치기 환승＊우리 집 금쪽이＊체육 소녀 이연＊어떤 학부모＊엄마는 오늘도 통화 중

6 찰떡엔 귀가 없는데　　　　　　　　249
남편의 눈물＊아이들의 학교생활＊찰떡은 귀가 없는데＊치과라는 난제＊불평등한 어린 시절＊가사 일의 슬픔과 기쁨＊고백＊51년생 김○○＊55년생 오○○＊육아의 기쁨과 슬픔＊꼬북칩과 혐오 사이＊재난과 아이들＊민원인과 학부모＊타이밍＊엄마와 우산＊부자 엄마 가난한 엄마＊행복은 유난스럽게＊재연이의 학교생활＊두 아저씨＊밥과 빵＊아이의 취향＊이상한 나라의 허이연＊소용돌이의 시간＊몸 튼튼 마음 튼튼＊절제의 방식＊유전의 확률＊암 수술＊요양병원＊배달의 맛＊얼음판의 두 자매＊재연이의 첫 전시회＊결혼기념일 선물＊빌런이 나타났다

에필로그　　　　　　　　　　　　345

가족을 잃고
가족을 얻다

장례식과 결혼식

아빠가 돌아가셨다.

암 말기이고 손쓸 수 없다는 걸 안 지 19일 만이었다. 청첩장을 전하러 간 동창 모임에서 쓰러져 응급실에 실려 갔고 그길로 끝이었다. 최근 아빠의 중요한 일과 중 하나는 내 청첩장을 돌리는 일이었다. 수백 장의 카드를 부지런히 접어 우편을 붙이거나 전화를 돌리고 사람들을 만났다. 큰일을 앞두고 모처럼 얼굴에 활기가 돌았다.

아빠의 살날이 얼마 남지 않았다는 소식을 전한 의사는 본인이라면 가족이 이 지경이 되도록 놔두진 않았을 거라고 했다. 그 말을 듣고 죄책감에 허우적대느라 난 '얼마 남지 않았다'는 말의 의미를 제대로 헤아리지 못하고 있었다.

위험한 고비는 넘겼다는 엄마의 전화를 받고 아빠가 입원한 다음날, 호두과자를 사서 여의도 병원에 갔다. 그즈음 아빠는 입맛이 쓰다며 단것만 찾았다. 곧 부부가 될 우리는 시시한 농담을 주고받으며 윤중로를 걸었다. 불과 몇 달 전 불꽃축제에 놀러 나온 엄마 아빠를 만나러 인파를 헤치고 걷던 길이었다.

아픈 가족이 생기자 세상의 공기가 달라졌다. 사람들과 멀쩡히 웃고 떠들다가도, 저녁으로 국을 한술 뜨다가도, 버스에서 라디오 오프닝 멘트를 듣다가도, 갑자기 무너지곤 했다. 그럴 때마다 그 사람은 기어이 나를 웃게 했다. 그날도 불안한 마음에 손톱 거스러미를 물어뜯을 때마다 가만히 내 손을 잡아 주었다.

결혼을 앞두고 기자 선후배들이 「결혼 소식지」를 만들어 주기로 했

11

는데, 거기 아빠 인터뷰 코너가 기획돼 있었다. 인터뷰어는 나. 어쩐지 낯간지러워 주저하다 결혼식이 임박해 더는 미룰 수가 없었다. 아빠를 만나면 뭘 물어야 할지 생각하는 동안 병원에 도착했다. 딸의 결혼을 앞둔 심정이 어떤지, 사위의 첫인상은 어땠는지, 처음 '허 서방'이라고 부를 때 어떤 기분이었는지 물어봐야겠다고 생각했다. 무엇보다 식장에 손 붙들고 들어갈 딸보다 덩치가 작으면 어떡하냐고 많이 잡수라 한마디 할 작정이었다.

예비 신랑을 처음 인사시키던 날, 아빠는 오리구이를 앞에 두고 소주를 두 병이나 땄다. 두 사람 사이 정신없이 술잔이 오갔다. 긴장한 채 술을 받아 마시던 신랑이 나중에 말했다. 어려운 자리였는데 이것저것 물어봐 주셔서 맘 편히 있을 수 있었다고. 평소 말수가 적은 아빠가 이 날만큼은 호탕하게 이런저런 질문을 던졌다.

"네가 좋다면 아빠도 좋다."

나중에 그이와 결혼하겠다고 했을 때도 이 말이 전부였다. 아빠가 '허 서방'을 알게 된 건 오래지 않은 일이다. 그래도 자질구레한 기억이 적지 않다. 추석날 함께 당구를 치던 기억, 달디단 과자를 사들고 들이닥치던 밤, 함께 캄보디아 여행을 가자던 약속, 지키기 어려운 약속인 걸 알면서도 반짝이던 아빠의 눈빛……

아빠는 여전히 응급실에 있었다. 구급차에 실려 가는 순간에도 내가 동행하면 가지 않겠다고 버텼는데 그때 모습 그대로였다. 기름진 머리의 당직 의사가 병실에는 자리가 없다고 했다. 간성혼수 상태의 아빠가 특정 행동을 반복했다. 나중에 알았지만 사실상 의식이 없는 상태였다. 그런 와중에도 화장실에 가겠다고 자꾸만 몸을 일으켰다. 기저귀를 채웠으니 안 가도 된다고 아무리 말해도 소용없었다. 아빠가 아픈 몸을 일으키면 우리가 눕히길 반복했고, 몇 시간 뒤 이윽고 잠잠해졌다. 의식이 잦아들고 있었다.

믿기 어려운 결말이었다. 그래도 응급실에서 임종을 할 수는 없었다. 집에서 가까운 대학병원 일인실로 옮겨 아빠의 마지막을 지켰다. 하루도 안 돼 아빠가 우리 곁을 떠났다.

그렇게 인터뷰는 실패했다.

역시 마감은 서둘러야 한다.

결혼식 열흘 전이었다. 날짜를 몇 달이나 당겼는데 결국 못 보고 가셨다. 병원 빈소로 이어지는 지하 계단, 까만 정장의 조문객들, 반복되는 맞절, 육개장과 전 냄새 속에서 사흘이 지났다. 코끝이 시릴 만큼 찬 바람이 도는 선산 납골당에 아빠를 남겨 두고 들른 연천 읍내 설렁탕집에서 '허 서방'은 소면 사리를 몇 번이나 리필해 가며 국물을 들이켜 식구들을 웃게 했다.

그리고 조금 전 나는 뒤늦은 마감을 했다. 인쇄 일정 때문에 더는 미룰 수 없다. 아빠와의 인터뷰는 아빠에게 보내는 편지가 되었다.

그렇게 난 가족을 잃고, 가족을 얻었다.

이른 아침 눈을 뜨니 흰 천장이 보였다. 신혼집에서 아침을 맞은 지 4개월. 이제야 이 '고택'에 그럭저럭 적응이 되는 것 같다. 처음 한 달은 눈을 뜰 때마다 여기가 어딘지 헷갈렸다.

내가 받은 첫인상을 요약하자면 '코가 시릴 것 같은' 집. 신랑은 보자마자 한눈에 반했다며 호들갑이었다.

"와~ 이 방 좀 봐! 진짜 넓다."

이유는 그거 하나였다. 1970년대에 지어진 단독주택이라 그 가격에 20평이 가능했을 것이다. 천장은 어찌나 높은지 그 층고를 찬바람이 빈틈없이 메우고 있었다.

신혼여행에서 돌아온 첫날, 우리는 '한눈에 반한' 널찍한 방을 놔두고 부엌에 이불을 깔고 누웠다. 난방을 틀었으나 아무리 기다려도 따뜻해질 기미가 없었고 그나마 온기가 느껴지는 곳이 부엌이었다. 가장 뜨끈하다고 추정되는 싱크대 쪽으로 머리를 두고 누웠지만 코가 시렸다. 첫날부터 남편은 몸살이 났다. 그리고 그즈음 아이가 우리를 찾아왔다.

12주까지는 유산 가능성이 높다고 해서 임신 사실을 알고도 두 달을 끌다 양가에 알렸다. 생각조차 못 하셨던 것인지, 양쪽 모두 말을 잇지 못했다. 엄마는 당황한 걸 넘어 서운한 기색이었다.

"당분간 아이 안 가진다면서?"

"그게…… 그렇게 됐어."

"아니 어떻게 그렇게 빨리……."

혼잣말인지 아닌지 모를 중얼거림이 몇 차례 허공에 흩어진 끝에 간신히 축하의 말이 전해졌다. 엄마는 아이가 없어도 된다고, 키워 보니 그렇다며(?) 둘이 행복하게 살라고 하던 터였다. 정말 그렇게 생각한다기보다 당신 삶에 대한 푸념 같은 거라고 여겼는데, 진심이었을 수 있겠다는 생각이 그제야 들었다. 시부모님도 이미 형님네 아이가 둘이라 그런지 덤덤하셨다.

사실 가장 당황한 건 우리였다. 둘 다 무계획적이고 대체로 상황을 낙관하는 편이지만 임신 테스트기 두 줄은 준비 없이 떠난 여행과는 차원이 다른 일이었다. 아빠를 떠나보내자마자 아이가 찾아왔다는 사실이 떠올랐다. 비교적 평탄하고 무난한 삶이라 생각했는데 몇 달 사이 인생의 온갖 희비극이 시간차도 없이 서열을 다투며 달려드는 것 같았다.

어제는 마포구청에 혼인신고를 하러 갔다. 결혼과 동시에 임신을 하고도 혼인신고를 서둘지 않는 우리가 답답했는지 시아버지가 서류를 작성해 두셨다. 남은 빈칸을 채워 내기만 하면 된다고 하셨지만 구청까지 가기가 귀찮아 또 며칠을 보냈다. 사실 아이가 아니었다면 훨씬 더 늦어졌을 것이다.

본적을 적어야 하는데 몰라서 가족관계증명서를 뗐다. 아빠 이름 옆에 '사망'이라는 두 글자가 떴다. 아빠의 부재를 느닷없이 맞닥뜨리니 누가 무거운 돌덩이를 던진 것처럼 마음 한구석이 쿵 내려앉았다.

구청 담당자에게 서류를 건넨 순간 갑자기 건물 전체가 정전되며 업무도 올스톱 — 민방위훈련이었다. 이것은 멈추라는 신의 계시인가?! 언젠가 이날을 떠올리며 생각할지도 모르겠다.

그때 멈췄어야 했는데…….

뱃속의 하리보

"태양이 어때?"

태명을 묻는데 대답을 못 하고 우물거리자 한 선배가 말했다. 남편이나 나나 손발이 오글거려 태명 같은 건 생각도 안 하고 있었다. 선배 아이의 태명은 '별'이었다고 한다.

"태양아~"

불러 봐도 어색하다. 존재하지만 존재하지 않는 상태랄까. 아빠를 닮아 대책 없이 밝은 아이라면 어울릴 것 같은 이름이다.

"아기가 그냥 아기지."

남편은 남사스럽다며 호명을 거부했다.

언제부턴가 아침에 일어나면 배부터 만져 보게 되는데 확실히 조금 컸다. 초음파로 본 아이는 아직 하리보 젤리 형상. 남편은 여전히 똥배가 아닐까 긴가민가한 눈치지만 그 배와 저 배가 한데 섞여 있겠지. 영화 <해피 이벤트>에서 본 만삭의 몸은 '표본실의 청개구리'처럼 노골적이고 어딘가 외계인 같았다. 배에 뇌만큼이나 결정적인 장기를 담고 다니는 외계인. 그 대열에 합류하는 걸 피할 순 없겠지만 뭔가 조금은 덜 본격적인 외계인이길.

낯선 행성에 도착한 기분이다.

복선 ___

    태양이는 조금씩 그러나 착실히 크고 있다. 며칠 단위도 아니고 하루하루 청바지 쪼이는 정도가 다르다.

    처음 겪는 입덧의 세계는 오묘하기 그지없다. 속이 비면 울렁거려서 참을 수 없고 뭔가를 먹으면 금세 더부룩하다. 어쨌든 편한 상태의 나를 좀처럼 허락하지 않는다는 점에서 아직 시작되지도 않은 '본격 육아'의 복선처럼 느껴지기도 했다.

    임산부에게 필수라는 철분약을 복용하고부터는 '인생 변비'를 겪고 있다. 그것 말고도 오만 데가 아프다. 치아도, 배도, 심지어 무릎까지 신체 모든 부위가 어긋난 느낌이다. 모든 게 다 임신 증상은 아니겠으나 젤리만 한 존재가 세상에 '내가 왔노라' 선포하는 것 같다. 일단 나의 육신이 첫 번째 타깃이다.

    방광을 누르는지, 오줌도 자주 마렵다. 더위를 잘 안 타는 편인데 올봄엔 땀을 뻘뻘 흘리고 있다. 열 많은 남편이 늘 이런 기분인 걸까? 다가올 여름이 두렵기는 생전 처음이다.

    태양이와 어울리는 계절이 오고 있다. 태양이 작열하는 여름이 지나면 금세 가을이고 그때면 볼 수 있겠지.

    오늘은 17주차.

출산 면허

    오늘 새벽 친한 선배가 아이를 낳았다. 5개월 차로 태양이와 동갑이 될 거다. 선배는 진통을 사흘이나 겪었다. 일체의 인위적인 개입을 최소화한, 자연주의 출산을 선택했다. 무통 주사라는 문명의 이기와 더불어 '공장식' 출산에 몸을 내맡기기로 한 나는 알 수 없는 세계. 다른 건 몰라도 아빠가 출산의 전 과정을 함께하며 아이와 좀 더 유대감을 갖게 되는 것 같다.

    나는 무통 주사의 은혜로움에 힘입어 남편과 분리된 채 재빨리 해치우고, 아니 해내고 싶다. 과정은 험난하겠지만 또 많은 이들이 결국 완수해 냈다는 점에서 안도하고 있다. 운전면허를 딸 때처럼, 식은땀 나는 연수를 몇 차례 거치고 나면 시험 당일 저녁에는 어쨌든 끝나 있을 거라고 스스로를 안심시키다가 출산을 면허 시험 취급하는 스스로에게 의문이 들었다. 임신이라는, 인생에서 어쩌면 단 한 번뿐일 절대적 경험 앞에서조차 호들갑 떨고 싶지 않은 건 역시 준비가 안 돼서일까? 내가 어떻게 마음을 먹더라도 아이가 곧 내 삶의 최우선을 차지하게 될 테니 의식적으로 그 속도를 늦추려는 안간힘일지도 모른다.

    남편은 자기 뱃속이 아니라 그런지 그다지 실감을 못 하는 것 같다. 아이를 낳은 한 친구는 임신 기간 동안 직접적인 교감이 부재한 남편이 안쓰럽게 느껴졌다고 했지만, 난 사실 신랑이 아이를 낳으면 정말 좋겠다. 뒤뚱뒤뚱 걸으며 실컷 교감해 보라지. 극심한 변비 때문에 마음이 더 사나운지도 모르겠다.

    태양아, 그만 누르려무나.

임신 중 ○○○

캡슐 커피는 신세계였다. 기기에 캡슐을 넣고 버튼 하나만 누르면 되니, 몸도 마음도 단순하고 정갈해졌다. 카페인이 몸 구석구석 스며들면서 모처럼 정신이 또렷하다. 출산 경험이 있는 선배들은 물론, 미혼의 친구들까지 주변에서 온통 커피가 태아에 좋지 않다며 그 위험성을 상기시킨다. 커피 한 잔 정도로 그럴 일인가 싶으면서도 17주 커피, 18주 커피, 19주 커피…… 매주 검색을 해본다. 괜찮다는 글을 찾을 때까지.

담당의는 뭐든 괜찮다고 한다. 자연산만 아니면 회를 먹어도, 사우나에 가도, 격렬한 운동을 해도 된다고 했다. 뭐든 대수롭지 않은 투로 말하니 안심이 된다.

어제는 전자 모기채를 만지다가 살짝 따끔한 느낌을 받았다. 불안한 마음에 또 폭풍 검색을 하다 겁에 질렸다. 임신 중 감전이 되면 태아가 위험할 수 있다는 글이 많았다. 사실 그냥 찌릿함을 느낀 수준이고 감전이라고 하기는 무리였는데, 오밤중 혼자인데다 임산부의 불안감은 유별난 구석이 있어서 두려움이 눈덩이처럼 불어났다. 밖에서 술을 마시던 남편이 전화로 그럴 리 없다고 다독였지만 낮이었으면 병원을 찾았을지도 모르겠다.

인터넷 커뮤니티 게시판에는 'n주차 커피'부터 시작해 '임신 중 감전'(주로 의심) '임신 중 참치회' '임신 중 뱅쇼' '임신 중 타이레놀' 등 수많은 '임신 중' 질문들이 올라와 있다. 산모의 작은 부주의가 태아에게 무슨 부정적 영향을 미치지는 않을까 불안해 던지는 질문들이다.

요즘 나도 딱 그런 불안 속에 있다. 별일이 없으면 곧 무슨 일이 생길까 봐 걱정이고, 무슨 일이 생기면 그때 그거 때문인가 골몰한다. 거대한 약점이 생긴 느낌. 불안을 상쇄하는 무언가가 있을 테지만 아직은 잘 모르겠다.

육아 서적을 몇 권 들춰 보다 더 싱숭생숭해졌다. 대체로 '○○○을 하지 않으면 안 된다'고 말하고 있었기 때문이다. 애착이 형성되는 3세까지는 부모가 직접 돌보지 않으면 안 되고, 아이의 영어 실력은 전적으로 엄마의 의지에 달려 있으며, 이해를 못 해도 잠들기 전 책을 읽어 줘야 하고, 일단은 공감부터 해준 뒤 방향을 제시해야 한단다. 여러 조언들이 비슷한 것 같으면서도 상충되는 게 마치 다이어트 비법 같았다.

태동이 시작될 타이밍인데 아직이다. 태양이는 얌전한 아이인 걸까. 그래도 괜찮지만 아빠 닮아 엉덩이가 가볍고 좀 명랑하면 좋겠다. 사소한 데 자주 기뻐하는 아이가 되길. 즐거움을 유예하지 말고 오늘 하루를 목표로 삼았으면. 쓰고 보니 너무 큰 바람이다.

어제 세탁소 아주머니가 내 배만 보고도 임신 사실을 알아차렸다. 다 좋으니 3킬로그램 정도로만 자라서 만나면 좋겠다.

딸이라서

"딸이네요."

초음파를 보던 의사가 건조한 목소리로 말했다. '아이가 뱃속에 있네요' 같이 당연한 말을 전하는 듯했다. 요즘은 낳을 때가 돼서야 성별을 알려 준다던데 그렇지도 않나 보다. '분홍색 내의를 준비하라' 같은 간접 화법도 아니어서 우리 둘 다 당황했다.

아이의 존재 그 자체에 압도돼 성별에는 신경 쓸 여력이 없었던 것 같다. 오히려 주변에서 딸이 좋더라, 그래도 아들이 듬직하다 이런저런 이야기들을 늘어놓았는데 듣다 보면 성별에 따른 차이가 아니라 성격의 차이인 것 같았지만 내 생각도 어떻게 바뀔지 모르니 잠자코 있었다. 남편은 때때로 자기를 닮은 남자아이라면 정말 곤란하다고 진지하게 말했다.

'아들을 바라는 마음' 하면 친척 아주머니가 떠오른다. 초등학생 때 엄마와 함께 아주머니가 입원한 산부인과를 찾았다. 서울에서 병원이 위치한 경기도 외곽까지 전철과 버스, 택시를 차례대로 갈아타야 했는데 날씨까지 추워 내 인내심은 바닥을 치고 있었다. 그럴 때마다 엄마는 내게 신생아를 볼 수 있다는 사실을 상기시켰다.

차에서 졸다 깨다를 반복하며 어렵게 대면한 아주머니는 내 기대와 달리 어딘지 풀이 죽어 있었다. 산고를 치른 때문만은 아니었다. 본인의 시어머니가 섭섭해하실 거라고 반복해서 말했고, 그 이유가 "딸이라서"라는 게 나로서는 충격이었다.

'딸이면 섭섭한 거구나…….'

시어머니뿐만 아니라 실은 아주머니 본인이 굉장히 아들을 바랐다는 건 어린 나도 온몸으로 느낄 수 있을 정도였다. 나로선 아들을 바라는 마음이 실제로 존재한다는 걸 목격한 첫 순간이었다. 지나고 생각하니 어른들의 대화가 나를 지우고 있었기 때문에 더 기억에 남는 것도 같다. 딸인 나를 앞에 두고 딸이라 섭섭하다고 말하는 장면이었고, 게다가 나뿐만 아니라 본인도 딸이고, 심지어 시어머니도 여자가 아닌가?! 이런 생각들로 혼란스러웠다.

한참 뒤 엄마도 그랬다. 이미 아들이 있는데도 둘째가 딸이라고 했을 때 약간 섭섭한 마음이 들었단다. 물론 그 말 뒤에는 너를 안 낳았으면 어쩔 뻔했느냐고 뺨을 비볐지만, 그 시대의 공기는 어린 내게도 선명하게 남았다. 그 공기가 많이 바뀌어서 요즘은 딸을 바라는 사람도 많아졌다고 한다. 끝내 성별을 알려 주지 않는 병원이 여전히 존재하는 이유도 있을 것이다.

중력의 힘

아직도 쪼그려 앉아서 볼일을 봐야 하는 화변기가 설치된 공중 화장실이 있다. 퇴근하다 들른 지하철 화장실. 좌변기 칸은 모두 사람이 차있었고 갈 곳이 화변기밖에 없었다. "으윽……." 주저앉으며 나도 모르게 신음 소리를 냈다.

불어난 몸을 수습해 걷다가 갑자기 발목이 꺾이기도 한다. 한 번 꺾이니 계속 꺾인다. 어제는 심하게 비틀거리며 주저앉고 말았는데 눈물까지 찔끔 나왔다.

"밑이 빠질 것 같아."

요즘 자주 하는 말이다. 19주차에 접어든 요즘 나의 근황을 요약하자면, 참을 수 없는 존재의 무거움. 조금만 걸어도 배가 뭉쳐 오고 밑에서 누가 잡아당기는 것만 같다. 살면서 지금처럼 중력을 체감한 적은 없었다. 누우면 내장이 눌리고, 걸을 때는 방광이 눌리며, 앉아 있으면 하체가 붓는, 출구 없는 눌림의 순간들. 나도 모르게 의자를 찾게 되는 순간들이 잦다. 몸뚱어리가 버거우니 마음 상태도 위태위태하다.

다니는 산부인과 병원 앞에 임부복 파는 가게가 있다. 창 너머 마네킹이 도무지 살 마음이 들지 않는 옷들을 걸치고 있다. 뜬금없는 꽃무늬랄지 트렌드와 상관없이 밝기만 한 색상이 뭔가 애쓰는 느낌이다. 디자인의 문제라기보다 헐렁한 허리 실루엣 때문인 것도 같다. 그동안 익숙해져 있던 미적 기준과 배치됐다. 몸매가 드러나지 않고 통짜로 내려오는 큰 옷을 샀는데 입다가 아이처럼 소리를 질렀다.

"맘에 안 들어!!"

화장실에 있던 남편이 놀라서 달려왔다. 달리 대안이 없어 다시 몸을 우겨 넣었다. 정말 애는 하나만 낳아야지. 임신 기간이 내내 축복일 수 없겠지만 마감이 겹쳐 그런가, 젖은 종이처럼 축 처져서 마르기 전까지는 섣불리 손대기 어려운 상태다.

꿀렁

초음파로 499그램 태양이의 눈 코 입을 보았다. 입이 좀 튀어나왔다. 코가 많이 낮아 보이는데…… 자라는 중이라 그렇겠지? 손가락이 선명하게 보여 신기했다. 무의식적으로 개수를 세려 드는 내 자신에 흠칫했다.

아이의 생김새가 구체화될수록 상상하는 미래마다 자연스럽게 여자애가 등장한다. 손잡고 나들이 가는 모습, 공원에서 비눗방울 부는 풍경, 내 무릎에 앉아 좋알거리는 장면, 엉덩이에 곰돌이가 그려진 스타킹을 신고 아장아장 걷는 그림까지. 내가 과연 아침마다 깨끗한 옷을 찾아 입히고 머리를 두 갈래로 땋아 색색의 고무줄로 묶어 주는 그런 부지런한 엄마가 될 수 있을까. 쓰고 보니 예쁘고 귀여운 딸, 그 전형성이라니! 내 욕망도 세간의 그것과 다를 게 없다.

얼마 전 회사 선배가 아기가 입을 연보라색 꽃무늬 반바지를 선물해 주었다. 또 다른 선배는 배냇저고리를 건넸다. 과연 사람 몸에 맞는 것인가 싶게 앙증맞았다. 아직은 먼 얘기 같지만 반바지가 아이한테 맞는 날이 오면 셋이서 산으로 바다로 놀러 다닐 수 있겠지?

극장에서 영화를 보는데 배가 꿈틀거렸다. 그 움직임을 단어로 바꾼다면 '꿀렁' 정도? 처음엔 긴가민가했지만, 조금 있다가 또다시 꿀렁거렸다. 막상 경험하고 보니 다른 무엇과 헷갈리기 어려운, 무척이나 선명한 느낌이었다. 좀비가 떼로 등장하는 영화라 놀랐나 보다. 스크린 속 초점 없는 좀비들을 보며 관객석의 나는 어느 때보다 살아 있음을 느꼈다. 옆에 앉은 남편이 배 위에 손을 얹었더니 언제 그랬냐는 듯 고요해졌다.

적신호

몸무게가 무섭게 늘고 있다. 괜찮은 걸까 의아했지만 의사는 항상 별말이 없다. 나로서도 '1분 컷' 진료에 그런대로 만족하고 있었다. 별일 없는 게 최고니까. 그러다 며칠 전, 의사가 말했다.

"임신성 당뇨의 가능성이 있네요. 먹는 걸 줄이셔야 될 것 같은데요."

그동안 기별이 없다가 갑자기 당뇨라니 덜컥 겁이 났다. 일단은 다음 검사까지 관리를 한 다음 다시 체크해 보기로 했다. 확정도 아니고 '가능성'일 뿐인데도 진료실을 나서는 몇 초 사이 별별 생각이 다 들었다. 아이가 당뇨를 갖고 태어나는 게 아닐까? 애 낳을 때 문제가 생기진 않을까? 출산 후에도 내가 계속 당뇨 환자로 살게 된다면? 아직 태아 보험도 들지 않았는데 임신성 당뇨가 있다고 하면 가입 자체가 안 되지 않을까?

샤워를 하는데 볼록한 배 위로 임신선이 보였다. 가슴 아래부터 배꼽 밑을 가로지르는 까만 선이 문득 불쾌해졌다. 때타월로 박박 지워 버리고 싶을 정도로. 감정 기복이 심한 편은 아니라고 생각했는데 요즘 널을 뛴다. 사람들은 어떻게 웃으며 만삭 사진을 찍을 수 있는 걸까?

임신하면 몸에 좋은 걸 찾아 먹는다는데 사실 딱히 의식해 본 적이 없다. 오히려 아이스크림이며 과자며 평소 잘 안 먹던 인스턴트 음식까지 죄책감 없이 입에 달고 산다. 그래서 아이가 꿈틀꿈틀 알리려 한 걸까.

생각해 보면 나도 알고 있었다. 최근 유난히 발을 헛디뎠다. 자려고 누우면 오른쪽 발목이 시큰거릴 정도로. 몸이 무거우니 자주 기운다. 마음도 덩달아 기운다. 싱싱한 야채를 먹고 마음을 끌어올려야겠다.

배려받는 기분

타사 동료와 점심을 먹다 체할 뻔했다.

본인은 비혼이지만 임신과 출산에 회의가 든다고 했다. 같은 회사 선배가 출산을 전후로 기사가 전만 못하다는 이유였다. 기사를 기사로만 평가하지 않고 출산과 연관해 해석하는 걸 두고 박하네, 싶었지만 어쩌면 무관하지 않을 수도 있다는 생각 때문에 마음이 무거워졌다.

나 역시 배려 받고 있다는 느낌을 받는다. 일단 팀장도, 국장도 마감을 쪼지 않는다 ― 물론 쪼지 않아도 쫄린다.

출산 후에도 온전히 내 몫을 해내지 못하면 어쩌나 걱정이다. 아무래도 어떤 결과물은 무리라고 할 만큼의 시간과 에너지를 투입해야 얻을 수 있으니까. 곧 일과 육아를 병행해야 하는데 나한테 제일 부족한 게 균형 감각이다. 무엇보다 동료들에게 폐를 끼칠 순 없다고 생각하다가 기자가 내 길이 아닌 건가 하는 상념으로까지 이어졌다.

그러고 보면 나쁜 의도가 아니라 해도 '그 기자, 애 낳고 오더니 펜 끝이 무뎌졌어' 같은 식의 수군거림은 결과적으로 나쁘다. 일단 오늘 하루 잔뜩 위축되었던 내가 그 증거다.

비 오는 날

온종일 비가 왔다. 라디오를 켰더니 비와 관련된 노래가 쉬지 않고 흘러나왔다. 사선으로 비가 긋는 풍경을 보다 김치전 만들기에 도전했다. 결과는 처참했다.

시어머니가 사주신 인견 원피스를 입고 차를 우려 남편 옆에 앉았다. 팥죽색인데다 디자인이 엄청나서 — 일단은 찍힌 꽃무늬가 대충 봐도 100개는 넘는다 — 입을 엄두가 나지 않았지만 날씨 앞에 장사 없었다. 몸에 스칠 때마다 시원해지는 인견의 위대함을 체감하고 있다. 맥주 한 캔을 딴 남편이 가만히 내 배에 손을 얹고 조용조용 이야기를 하는데 손바닥의 온기가 창문 밖 쏟아지는 사나운 비의 기세를 잊게 해주었다. 비록 내용은 회사가 기울고 있다는 얘기였지만 우리의 작고 소중한 회사는 늘 부침이 있으니까.

오늘부터 25주차 7개월째에 접어들었다. 목요일 아침 9시마다 출산 앱이 알려 준다. 지금쯤 태양이는 660그램 정도 될 거라는 사실도 그래서 알았다. 배에 빛을 비추면 그 방향으로 고개를 돌릴 정도로 시신경이 발달하는 시기라고 한다.

요즘 태양이가 자주 움직인다. 어떤 때는 뱃속에서 딸꾹질을 하나 싶을 정도로 규칙적으로 꿈틀거린다. 오늘 남편이 태양이의 움직임을 처음으로 느꼈다. 아이도 제 아빠를 알아보는 것 같다며 우리끼리 기분을 냈다. 이렇게 고요한 풍경은 아닐 테지만, 세 사람의 미래를 살짝 엿본 듯했다.

길목 _____

　　살면서 가장 많은 임산부를 한자리에서 본 날. 예약해 둔 산후조리원에서 제공하는 산전 요가 수업 시간이었다. 발끝을 모아 당겼다 내렸다 하는 간단한 요가 동작을 따라 했다. 별건 아니지만 기분 전환용으로 좋았다.

　　임부와 산부가 공존하는 조리원 정경은 그야말로 이색적이었다. 텔레비전 앞 널찍한 소파에는 연보라색 가운을 입은 산부 다섯이 앉아 있었다. 둘은 수유 쿠션 위에 아이를 눕힌 채로, 둘은 아이를 안고서 젖을 먹이고 있었고, 한 명은 유축기로 젖을 짜내는 중이었다. 자세는 제각각이었지만 목적은 같았다. 머지않은 나의 미래이기도 했다.

　　조리원에서 준 두유를 빨대로 쪽쪽 빨면서 돌아오는 길, 동네 초등학교를 지났다. 텅 빈 운동장을 바라보다가 기왕이면 태양이가 형편이 무난한 가정의 아이들과 한 반이면 좋겠다는 생각이 들었다.

　　그러다 퍼뜩 정신을 차렸다. 왜 이런 생각을 했을까?

　　내가 다닌 고등학교는 '대학교'라는 별명이 있을 만큼 느슨한 분위기였다. 입시에 온전히 집중하기 어려운 형편의 아이들이 적지 않았다. 조금의 지원만 있어도 훨씬 나을 텐데 그게 어려워 재능 있는 친구들이 일찌감치 좌절을 경험하기도 했다. 그림을 잘 그리는 한 친구는 가정 형편 때문에 학원 문턱을 넘지 못했다. 나조차 그 재능이 아까웠다. 현실을 깨달은 친구들이 자꾸 무언가 포기하기 시작했다. 처음엔 수학을 포기했고, 그다음엔 대학을, 그리고 나중에는 졸업마저 포기했다. 우리는 학년이 높아질수록 '대학 갈 아이'와 '대학 안/못 갈 아이'로 선명하게 나뉘었다. 교사들도 알고 있었다. 아이들 사이에 팽배한 패배주의를 꾸짖으면서도 섣불리 희망을 주려 하진 않았다.

타고난 환경과 여건 때문에 가는 길이 달라지는 걸 일찌감치 목격했기 때문에 아이들 간의 간극을 줄이려는 태도, 그게 내 세계관과 부합한다고 생각했는데 부모가 되는 길목에서 전혀 다른 생각이 들다니 당황스럽다. 무난했으면 하는 바람과 치맛바람 사이의 거리가 그렇게 멀지만은 않을 것이다.

기대보다 두려움

영화 <감기>를 이끌어 가는 한 축은 엄마 역할의 수애다. 그는 모성애의 화신이었다. 딸이 바이러스에 감염되면 나도 저렇게 될까? 관객에게 울라고 겁박하는 것 같았는데 막상 눈물이 나서 누가 볼 새라 빠르게 눈가를 훔쳤다. 아이를 갖고 나니 소설이나 영화에서 엄마를 묘사하는 방식이나 자녀를 대하는 창작자들의 태도에 신경이 쓰인다.

윤태호 작가가 인터뷰 때 해준 말이 기억난다. 그는 자기 안의 어두운 면모, 집요하게 천착하는 비관적 시선, 그런 유전자가 자녀에게도 박혀 사회를 심하게 왜곡해 바라볼까 겁이 난다고 했다. 부모라는 게 그렇다고, 자식이 세상을 지나치게 낙관해도 문제지만 지나치게 비관하는 것 역시 곤란하다고 했다.

세상을 바라보는 특유의 시선이 창작의 원천이지만 부모로서는 약점이기도 할 터. 두려움의 요체가 뭔지 알 것 같기도 했다. 나만 아는 나의 결핍이 아이를 통해 발현되면 절망하게 될 것 같다. 닮지 않았으면 하는 점을 닮았을 때, 거울을 향해 소리 지르듯 아이를 대하게 되는 건 아닐까?

기본적으로 태양이는 나나 남편의 아이가 아닌 태양이 그 자체로 존재한다고 생각해야겠지만 문득문득 자신의 모습을 발견하려는 시도 자체를 멈추기는 쉽지 않을 것 같다.

또 다른 지인도 얼마 전 아빠가 되었다. 달라진 점이 있냐고 물으니 삶의 즉흥성이 사라졌단다. '취미 부자'였던 그가 즉흥적인 소비와 여가를 줄이고 일상을 예측 가능한 방향으로 꾸려 가고 있었다. 그렇다고 예측한 대로만 흘러갈 리 없지만 일순위로 고려해야 할 존재가 생겼으니 다시 이전으로 돌아갈 순 없을 것이다. 그게 제약이기도 한 반면, 아주 기꺼운 상태이기도 하다는 걸 대화하는 동안 알 수 있었다. 태양이가 태어나면 나의 세계는 더 확장될까? 아니면 어떤 굴레에 갇히게 될까? 아직은 기대보다 두려움이 크다.

움직임이 육중해졌다. 톡톡 건드리는 게 아니라 툭툭 친다.

그런 날들

쨍쨍한 햇볕은 그대로지만 집안에 습기가 사라졌다. 여름이 가고 있다. 폭염의 한가운데서 사람들은 자주 평정심을 잃었다. 얼마 전 앞집 아주머니 두 분이 분리수거 문제로 야심한 밤 찰진 욕이 오가는 설전을 벌였다. 경찰까지 출동했다. 우리는 차마 밖으로는 못 나가고 현관문에 달라붙어 귀를 기울였다.

사소한 것 같아도 쓰레기는 생활 스트레스를 유발하는 주된 요인이고 그건 집 안이나 밖에서나 마찬가지다. 나도 날이 더워 종량제 봉투가 적당히 채워지면 밖에 내다 놓고 싶은데 남편이 계속 꾹꾹 누르며 더 채울 수 있다고 해서 결국 언성이 높아졌다. "아끼는 것도 정도껏이지!" 술 한 번 마실 값만 아껴도 쓰레기봉투가 몇 갠데, 하고 싶었으나 그건 눌렀다.

평정심은 화순에서도 잃었다. 잡지 별책 부록에 들어갈 근현대사 유적지 취재를 기자들끼리 나눠 가졌는데, 왜 하필 그 먼 데를 골랐을까. 늦은 밤까지 촛불 집회를 생중계하다 온 신랑에게 운전을 맡긴 게 못내 눈치가 보였는데, 남쪽이라 오지게 덥기까지 했다. 피로 때문인지 더위 때문인지 남편의 표정이 점점 굳어졌다. 나도 미안함과 안쓰러운 마음이 교차해 눈치를 보다가 누가 뭐라 한 것도 아닌데 스스로 나자빠져 아예 입을 닫아 버렸다. 그러자 신랑이 또 내 눈치를 보는 악순환.

사무실에서도 감정의 진폭을 느낀다. 몸이 점점 커지고 있다고 알은 체를 하는 후배의 말에 "나도 거울 본다고!!" 버럭 하고 말았다. 무안했을 것 같다. 그렇게 한 번만 말하지 누가 모를까 봐…….

아이가 내 영양분과 함께 정신적 여유까지 흡수하는 걸까. 나를 지배하는 소왕이 자주 저의 존재감을 알린다. 어떨 때는 뱃가죽 위로 꿈틀거리는 움직임이 보일 정도다. 안마 의자 속 안마기가 뱃속에 있는 느낌. 꿈틀꿈틀 좁은 곳에서 안간힘을 쓰는 태양이를 느낄 때 때론 세상에 아이와 나, 단둘뿐이라는 생각이 든다.

여기저기 성질을 뿌리고 다니는 처지에 할 말은 아니지만 조금 더 다정한 사람이 되고 싶다고 자주 생각한다. 아이가 태어나 불특정 다수의 호의, 아니면 무차별적 악의 속에서 성장한다고 생각하니 그렇게 된다. 늦여름, 불어난 배와 날씨 탓에 평소보다도 타인에게 친절하지 못한 나지만 '특수' 상황이니 살짝 너그러워지기로 한다.

돈돈돈

　　남편의 흔한 레퍼토리 중 '어릴 때 엄마가 안 사줘서……'가 있다. 뭐든 다 대입이 된다. 엄마가 장난감도, 아이스크림도, 과자도, 옷도 안 사주고 심지어 학교 준비물이었던 찰흙 대신 흙을 물에 개어 들려 보내 놀림감이 된 적도 있다고 했다. "설마 그렇게까지?" 되물었더니 진짜라며 억울해한다.

　　그래서인지 돈을 벌기 시작한 뒤부터는 기회만 오면 고민 없이 '지르는' 소비 요정이 되었다. 그렇다고 비싼 건 또 돈이 없어 못 지르고 소액을 성실하게 결제하는 식이라 카드값 명세서를 보면 그 목록의 길이에 깜짝 놀라게 된다. 8000원 목욕탕, 10000원 백반집, 3000원 카페, 20000원 술집…… 이런 식의 소액 결제들로 귀여운 월급을 다 소진하고 있었다. 결혼하고 처음으로 내게 '쓰고 남은' 월급을 부쳐 주었을 때, 남편이 장난을 치는 줄 알았다. 그런데 똑같은 환경에서 자란 남편의 형은 정반대다. 그때 그 습관이 배어 물건을 잘 사지 않는다.

　　그랬던 남편이 변했다. 곧 아이가 태어나기 때문이다. 끝없는 소액 결제의 삶과는 이별해야 할 시기. 어릴 때 못 가져 본 목록 중에 나이키 신발이 있었는지 운동화는 무조건 나이키를 고집하는 남편이 쇼핑몰에 갔다가 마음에 드는 신발을 발견했다. 전 같으면 그냥 결제했을 텐데 참는 게 보였다. 그러면서도 집에 와서 아쉬워하는 게 끝도 없다. 그렇게 갖고 싶으면 사지 그랬냐고 했더니 본인도 후회하는 눈치다. 찰흙도 못 들고 갈 만큼 빡빡했다니, 정말 갖고 싶은 거라면 사야지.

　　원래도 물적 욕망이 그다지 크지 않은 편이었던 나는 '살림' 비슷한 걸 시작하면서 그런 경향이 더 강해졌다. 행사가 많은 5월의 피곤함도 처음 알았다. 어린이날과 어버이날이 연달아 있고 집들이, 결혼식, 돌잔치 행사가 이어지면서 지출의 연속이었다. 사람 노릇하며 사는 게 생각보다 쉽지 않은 일이라는 걸 깨닫는다.

외벌이였던 우리 집도 그렇게 넉넉한 편은 아니었지만 어린 나까지 집안 사정을 염려할 정도는 아니었다. 그런데도 어린 내가 '돈 돈 돈' 했다고 한다. 커서 무조건 돈을 많이 벌 거라는 말에 아빠가 씁쓸하게 웃으며 말씀하시던 게 기억난다.

"뭐가 많이 부족하니, 우리 딸?"

아이가 그렇게 말하면 나는 어떤 생각이 들까.

벌초

신랑이 새벽 3시에 일어나 벌초 갈 채비를 했다. 형과 아버님과 함께 네 시간을 차로 달려 야산에 있는 10여 개 봉분의 풀을 깎아야 한다고 했다. 아직도 벌초를 자손들이 직접 한다고 해서 놀랐다. 보통은 업체에 맡기지 않나? 집에 돌아온 남편의 안색이 좋지 않았다. 자세히 보니 다리를 절뚝거렸다. 길도 없는 산을 내려오다 튀어나온 나뭇가지에 제대로 부딪혔단다.

어렸을 때 나도 몇 번 벌초에 따라간 기억이 있다. 땀을 뻘뻘 흘리며 풀을 깎는 아빠와 오빠 곁에서 유유자적 엄마가 마련해 둔 도시락을 먼저 맛보았다. 뱀 허물을 발견하고 까무러친 뒤 다시는 안 온다고 하는 걸 아빠가 달랬다. 아빠는 가족끼리 선산이 있는 연천에 가는 걸 좋아했다. 나는 사실 너무 귀찮았다. 멀고, 대체로 몹시 춥거나 몹시 더웠다. 하지만 이제 그곳에 아빠가 있다. 아빠에게도 본인의 아버지, 어머니, 동생이 있는 곳이었겠구나 생각하니 무감하게 뱉은 말들이 후회스러웠다.

결혼하고 보니 또 다른 게 보인다. 평소와 달리 군말 없이 새벽길을 나서는 남편을 보며 한차례 장맛비에도 금세 귀퉁이가 허물어지는 허술한 봉분이 가진 위력에 대해 다시 생각하게 되었다. 무덤은 자손들의 보살핌이 필요한 실존적 존재. 그렇게 다듬은 봉분 앞에서 가을마다 시제를 지내는 것으로 누군가는 '집안 어른'의 지위를 이어 나간다.

결혼 뒤 바로 임신을 하게 된 나는 아직 시가 쪽 선산엔 가본 적이 없다.

"지영이도 이제 우리 식군데 한번 가봐야지."

어머니가 말씀하셨다.

건장한 남편도 다쳐서 돌아오는, 길도 나지 않은 산에 오르는 상상을 하다가 끝내 대답하지 않았다.

응시 ___

　정신분석학 책을 읽고 있다. 인간은 자기 자신을 인식하기에 앞서 타자를 인식하며 보통은 가장 먼저 만나는 엄마가 그 타자가 된다. 그 시기 부모가 긍정적 인정과 자극을 충분히 제공한다면 아이의 자아가 건강하게 형성된다고 한다. 자아가 건강하다는 건 뭘까? 책에 따르면 '타인의 인정에 일희일비하지 않는 것'이다. 그러려면 신생아일 때 엄마 — 왜 계속 엄마 역할만 강조되는지 의문이지만 — 가 아이의 몸을 어떻게 다루었는가가 중요하다. 그 중심에 '눈길'이 있다. 아이는 대화보다는 시선으로 타인을 인식하기 때문이다. '존재는 응시에 의해 조각된다.'

　생애 전체를 관통할 아이의 정서적 근간에 부쩍 관심이 생겼다. 흔들리니 사람이지만, 스스로를 믿는 힘의 크기나 회복력에 따라 같은 일도 다르게 겪을 테니까. 나의 정서도 실은 어린 시절에서 비롯된 걸까, 책을 읽으며 생각했다. 서른이 넘어서까지 손톱을 물어뜯는 건 그때 그 응시의 실패에서 온 불안감 때문인가? 이런 추측을 이어 가다 내 아이가 성인이 되어서까지 제 부모, 즉 나로부터 어떤 결핍의 원인을 찾으려고 한다면 나도 할 말이 많을 것 같았다.

　엄마에게 나의 어린 시절에 대해 물어보면 대체로 '조용'하고 '손이 안 가는' '혼자 잘 노는' 뭐 그런 대답이 나온다. 내가 기억하는 나는 좀 다르다. 욕심과 시샘이 많은데 그걸 드러내는 게 부끄러운 일이라는 생각에 열심히 숨겼다. 그러다 보니 실제로 그런 마음이 옅어졌나 싶은 순간 불쑥 그 기질이 튀어나올 때가 있다. 그래서 스스로를 좋아하기가 어려웠다.

내가 원하는 것에 비해 게으르고 창의성이 부족하며 성격까지 고약해 욱하는 기질이 있다는 걸 가장 잘 아는 사람은 나의 오빠다. 그로 인해 본인이 피해를 입었던 건지, 하여간 아주 확신에 찬 어조로 과거의 못난 나를 되새겨 주곤 한다. 주로 오빠가 부모에게서 뭔가를 어렵게 얻어 냈을 때, 시기심이 발동한 내가 갖은 떼를 써서 손쉽게 같은 걸 얻어 낸 일화다. 떨어져 산 지 좀 되었는데도 놀랍도록 내 심리 상태를 잘 맞춰 속으로 뜨끔할 때가 있다. 동거인으로서 내 단점에 대해 이야기할 때 특히 남편과 합이 잘 맞는다.

임신 초기, 부디 '손이 많이 안 가도록' 조용하고 혼자 잘 노는 아이면 좋겠다고 말한 적이 있다. 정말 그런가, 하면 실은 아니다. 태양이가 나처럼 눈에 띄지 않는 성격이 아니라 어디에 있든 좀 표시가 나는 편이면 좋겠다는 생각도 드는데, 어째 너무 나간 것 같기도 하다.

32주차 2.1킬로그램.

누가 봐도 임부

내 정체를 알아보는 사람이 늘어나고 있다. 대중교통을 이용할 때 자리 양보도 자주 받는다. 배가 부른 채 누구 앞에 서는 게 민폐 같고 눈치가 보이기도 하지만, 막상 정말 힘들 땐 눈앞의 그 누군가를 온 마음으로 원망하게 된다. 어제 만난 한 아저씨는 내가 탈 때부터 주시하는 느낌이었다. 일부러 그쪽으로 가지 않았는데 굳이 불러 앉으라 하시니 겸연쩍으면서도 고마워 인사를 하고 앉았다.

예정일까지 2주밖에 안 남은 나는 누가 봐도 임부다. 어느 날은 백팩을 맨 건장한 청년이, 어느 날은 목덜미에 이파리 문신을 한 젊은 여성이, 어떤 날은 메마른 표정의 중년 여성이 나를, 정확히는 내 배를 '발견'하고선 표정을 바꾸고 자리에서 일어났다. 이제 언제 태양이를 봐도 이상하지 않을 정도로 출산이 임박했다. 걷는 게 좋다길래 아침에도 부지런히 걸었는데 내려와야 할 아이가 오히려 더 위로 올라간 느낌이다.

태양이가 요즘 부쩍 딸꾹질을 한다. 양수를 잘못 삼키나 보다. 짧지 않은 시간 동안 '딸꾹 딸꾹' 하는 게 그대로 느껴졌다. 내가 물을 마셔 봐야 별 소용은 없어서 그냥 가만히 느끼고 있다. 내가 할 때처럼 몸이 들썩일 정도는 아니지만 확실히 규칙적인 진동이 전해진다. 마치 딸꾹질하는 누군가를 안고 있는 것 같다.

남편과 같이 있는데 혼자라고 느껴지는 순간도 잦아진다. 출산은 온전히 나의 몫일 수밖에 없다는 생각이 들 때 좀 외롭다.

숨이 턱 끝까지 차도록 달릴 수 있으면 좋겠다.

청바지와 스웨터

자궁 입구가 태생적으로 좁은 편이다. 아이가 이제 슬슬 내려와야 하는데 아직 위에 있다. 넓어서 거기가 더 편한가 보다. 태양이를 보는 일이 순탄치만은 않을 것 같지만 제왕절개라는 선택지도 있으니 별일 없겠지. 어쨌든 이달이다. 끝이, 아니 또 다른 시작이 보인다.

형님이 아기 옷을 한아름 주셨다. 조카들이 입던 옷이다. 미처 입히지 못해 가격표가 그대로인 옷도 있었다. 그만큼 빠르게 아이가 자란다고 일러 주셨다. 그중 내 맘을 사로잡은 옷은 청바지. 아기도 청바지를 입는구나! 쫄바지에 가깝긴 했지만 빨간색 곰돌이 스웨터와 입히면 잘 어울릴 것 같았다.

얼마 전 출산한 선배의 딸을 봤는데 신기하게도 엄마 아빠 얼굴이 다 있었다. 우리 아이가 못생기면 어쩌지 하는 염려가 기우였던 걸 알았다. 남편의 있는 듯 없는 듯 작은 코와 귀를 닮는 것만으로도 사랑하지 않을 도리가 있을까. 액션 영화나 스릴러를 볼 때마다 꿀렁대는 태양이. 소리에 민감해진 것 같다. 뱃속의 아이에게 말을 건네는 게 아직도(!) 어색하지만, 더 자주 속삭여 줘야겠다.

'이제 거기선 그만 크고 나오렴. 엄마 옆에서 무럭무럭 자라자. 예쁜 옷 입고 나들이 가자.'

첫 만남

출산휴가까지 2주가 남아 있었다. 출산 예정일이 있는 바로 그 주부터 휴가를 냈다. 첫 애는 예정일이 한참 지나서 나온다는 다수의 조언에 따른 결정이었는데 결과적으로 잘못된 선택이었다. 태양이는 뭐가 좀 급했나 보다.

저자 인터뷰를 하고 사직동 근처에서 점심을 먹은 뒤 창경궁까지 걸었다. 출산 전 많이 움직여야 한다고 해서만은 아니고, 모처럼 날이 좋았다. 몸은 무거웠지만 모든 게 다 용서되는 가을날이었다. 꽤 걷고 난 뒤 한꺼번에 몰려오는 피로감도 좋았다.

저녁에 샤워를 하는데 느낌이 좀 이상했다. 잠깐, 이건 물이 아닌 것 같은데……. 샤워기를 잠그고 아래를 살폈다. 배에 가려서 잘 안 보였다. 긴가민가했지만 양수가 터진 것 같았다. 몸을 닦고 나와 검색부터 했다. 그리고 남편에게 전화를 걸었다.

"아무래도 양수가 새는 것 같아."

혀가 약간 꼬여 있던 그가 전화기 너머에서 허둥지둥하는 게 느껴졌다.

통화를 마치고 짐을 쌌다. 물티슈, 수건, 세면도구, 속옷 등을 차곡차곡 담았다. 잠시 뒤 밖에서 끼익, 차 멈추는 소리가 들렸다. 차 문이 열리고 닫힌 뒤 어수선하게 도어락을 누르는 소리까지, 안 봐도 그이였다. 현관에 들어선 남편을 보자마자 싸둔 가방을 들게 하고 타고 온 택시에 그대로 몸을 실었다. 의료진은 양수가 터진 게 맞다며 바로 입원을 시켰다. 나중에 그날을 회상하며 남편은 나의 차분함이 놀라웠다는데, 반대로 나는 그의 허둥지둥이 인상적이었다.

양수가 새는 와중에도 입원할 병실을 골랐다. 엄마와 아이가 함께 지낼 수 있는 모자 동실 — 일인실이다 — 이 있었지만 다인실 병동을 택했다. 일인실 가격 얘기를 듣는 남편의 동공이 흔들렸던 것 같은데 내 착각이었을까? 아이와 분리돼 쉬고 싶은 마음도 있었다. 신생아실 선생님들이 전문가 아닌가!

입원과 동시에 나도 침착과는 이별이었다. 안 그래도 불안이 엄습해 오는데 출산이 임박한 다른 산모의 엄청난(!!) 음성이 들려왔다. 비명도 아니고 신음도 아닌 그 중간 어디쯤, 일찍이 사람에게서 들어 보지 못한 소리였다. 못 견디게 아플 때는 저런 소리가 나는구나. 그제야 현실을 깨닫고 떨기 시작한 내게 간호사가 다가왔다. 출산 굴욕 세트, 관장과 제모를 피할 길은 없었다. 나는 순식간에 일을 마치고 뒤돌아 나가는 간호사를 붙들었다.

"무통 주사는 언제 맞아요? 지금 놔주시면 안 되나요?"

무통 주사를 너무 늦게 맞아 산통을 정면으로 맞닥뜨린 여자들의 이야기를 많이 들었던 터였다. 하지만 그는 무심한 말투로 단호히 말했다.

"아직 질 입구가 덜 열렸어요."

아쉬웠지만, 출산 공장의 컨베이어 벨트에 놓인 나는 숙련공의 말을 얌전히 수긍했다. 이 벨트의 끝에는 완벽한 통조림이 있겠지. 그 그림을 상상하며 끙끙 시간을 견뎠다. 술 냄새 풀풀하는 남편을 째려보면서.

어째서 사람들은 아이가 뱃속에 있을 때가 제일 편한 거라며 육아의 어려움만 강조했을까. 내게는 출산의 고통을 말해 준 사람이 아무도 없었다. 기억조차 하기 싫어 회자되지 않는 것일까? 진통 주기가 점점 짧아지다가 마침내 무통 주사를 맞았는데도 너무 아팠다. 역시 타이밍 조절에 실패한 것 같았다.

제왕절개를 해달라고 부르짖었더니 남편이 간호사에게 말하겠다고 나갔다. 알고 보니 그냥 화장실에 다녀온 거였다. 남편은 "거의 다 온 것 같아서"라고 나중에야 말했지만, 자연분만과 모유 수유에 대한 한국 사회의 기이한 집착에 대해서는 언제고 한번 탐구해 볼 참이다.

소식을 듣고 헐레벌떡 뛰어온 엄마의 얼굴이 파리했다. 나는 뭔가 이렇게 동물적으로 아파하는 모습을 보이고 싶지 않아서 낳은 뒤 연락하려 했는데 남편이 한 모양이다. 막상 엄마 냄새를 맡으니 안심이 됐다.

입원한 지 12시간 만에 드디어 분만실로 이동했다. 아래층 진료실에서 외래를 보다 올라온 담당의의 얼굴을 보자 그렇게 반가울 수가 없었다. 나를 이 고통의 수렁에서 건져 낼 구세주가 왔다. 그래, 이제 끝낼 시간이구나.

이런 나의 기대와 달리 의사가 무서운 소리를 했다.

"아직 좀 걸리겠네."

예의 그 무심한 말투로 중얼거린 뒤 다시 나가려는 게 아닌가. 너무 일찍 호출한 걸 타박하는 듯했다. 나의 고통이 연명된다는 뜻이었다. 그럴 수는 없었다. 내가 가진 모든 우주적 기운을 동원해 아랫도리에 힘을 줬다. '가지 마세요!!!' 살면서 누군가와 그토록 간절히 소통을 바랐던 적은 없었던 것 같다. 그런데 그때 이상한 느낌이 들었다.

"이러다 응가 할 것 같아요."

45

수치심 따위 내던진 지 오래인 내 입에서 아무렇지도 않게 튀어나온 말이었다.

"그게 맞아요!"

간호사의 회심에 찬 답변에 안심하며 힘을 주자 아이가 쑥, 아니 쑤우우우~ 나왔다. 몸에서 무언가 빠져나간 것 같긴 한데 명확히 종결된 느낌은 아니어서 애가 다 나온 게 맞나 아리송했다.

출산에 관한 한 내가 전부터 다짐한 게 있다면 최종의 최종에는 힘을 빼야 한다는 것. 아이가 나올 때 회음부를 째는데, 그때 힘을 너무 주면 많이 찢어져 회복이 더디다는 말을 들어서다. 그러나 막상 닥치고 보니 소용없었다. 언제가 '최종'인지 알려 주는 사람은 없었다. 그냥 운명이었다.

탯줄은 간호사가 잘랐다. 간호사가 정말 직접 자르지 않겠느냐고 몇 번을 다시 물었지만 남편은 쫄보라 못 하겠다고 했고 나도 아랫도리의 어수선함을 보여 주기 싫었다. '출산은 오롯이 내가 감당했으니 육아를 담당하시오' 그런 마음도 있었다. 말하자면 둘이 손을 부여잡고 아이를 보며 눈물 그렁그렁하는 장면은 없었다.

갓 태어난 아이가 내 가슴팍 위에 놓였다. 엄마의 심장 소리를 듣는 게 아기의 정서적 안정에 도움이 된다고 하는 걸 어디서 본 것 같다. 짧고 통통한 손목엔 내 이름이 적힌 인식표가 달렸다. 곧이어 아이는 신생아실로, 나는 병실로 옮겨졌다.

모처럼 찾아온 적막 속에 가만히 누워 '간밤의 전투'를 복기하는데 간호사가 아이를 데리고 왔다. 처음으로 젖을 물렸다. 눈도 잘 못 뜨는 아가가 혀를 내밀고 고개를 저으며 뭔가를 찾는가 싶더니 내 젖꼭지를 콕 물었다. 그때의 기분을 뭐라고 설명해야 할까. 낯설고 간지럽고 아프고 설렜다.

"너도 고생했구나."

아이를 쓰다듬으며 내가 하는 말을 들은 남편이 웃었다. 양수에 오래 있어 쪼글쪼글한 얼굴의 태양이와 처음 만나며 정말이지 아이도 나만큼 고생했구나 싶었다.

'너구나, 날 이렇게 힘들게 한 게. 꼬락서니를 보니 너도 고생을 많이 한 것 같다.'

반가움과 원망스러운 마음이 교차했다.

아이는 다시 신생아실로 갔다. 통증이 멈추자 살 것 같았다. 주변에 출산 소식을 알리면서 가장 먼저 든 생각은 마감이었다. 어제 인터뷰한 건 어쩐다? 왠지 할 수 있을 것만 같았고 이게 자연분만의 마법인가, 생각하며 마감을 하겠다고 했더니 선배가 어이없어 했다.

그날 저녁 퉁퉁 불어 있는 내 얼굴을 보러 회사 동기와 후배가 찾아왔다. 손에는 2013년 10월 16일자 일간지가 들려 있었다.

"아이가 태어난 날, 어떤 일이 있었는지 나중에 알려 주면 기념이 될 것 같아서."

누가 기자 아니랄까 봐 매일 보는 조간신문이람, 속으로 구시렁거리는데 눈치 빠른 동기가 내 표정을 읽었다. 들킨 김에 속내를 드러내고 같이 웃었다. 이어서 아내가 산통을 겪는 동안 숙취로 인해 극한의 두통을 함께(?) 겪은 남편이 마치 자기가 애라도 낳은 듯 지난 밤 무용담을 늘어놓아 우리를 웃게 했다 — 다인실이니 웃음소리를 낮추라고 몇 차례나 당부해야 했다.

그날 밤 침대에 누워 일간지를 찬찬히 살펴보는데 마음이 신산해졌다. 사건과 사건으로 가득한 이 거대한 혼돈의 세상에 아이를 데리고 왔다는 게 실감났다. 잘한 일일까? 이래서 부모는 자식 앞에 저절로 약자가 되는지도 모른다. 이날 『한겨레』 1면 기사는 선거 개입 의혹을 받고 있는 사이버사령부 정치 댓글에 관한 내용이었다. 류현진이 메이저리그 포스트시즌 첫 승을 거둔 날이기도 했다. 신문에는 나지 않았지만 우리에게는, 무엇보다 태양이가 태어난 날이었다.

산후조리원이라는 신세계

산후조리원은 임신과 출산의 세계를 통과하며 목격한 풍경 중 가장 기이하고 특별했다. 관찰만으로도 신기한 것투성이라 하루가 금세 갔다. 첫째 엄마, 둘째 엄마, 셋째 엄마가 다르고 모유 수유에 천착하는 엄마가 있는가 하면, 되면 하고 아니면 말고 식의 엄마 — 내가 대표적이다 — 도 있다. 누구는 벌써 둘째를 계획하고, 셋이 목표라는 산모도 있었다. 신생아 관리사 선생님도 스타일이 제각각이다. 누구는 억지로 젖을 먹이지 말라 하고, 누구는 귀를 꼬집어 깨워서라도 젖을 먹이라 했다.

낯선 세상이 흥미롭긴 했지만 수시로 불러 대는 통에 도무지 쉬는 것 같지 않았다. 대부분이 모유 수유에 골몰했다. 아이 면역에 좋고, 엄마 몸의 회복에도 도움이 되며, 아이와 유대감을 쌓기도 좋으니 아무렴 그래야지! 하면 좋을 텐데 나는, 이렇게나 불러 댈 일인가? 내가 잘 때는 분유를 먹이면 안 되나? 싶었다. 하지만 왠지 그러면 안 되는 분위기여서 방안의 전화기가 울리면 무거운 몸을 일으키고 좀비처럼 걸어 나와 젖을 물렸다.

한 언니가 유축기로 짜낸 내 초유를 보더니 저 노란 빛깔을 보라고 소리쳤다. 주변에 있던 똑같은 옷의 산모들이 모두 다가와 젖병에 담긴 내 초유를 관람했다. 노란 초유가 스펙이 되는 세상. 그 언니는 완모(완전 모유, 즉 분유를 전혀 먹이지 않고 모유만으로 아이가 먹는 양을 감당하는 것)를 목표로 끊임없이 유축기를 돌리고, 그렇게 짜낸 모유를 마지막 한 방울까지 탈탈 털어 젖병에 담았다.

수유와 전면전을 벌이는 와중에도 일상은 단조로웠다. 깨어 있는 동안은 시시때때로 수유를 한다. 그사이 삼시 세끼를 주는 대로 다 먹고, 마사지를 하고, 요가를 따라 하고, 돌 사진, 아이 영양제, 작명과 관련된 업체의 판촉 행사에 참여한다. 틈틈이 산모들과 수다도 떨었다. 나이도, 하는 일도, 살아온 이력도, '출산 스토리'도 제각각이어서 이렇게 한자리에 모이기까지 그 여정을 듣다 보면 시간이 금세 갔다.

난 계속해서 잠에 빠져들었다. 시도 때도 없이 수유를 하느라 피곤하다는 말을 달고 살았다. 좋아하는 온찜질도 안 된다고 해 한숨이 절로 났다. 변비는 출산에 버금가는 고통이었다.

그사이 신생아실의 수많은 아이들 가운데 태양이를 알아볼 수 있게 되었다. 낮은 코는 여전했지만 쭈글쭈글한 얼굴이 조금 펴졌다. 눈은 잘 못 떠도 얼굴이 빨개질 만큼 힘을 주어 젖을 빤다. 자고 싸고를 반복하며 '헐렁한' 시간을 보내는 것 같다가도 젖을 빨 때만큼은 엄청난 에너지를 쏟아 낸다. 오로지 그 순간을 위해 사는 것 같았다. 늦은 밤, 수유 베개 위에서 곤히 잠든 아이를 내려다보며 엄마가 되지 않았다면 전혀 몰랐을 어떤 세계의 입구에 들어섰음을 실감한다.

아마도 마지막 극장

조리원에서 퇴소하기 전날 저녁, 외출을 신청했다. 나는 비장한 마음으로 회음부를 보호하는 쿠션을 챙겼다. 남편과 둘이 영화를 볼 수 있는 거의 마지막 기회가 아닐까 하는 생각 때문이었다. 내 엉덩이가 오랜 시간 하중을 견딜 수 있을까 염려했는데 두 시간이 후딱 지나갔다. <그래비티>는 멀미가 날 정도로 실제 우주를 체감하는 듯했고, 아이가 크면 보여 줘야겠다고 생각하다 그런 내 자신이 낯설어졌다. 애를 갖고부터는 길에서 교복 입은 십대만 봐도 예전의 내가 아니라 앞으로 자라날 아이를 떠올리게 된다.

퇴소 당일, 조리원 선생님이 속싸개와 겉싸개, 그리고 포대기로 아이를 꽁꽁 싸맸다. 내가 하면 어떻게 해도 헐거운데 프로의 손길이 닿은 포대기는 몇 시간이 지나도 짱짱했다. 우리를 마중 나온 시어머니가 아이 얼굴에서 시선을 떼지 못하셨다. 남편은 생글생글 웃는 어머니 얼굴이 낯설다며 신기해했다.

2주 만에 집에 오니 평온한 느낌이 들었다. 난방을 한껏 높여 둔 ― 생각만큼 따뜻하진 않았다 ― 작은 방에 아이를 눕히고 잠시 숨을 골랐다. 그리고 몇 시간 뒤, 우리는 혼돈에 빠졌다. 아이가 우는데 관리사 선생님도 안 계셨고 뭐든 나보다 많이 알고 있던 산모들도 곁에 없었다. 어머니마저 떠나고 우리 둘, 아니 셋만 남은 것이다.

분명히 목욕 시키는 법을 배웠는데 막상 우리끼리 하려고 보니 이 작은 생명체를 어떻게 다뤄야 할지, 손을 어디에 대야 할지, 씻기다가 욕조에 빠뜨리지는 않을지 막막했다. 기저귀 갈 타이밍을 잡기도 쉽지 않았다. 보챌 때도 배가 고파서인지 기저귀가 찝찝해서인지, 속싸개가 갑갑해서인지 알 수가 없었다.

허둥지둥하는 초보 엄마 아빠를 이끈 건 아이였다. 목욕을 할 때는 손아귀에 힘을 주며 버텼고 배가 고프면 가슴팍을 파고들었다. 온 얼굴이 벌게지도록 힘을 주면 응가를 한 것이다. 이렇게 아이가 이끄는 대로 따라가다 보면 어느 날 모든 게 익숙해질까? 세상에 나온 태양이가 집에 방문한 첫날, 우리 두 사람은 아이가 잠들고 난 뒤에도 한참 동안 잠을 이루지 못했다.

보호자는 처음이라

아버님이 태양이 이름을 몇 개 뽑아 오셨다. 모두 조카애 이름처럼 '연'으로 끝났다. 나는 그중 유일하게 중성적인 이름을 골랐다.

재연.

예방접종을 하러 병원에 갔다가 '재연이 어머님' 하고 부르는데 나일 거라는 생각을 못 하고 멍하니 있다가 퍼뜩 정신을 차렸다. 누구의 어머니로 불리는 게 낯설고 어색했다. 호명이 가진 힘에 대해서도 생각한다. '산모님' '어머님'이라고 불리는 동안 나는 누구의 '엄마'이고 '보호자'였다. 처음 듣는 호칭에 겁이 나서 내 오랜 보호자였던 엄마 아빠가 보고 싶었다. 아이가 내 품 안에 놓이자 뱃속에 있을 때와는 차원이 다른 세계가 열리는 것 같다.

집에 돌아와 아이를 방에 뉘였다. 얼굴을 만져 보니 너무 차가웠다. 100일까지는 엄마의 면역력을 이어받아 무탈하다지만 감기에 걸릴 것 같다. 예방접종이 힘겨웠는지 아이는 금세 꿈속에 빠져들었다. 그 옆에 나도 같이 누웠다. 거울에 비친 내 모습이 북극곰 같다. 요즘 나는 집안에서 내복과 수면 바지에 수유 원피스, 오리털 조끼까지 입고 지낸다. 그런데도 춥다. 대체 이 집은 누가 고른 건지……. 적막을 못 견디고 라디오를 튼다.

둘만 있는 시간이 늘어나면서 조금씩 아이와 친해지고 있다. 어느 날 갑자기 짠, 하고 모정이 약수처럼 샘솟는 줄 알았더니 아니었다. 보자마자 사랑에 빠진다는 부모도 있다던데 어떻게 가능한 걸까. 이런 감정이 낯설어 아이가 있는 선배에게 털어놓았더니 자연스러운 거라고 했다. 관계에는 시간이 필요하고 자녀라고 해서 예외는 아니라고. 맞는 말 같았다.

　재연이가 울 때 보면 홍수가 날 것 같다. 전엔 울더라도 소리만 났는데 정말 '사람'처럼 눈가가 금세 흥건해진다. 손수건으로 눈가를 훔치다가 문득 아이가 나중에 커서 이 글을 읽으면 어떤 반응을 보일지 궁금해졌다. 이토록 좌충우돌하는 부모라니, 마음을 내주는 데마저 인색하다니 싶어 실망할지도 모르겠다. 위대한 탄생기 같은 걸 기대한다면 더욱더. 나는 아이가 '우주에서 이만큼을 뺀 나머지만큼 널 사랑해' 같은 애정을 읽기보다 엄마 아빠도 이만큼이나 불완전하고 미숙한 존재라는 걸 이해해 주면 좋겠다.

　갓 태어난 너처럼 엄마도 엄마가 처음이야. 그러니 같이 잘 헤쳐 가보자.

2

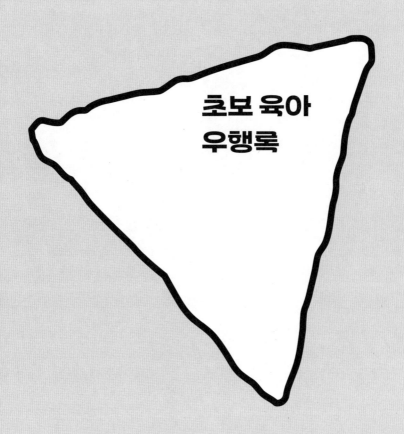

초보 육아
우행록

엄마의 몫

재연이가 어젯밤부터 칭얼대며 잠을 안 자더니 밤새 울음을 그치지 않았다. 아기띠를 매고 부엌과 거실을 부지런히 오가며 달래 보았으나 소용없었다. 기저귀도 갈아 보고 젖도 먹여 봤지만 효과는 찰나였다. 캄캄한 밤이라 밖을 나서기는 겁이 나서 부채질도 해보고 어설프게나마 업어 보기도 했지만 그럴수록 더 거세게 몸부림쳤다. 젖병도 몇 번 입에 대는가 싶더니 나중에는 아예 거부했다.

체력이 바닥나자 내 안의 나쁜 본성이 기척도 없이 찾아왔다. 한순간, 아이를 바닥에 던지는 상상까지 들었다. 자세를 백번은 바꿔 가며 달래는데도 소용없었다. 품에 안긴 아이 팔을 살짝 꼬집어도 봤다. 당연히 울음소리만 더 커졌다.

결국 출장 간 남편에게 전화를 걸었다.

"나 얘가 너무 싫어."

첫차를 타고 헐레벌떡 돌아온 남편을 보자마자 아이를 넘기고 방에 들어가 이불을 뒤집어썼다. 여러 상념이 들었지만 금세 잠에 빠져들었다.

눈을 뜨니 사방이 고요했다. 벌써 몇 시간이 지나 있었다. 그제야 후회가 밀려들었다. 간밤에는 지옥도에 가깝던 거실에 나가 보니 남편이 잠든 아이를 옆에 두고 어젯밤의 나만큼이나 지친 기색으로 널브러져 있었다. 첫차로 불러들인 게 마음에 걸렸는데 일은 대충 마무리한 상태였단다. 거짓말이라도 고마웠다.

요즘 재연이는 아기띠를 하고 품에 안은 채 한참을 얼러 줘야 잠이 든다. 체력이 될 때는 남편과 둘이 산책을 하며 아이를 재우고 어떤 때는 남편 혼자 아이를 데리고 나선다. 어떤 집은 애가 차를 타야 잠이 들어서 밤마다 자유로를 달린다고 했다. 그에 비하면 나은 편인 걸까. 늦은 밤 남편이 아기띠를 하고 동네를 서성이고 있으면 어르신들이 한마디씩 한다.

"그렇게 재우는 버릇 들이면 나중에 엄마가 힘들어."

나를 염려하는 말이지만 결국 육아는 엄마 몫이라는 뜻이다. 외출해서도 여자 화장실에만 기저귀 교환대가 있는 걸 보고 비슷한 생각을 했다. 내가 하면 당연한 일도 남편이 하면 보기 드문 장면이 된다. 우리 엄마도 볼 때마다 저런 아빠 잘 없다면서 사위를 칭찬한다.

남편도 애쓰는 건 사실이다. 하지만 정말 무리하는 건 휴직까지 해가며 종일 끼고 있는 나 아닌가?

아들 낳는 법

며칠 전 시댁에서 저녁 식사를 했다. 반주를 하시던 아버님이 불콰한 얼굴로 안방에 들어가더니 종이 뭉치를 들고 나왔다.

"아들 낳는 법"

예전에 형님한테 주려다 말았다며 내게 건넨 그 종이에는 이렇게 적혀 있었다. 형님네 둘째는 아들이라 끝내 전해지지 못한 그 '비법서'가 내게 온 것이다.

어디 인터넷에서 검색한 결과 같았다. 아들 낳는 법이 말처럼 쉽지는 않은지 꽤 두꺼웠다.

난 제목을 보고 너무 당황하고 말았다. 일순간 머릿속이 하얘졌는데 그 순간부터 모든 장면이 슬로우 비디오처럼 남아 있다. 시어머니는 계면쩍은 얼굴로 웃었고 형님은 그걸 읽어 내려가다 나와 눈이 마주치자 헛웃음을 지었다. 그때 내 표정은 어땠을까?

뒤늦게 그 광경을 본 남편이 불같이 화를 내며 종이를 찢었다. 막장 드라마의 주인공이 된 듯한 느낌이었다. 무슨 정신으로 집에 왔는지 모르겠고, 오자마자 아이처럼 엉엉 울었다.

"이런 취급을 받다니…… 나도 우리 엄마 아빠한테 얼마나 귀한 자식인데……" 이런 말들을 두서없이 뱉다가 말끝이 울음에 묻혔다. 기어 다니기 시작한 재연이가 영문을 모르겠다는 얼굴로 멀뚱멀뚱 나를 쳐다봤다.

다음날 아침, 남편이 출근 준비를 하고 나는 젖을 먹이는데 전화가 왔다. 발신자를 보니 시아버지였다. 받지 않았다. 샤워를 하다가도 잠든 아이를 보다가도 불쑥불쑥 화가 났다. 시간이 갈수록 화는 나 자신에게로 향했다. 왜 그 자리에서 한마디 대꾸도 못 했을까. 상이라도 엎었어야지. 엎기는커녕 어색하게 웃음을 보였던 게 생각나 나 자신을 윽박지르고 싶었다. 그러다 화낼 대상이 나는 아닌데 싶어 더 화가 났다. 처음으로 결혼을 후회했다.

　　그나저나 그 종이에는 뭐가 적혀 있었을까? 가져올 걸 그랬다. 권장하는 체위라도 담겨 있다면 그것은 정말이지 가부장제가 공인한 자세이므로 구전으로 널리 전파해 줄 수 있었을 텐데.

가슴의 무게

　요즘 내가 자주 하는 동작이 있다. 손바닥으로 가슴을 받치고 무게나 단단한 정도를 재보는 것. 젖이 불었나 덜 불었나 가늠해 보기 위해서다. 젖을 물리기는 하는데 애가 빈 젖을 빨고 있는 건 아닌지 확신하기 어렵기 때문이다. 남편은 내가 늘 '젖이 부족한가' 중얼거리며 가슴의 무게를 가늠한다면서 흉내를 낸다. 아마도 이 버릇은 조리원에서 수유량을 체크하던 관리사 선생님이 크기에 비해 양이 적다며 '가슴이 장식'이라고 말한 데서 시작된 것 같다.

　재연이는 얕은 잠을 잔다. 젖을 물고 잠들었다가도 10분 만에 깨어나 칭얼대 다시 젖을 물리는데, 그러면 금세 눈꺼풀이 덮이다가도 몸을 빼려고 하면 다시 뒤척이며 젖을 찾는다. 간신히 잠을 재워도 한 시간을 못 간다. 그럴 땐 또 퀭한 눈으로 모유의 질에 대한 고찰이 시작된다 — 물젖이라 그런가? 참젖이면 깊이 자지 않을까? 물젖이라기엔 애가 눈이 안 보일 정도로 토실토실 살이 오르는 중이라 염려할 정도는 아닌 것 같다.

　빵긋빵긋 웃는 횟수가 늘고 손을 통째로 빨기 시작했다. 옹알이도 제법이다. 엄마 젖도, 젖병도 쪽쪽 잘 빤다. 그 기세를 보면 살기 위한 안간힘이라는 게 생의 어느 시기에나 절박하고 당면한 과제라는 생각이 든다.

　그나저나 이 모든 나의 노고에도 불구하고 재연이는 아빠 품을 더 좋아한다. 내가 안으면 칭얼대다가도 아빠한테 가면 고요해진다. 더 편한 자리가 있나 보다. 당장은 몸이 편해 반갑다가도 어째서 가장 오랜 시간을 함께하는 내가 아니라 남편인가 의아할 때가 있다. 모든 관계가 그렇듯 아이와의 애착도 보낸 시간과 비례하는 게 아니라는 걸 깨닫는 한편, 어쩐지 진 것 같은 기분이 들기도 한다.

구수한 결혼기념일

첫 번째 결혼기념일을 재연이와 셋이 보냈다. 난생 처음 자동차 극장에 갔다. 주파수를 맞추고 바깥에 걸린 스크린을 보는데 어디선가 구수한 냄새가 났다. 느낌이 싸해 재연이를 들어 보니 거의 등까지 똥 범벅이 되어 있었다. 배탈이라도 난 건지 응가 양이 엄청났다. 겨울이라 추울까 봐 두꺼운 우주복을 입혔던 터라 닦고 수습하는 데만 수십 분이 걸렸다. 진이 빠져서 나도 모르게 스르륵 잠이 들었다. 깨고 나니 영화가 거의 끝나 있었다. 남편 상황도 비슷했다. 양껏 싸고 새로 분유를 먹은 재연이도 그새 잠이 들었다. 첫 번째 결혼기념일은 자동차 극장에서 세 식구가 곤히 잠든 날로 기억될 것 같다.

재연이는 며칠 전 뒤집기에 성공했다. 천장을 보고 누워 사지를 버둥거리다 한순간 마침내 몸을 뒤집었다. 근 4개월 만의 일이다. 처음이 어렵지, 이제 시도 때도 없이 뒤집는다. 그러고 나면 힘에 부쳐 고개를 떨구며 짜증을 내고, 다시 바로 눕히면 또 뒤집은 다음 칭얼댄다. 부지런히 똑같은 행동을 반복하는 일상이다.

처음 뒤집기에 성공한 날엔, 응급실을 찾았다. 간만에 분유를 먹였더니 온몸에 빨갛게 두드러기가 솟았다. 분유 알레르기 같은데 심할 경우 기도가 막힌다고 해 겁이 덜컥 났다. 다행히 심각하지는 않았다. 의사는 분유의 특정 성분이 알레르기를 일으킬 수 있다며 다른 분유를 찾아 먼저 몸에 발라 본 뒤 괜찮으면 먹이라고 조언했다.

집으로 돌아오니 새벽 1시. 아토피가 있는 재연이의 팔이 수세미처럼 까끌까끌했다. 보습제를 발라도 얼마 안 가 울긋불긋한 기운이 올라

온다. 어머니가 구해다 주신 알 수 없는 이름의 나무를 물에 끓여 발라 보기도 했지만 차도가 없다. 재연이 가졌을 때 먹었던 가공식품들 때문인가. 올라오는 죄책감을 애써 떨쳐 낸다.

사진발

생후 161일, 가지고 놀던 장난감을 빼앗으면 '으앙~' 하고 울음을 터뜨리고 다시 돌려주면 언제 그랬냐는 듯 입으로 가져가 쪽쪽 빤다. 배시시 웃다가 어른 소리만큼 크게 방귀를 뀌고 스스로 놀란다. 칭얼거림이 언어를 대신한다. 다 이유가 있겠지 싶다가도 지속될 때는 마음이 사나워진다.

최근에는 여권 사진을 찍었다. 옷이 죄다 모유와 분유 자국으로 엉망이었다. 옷장을 뒤져 단정한 하늘색 줄무늬 스웨터를 겨우 발견했다. 아토피 때문에 면으로 된 옷만 입혀 온 터라 한 번도 안 입혔던 옷이다. 아이를 하얀 벽에 붙이고, 카메라를 들이밀었는데 몸이 자꾸 옆으로 기울어졌다. 사진 속 재연이가 계속 어딘가로 눕고 있다.

결국 사진관에 갔다. 다행히 아기용 의자가 있었다. 인쇄된 여권 사진 속 재연이는 어안이 벙벙해 보였다. 가끔 너무 귀여워서 사진을 찍어 보면 내가 아까 본 그 모습이 아니다. 그래서 다시 찍어 보면 그래도 똑같다. 남편과 자주 하는 말이 있다.

"사진발이 잘 안 받나 봐."

실은 우리 둘 다 알고 있다. 그냥 콩깍지가 씐 상태라는 걸.

재연이가 요즘 배밀이로 욕망하는 것들: 로션, 물티슈, 리모컨.

의성어로 채운 하루

　잠시 볼 일이 있어 회사에 들렀다. 본궤도에서 이탈해 비껴 나 있다는 느낌이 들었다. 아니 사실이 그렇다. 요즘 난 오로지 엄마로서만 정면 승부 중이다. 동료들이 쓴 기사를 보면 고생한다 싶어 안쓰럽다가도 혼자 제자리라는 생각이 들어 마음이 허전해진다. '옷을 빼앗긴 선녀'처럼 다들 하늘로 훨훨 올라가는데, 이 추운 집에 갇혀 젖비린내 맡는 게 내 일상이다. 옷을 숨긴 나무꾼도 없기 때문에—그걸 자처한 사람 또한 나니까—원망할 상대도 없다. 대체로 정신이 없지만 아이가 잠들고 문득 고요함이 찾아올 때 불쑥 이런 생각들이 나대기 시작한다.

　집에만 있으니 사건도, 만나는 사람도 제한적이라 남편의 희비에 기댄 일상이 이어지고 있다. 아이가 낮잠을 잔다 해도 뭘 읽을 만한 여유 따위는 허락하지 않는다. 짬은 짬일 뿐, 언제 자지러질지 모르기 때문에 쉬면서 힘을 비축해 둬야 한다. 남편이 늦는 날은 '아구아구' '까꿍까꿍' 의성어와 의태어만으로 하루를 보낼 때도 있다. 날까지 흐려 임신했을 때 뻐끗했던 발목까지 다시 말썽을 부리면 마음 어딘가에 균열이 생기는 것만 같다.

　그러다 아이가 아프면, 이런 생각마저 사치가 된다. 모세기관지염에 걸린 재연이가 숨 쉴 때마다 코와 목에서 그르렁 소리가 났다. 작은 체구에서 어른 같은 기침 소리가 나니 대신 아팠으면 하는 마음이 절로 든다. 빨리 낫기를……. 그러고 나면 나도 어디든 잠시나마 아이를 맡기고 단독의 일상을 보내야겠다.

따뜻한 말 한마디

"젖 물려서 재워."

남편이 말했다. 함께 영화를 보던 중이었다. 시작하자마자 수십 명이 피 흘리는 잔인한 장면이 이어졌고 내 집중력이 흐려진 걸 눈치채고 한 말이었다. 갑자기 섭섭한 마음이 들었다. 맥락 없이 감정적으로 훅 꺼질 때가 있는데 바로 그 순간이었다.

"알았어. 젖 물려서 재울게."

평소 나조차 자주 하는 말인데, 그날은 달랐다. 아이가 칭얼대 힘들 때마다 젖 물려 재우는 습관이 들었다. 하도 물려서 빈 젖을 빨다 잠이 들 때도 있다. 이제 곧 복직이라 젖을 떼야 하는데 엄두가 나지 않는다.

왜 섭섭했을까. 내가 출산이라는 과업을 수행하고 젖을 먹이며 생산 활동을 이어 가는 동물이라는 걸 상기시키는 타인의 언어였다. 그리고 본질은 말투에 있었던 것 같다. 따뜻한 말 한마디가 그리울 정도로 약해 져 있구나. 잊어버리기 전에 내가 느낀 감정을 외면하지 말고 얘기해 봐야겠다.

67

회사에 복귀한 지도 2주가 지났다.

얼떨떨하고 정신이 없었다. 마감과 제작 공정까지 까먹어서 사진 신청을 놓치는 바람에 수습하느라 곤혹스러운 순간이 이어졌다. 어리버리했던 수습 시절로 돌아간 듯했다. 육아휴직 기간 동안에는 역시 대체 가능한 인력이었구나, 하는 자각 때문에 겸손해졌고 육아휴직을 마치면서는 어쨌거나 일인분의 몫을 해내야 한다는 생각에 부담감이 엄습했다.

8개월 된 아이를 어린이집에 맡기고 돌아서면 마음이 무거울 줄 알았는데 금세 장난감에 마음을 빼앗기는 재연이 덕분에 가뿐한 마음으로 출근을 한다. 아주 어릴 때는 헤어지는 게 비교적 수월하다고 한다. 오히려 마음이 자라면 부모와 잘 안 떨어지려고 해서 적응 기간이 더 길어진단다.

복직하고 처음 며칠은 혼자 카페에 들를 수도 있고 '어른의 대화'도 가능해지니 신이 났다. 조금 지나자 일하는 중간중간 재연이가 아른거리기 시작했다. 잠시 소원해진 그새를 못 참고 아빠만 찾는 걸 보니 시원섭섭한 마음도 든다. 함께 있는 시간을 늘리고 싶지만 퇴근하고 가면 어느새 재울 시간이다.

요즘 재연이는 좀 까칠하다. 전처럼 무턱대고 웃지 않는다. 갖고 있는 걸 뺏으면 벌러덩 드러누워 운다. 성격이 모나지는 않을지 걱정이다. 애 아빠 말마따나 주변에 사람이 좀 머물 수 있어야 할 텐데, 이런 성격이면 가능할까. 여기까지 생각이 미치면 느긋한 성격인 줄 알았던 나도 자식 일엔 조급함이 앞선다는 걸 깨닫게 된다. 이제 첫돌도 지나지 않은 아이가 욕망하는 걸 표현하는 자체로 마음이 크고 있다는 방증일 텐데 그저 빵긋빵긋 웃는 그런 모습만 보고 싶었던 것 같다.

재연이의 하루

아침 8시 등원   아침 10시 간식   11시~12시20분 낮잠   12시30분
이유식   1시35분 180ml 분유   2시 낮잠 30분   3시30분 이유식

어린이집 선생님이 기록한 재연이의 일과다. 주로 뭘 먹었는지, 변은 몇 번 봤는지, 변의 상태는 어떤지 적어 주신다. 나도 아이의 수면 시간, 아침 분유량을 알림장에 기록한다. 손수건과 기저귀, 물티슈, 여벌 옷이 떨어지지 않도록 챙기고 금요일에 가져온 낮잠 이불을 빨아 월요일에 들고 간다. 이삼 일에 한 번 이유식을 만들어 얼린 다음 아침에 두세 통씩 분유와 함께 보낸다.

어린이집에서 간식이며 이유식을 참 맛있게 먹는다고 한다. 하도 맛있게 먹어서 언니 오빠들이 맛을 궁금해할 정도라고. 다짐육과 온갖 야채를 섞어 만든 간도 안 된 밍밍한 이유식을 집에서도 꿀떡꿀떡 잘 받아먹는다. 며칠 전 한 입 먹어 보고 깜짝 놀랐다. 이 맛없는 걸 그렇게 먹어 주다니 정말 고마운 일이었다.

잠을 짧게 잔다고 자주 말씀하셔서 좀 죄송했다. 아이가 어릴수록 한시도 눈을 뗄 수 없기 때문에 선생님은 낮잠 시간에나 숨을 돌릴 수 있을 텐데……. 나보다 재연이와 보내는 시간이 긴 선생님이 쓰신 지난 알림장을 한꺼번에 다시 보는데, 재연이의 성장이 한눈에 들어왔다.

7월 2일. 계속해서 엄마를 찾았는데 전날보다는 덜 울었다.
7월 9일. 보행기를 두 손으로 꽉 잡고 스르르 한 발씩 앞으로 걸어갔다.

선생님 손을 잡고 조금씩 걷기도 했다.

7월 11일. 옹알이도 많아지고 다리에 힘을 주고 서있기도 한다. 자동차를 밀며 스스로 걸음마를 했다.

8월 21일. 혼자 서서 한 걸음 걸었다.

몇 달 사이, 이 작은 생명체의 진화 과정과 희로애락이 고스란히 담겨 있었다. 어린이집 선생님은 귀한 양육 파트너다. 매일매일 아이가 어떻게 커가는지, 발달 상태가 어떤지 부모만큼, 어쩌면 그보다 더 잘 알고 있는 유일한 분이다. 돌이 안 된 아이는 어떻게 훈육해야 할지 조언을 구했더니 알림장에 빼곡히 조언을 적어 주셨다.

최근에는 선생님 품에 계속 안겨 있으려고 욕심을 부린다고 했다. 선생님을 독차지하고 싶은 마음에 친구들의 접근을 막는다고. 선생님께 다가가는 친구들을 몸으로 밀어내는 재연이를 상상해 보았다. 어린이집에 오래 있으니 엄마 아빠를 항상 그리워하는 것 같다고, 많이 사랑해 주라고 말씀하셔서 마음이 쓰리기도 했다. 피곤한 날에는 일이 좀 일찍 끝나더라도 에너지가 채워질 때까지 하원을 좀 미룰 때도 있었다. 일단 나에게 에너지가 있어야 아이에게도 나눠 줄 수 있다고 판단했던 건데 아이 입장에서는 또 다를 수도 있겠다는 생각이 들었다. 오늘 선생님의 알림장은 이렇게 끝났다.

사랑을 많이 받고 자란 아이와 그렇지 못한 아이는 분명히 다르니까요.

당연한 말인데 또 한편으로는 죄책감이 드는 말이어서 몇 번이나 곱씹게 되었다.

이사

두 번째 집 전세 계약을 앞두고 있다. 지금 사는 집의 계약 기간을 못 채웠지만 겨울이 오기 전에 이사를 서두르기로 했다. 볕이 좋은 날도 춥고, 추운 날은 몸서리치게 춥다. 게다가 바퀴벌레와 거미가 잔뜩 서식하는 집이라 어서 헤어지고 싶었는데 막상 떠나려니 아쉽기도 했다. 성산동 오지라퍼 남편의 주 활동 무대이자 우리 두 사람이 얼떨결에 첫 둥지를 튼 곳. 무엇보다 재연이를 얻고 낳은 곳이라 더 각별하게 느껴졌다.

이런 감상에 빠지려는 찰나, 거실 한구석에서 거대한 거미가 출몰했다. 역시 이사는 옳은 결정이었다.

이사 가는 집은 아파트다. 작고 오래됐지만 리모델링을 해서 내부는 깨끗해 보였다. 볕이 잘 드는 따뜻한 곳이라면 어디든 잘 지낼 수 있을 것 같다. 요건은 따뜻함, 그거 하나다.

재연이는 놀라우리만치 귀여워지고 있다. 단 부모 눈에만. 사진을 찍고 나서 갸우뚱하게 되는 건 요즘도 마찬가지다. 분명히 대단히 귀여웠는데 왜 사진만 찍으면…….

외계어

　재연이가 물건을 집어던진다. 그게 아니라고 손사래를 친다.

　내 볼을 찰지게 때린다. 갖고 있던 물건을 빼앗으면 벌러덩 드러눕는다. 아랫입술을 찌그러뜨리기 시작하면 으앙 하는 울음소리가 곧 터져 나온다는 뜻이다.

　육아라는 오묘한 세계, 아직도 정체가 안 잡힌다. 저절로 크는 것 같다가도 문득 정신을 차리고 보면 참 손이 많이 간다.

　어린이집에서는 약통을 보면 도망 다녀서 통 대신 수저에 덜어 먹인다고 한다. 음식을 주는 줄 알고 받아먹다가 약인 걸 깨닫고 주르륵 뱉었다는 말에 그림이 그려졌다. 요즘 옷을 갈아입히려고 하면 온몸으로 거부해 힘에 부친다. 10킬로그램에 육박해 작정하고 저항하면 감당하기 어렵다. 여름까지만 해도 잘 웃고 순한 편이었는데 돌이 가까워지며 고집도 세지고 욕심이 늘었다. 어린이집에서도 친구가 방해되면 소리를 지르고 힘으로 이기려 든단다.

　물론 그러기만 하는 건 아니고 애교도 늘었다. 다리 사이로 파고들어 고개를 들고 활짝 웃을 때면 마음이 말랑말랑해진다. 뭔가 할 말이 있는지 계속 외계어 같은 말을 내뱉기도 한다. 나중에 어떤 말이 되어 나올지 궁금하다. 어린이집에서도 친구들과 각자의 언어로 대화를 한단다. 서로 알아듣는다고 해서 신기했다. 걸음걸이도 많이 안정되어서 내가 뒤를 쫓아다니지 않아도 된다. 물티슈를 쥐어 주면 상을 닦기도 하고 기저귀를 갈은 뒤 '버리세요' 하면 쓰레기통을 찾아간다. 요즘은 뛰기까지 한다. 걷기 시작한 게 엊그제인데 엄청난 속도다.

진도에서

　해가 지고 나서야 진도체육관에 도착했다. 실종자 8명의 가족들이 머무는 곳이다. 일부 가족들은 팽목항에 나가 있었다. 절로 옷깃을 세우게 만드는 날씨였다. 이런 날은 수색을 할 수 없어 바지선이 목포항으로 피항한다.

　소설가, 시인, 문학평론가 등 15명이 진도를 방문하는 데 동행했다. 실종자 가족들을 만난 자리, 한마디를 부탁하는 누군가의 요구에 작가들은 전할 단어를 고르지 못하고 침묵했다. 참사 171일째. 진도군은 이제 그만 자리를 비워 달라고 한다. 작가들은 '그날' 이후 책상 앞에서 글을 쓰는 게 무력하게 느껴진다고 했다.

　6개월 전 그날, 휴직 중이던 나는 아기띠에 재연이를 매달고 시어머니를 따라 남대문 시장에 갔다. 상인이 틀어 놓은 텔레비전에서 세월호 뉴스가 흘러나왔다. '전원 구조' 자막에 안심하고 어머니를 놓칠 새라 좁은 통로를 부지런히 오갔다. 일을 다 보고 버스를 탔는데 라디오에서 들려오는 내용이 심상치 않았다. 품에 안긴 재연이가 칭얼대기 시작했다. 어머니는 젖을 물리라고 하셨다. 버스 안이라 난감해하던 나는 아이와 함께 내려야 할지, 그냥 이대로 가야 할지 고민에 빠졌다. 다행히 조금 지나 아이는 잠들었다. 잠투정이었다. 안팎의 소음 때문에 라디오 소리는 잘 들리지 않았다. 설마…… 하며 품 안의 아이를 더 세게 끌어안았다.

　이날 전국에서 1000여 명이 '기다림의 버스'를 타고 팽목항에 모였다. 결혼 전 남편과 여행을 왔던 곳이다. 긴긴 밤 내내 우리 둘뿐이었던 고요한 항이 사람들로 빼곡했다. 팽목항 한구석 어느 계단에 앉아 기사를 썼다. 노트북 배터리가 나가기 직전 송고를 했다. 밤이 깊어질수록 파도가 거세졌다. 시민들이 매단 풍경 소리도 덩달아 커졌다. 모인 사람들이 움츠린 몸을 가까이 붙였다. 아이 울음소리가 들리자 본능적으로 주위를 두리번거렸다. 그 소리도 금세 바다에 묻혔다.

녀란 아이

너는 눈은 작지만 눈동자가 크고
맘앤앙팡 표지 모델 같진 않지만
웃을 때 초승달이 되는 눈은
누구든 한번 보면 잊을 수 없을 거야.
순정만화 주인공이나 가질 법한 예쁜 곱슬머리는
비 오기 전에 더 곱슬곱슬해지고
쌀밥과 우유, 치즈를 사랑하지만
옷 입는 건 지독히 싫어해
상의를 입힐 때는 바지를, 바지를 입힐 때는 상의를 벗으며
발버둥 치고
수틀리면 뒤로 넘어가 울음을 그치지 않지.
졸리면 엄마아빠 손등의 올록볼록 골짜기를 한없이 만지작만지작
잘 때는 한곳에 가만히 있지 못하고 여기저기를 뒹굴뒹굴
콧물을 달고 사는 코찔찔이에
다리 사이를 파고드는 애교쟁이.
소파나 침대에서 내려올 땐 엎드린 자세로 조심조심
기분이 좋으면 오른 다리를 까딱까딱
어린이집에선 언니 오빠들이 스치기만 해도 울음보가 터지고
헤어질 땐 손을 흔드는 대신 손목을 돌리지
연필과 종이, 수저와 그릇을 좋아하고
엄마아빠가 밥 먹는 자리엔 꼭 끼고 싶어 안달복달

하지만 배가 부를 땐 혼자서도 잘 놀아.

그 조그만 몸 안에 뭐가 이리 많은 걸까.

세상에 온 지 오늘로 398일째를 맞은 재연이.

부모가 되면 성숙해진다고 하는데 나를 보면 틀린 말 같다.

나뿐만이 아니다. 애초부터 시야가 좁았던 사람 중엔 아이를 중심으로 자신의 세계를 더 축소시키는 이들도 적지 않다.

가끔 뭔가 동지애를 바라는 눈빛으로 '엄마니까 알죠?' 하는 말을 들을 때가 있다. 혹은 '애가 없으니 모르겠지만……'라고 말한다. 실은 같은 맥락이다. 모두 모성에 대한 고정관념에서 나온 말들. 대체로 이어지는 내용에 동의하기 어렵다.

온전히 돌봄이 필요한, 그러면서도 위안을 주는 생명체를 곁에 두는 건 엄청난 삶의 이벤트지만 그걸 통과하는 방식과 경험은 제각각이다. 아이를 낳고 깨달은 게 있다면 '엄마의 경험'이라는 것도 하나로 뭉뚱그리기 어렵다는 사실이다.

지인들 가운데 아이를 포함한 주변의 생명체에 넘치는 호의와 환대를 보내는 이들은 대부분 출산 경험이 없다. 직접적인 관계가 없는 타인에게 보내는 이 낙관의 에너지가 나로서는 오히려 경이롭고 대단하게 느껴진다.

그들이 말도 못 하는 재연이와 눈높이를 맞춰 가며 다정한 인사를 건네고, 좋아하는 간식을 눈여겨봤다가 슬며시 쥐어 주며, 나보다 먼저 아이가 보내는 신호를 알아채고 반응하는 모습을 지켜보면서 나에겐 없는 재능을 가진 이들이 부모와는 다른 종류의 유대감을 아이와 나누고 있다는 사실을 깨닫는다.

누구는 길가의 돌멩이를 보고도 철학을 하고, 또 누구는 폭풍을 통과하고도 제자리다.

그러니 애를 낳은 뒤에도 내가 그다지 성숙해지지 않은 건 너무 자연스러운 일이다.

쓰고 보니 너무 당연한 얘기를 하려고 길게 주절거렸네.

아장아장…… 쿵쿵

재연이가 가장 먼저 정확히 발음한 단어는 "아빠." 며칠 사이 "빠"가 "파빠"가 되었다 "아빠빠", 그리고 마침내 "아빠"로 정착하게 됐다. 이제 '엄마' '아빠'를 명확하게 발음한다.

혼을 내면 숨소리가 거칠어지면서 상대를 노려본다. 아빠가 혼내면 엄마를 찾고 엄마가 혼내면 아빠를 찾는다. 입술을 내밀고 제법 삐친 흉내를 내는 일도 잦다. 밖에 나가자고 조를 때는 신발과 가방을 들고 와서 "이거 이거" 하면서 손을 이끈다.

재연이와 둘만 있는 평일 저녁, 설거지를 하다 한순간 조용한 게 어색해 뒤돌아보니 식탁 밑에 오도카니 앉아 꼼지락거리고 있었다. 조용할 때는 사고를 치고 있을 가능성이 높아 계속 눈길을 줘야 한다. 얼마 전에도 조용히 키보드에 물컵을 엎었다.

아장아장 걷던 게 며칠 전 같은데, 이제는 쿵쿵쿵 발소리를 내며 온 마루를 뛰어다녀 거실에 매트를 깔았다. 재우기 전 먹이는 우유는 이제 거부한다. 우유를 먹고 나면 자야 한다는 걸 알아서인 것 같다. 오른발로 바닥을 탁탁 치거나 오만상을 찌푸리면 기분이 나쁘다는 표시다. 부정적인 감정을 표현할 때 더 단호해졌다.

긍정의 의사 표현도 확실해졌다. 특히 웃을 때는 눈 코 입이 같이 웃는데 정말이지 온 세상이 같이 웃는 것 같다. 아침엔 항상 제일 먼저 일어나 잠든 부모 곁을 맴돌며 스킨십을 한다. 말랑말랑한 손가락이 내 뺨을 쓰다듬는 감촉을 느끼며 잠에서 깨는 아침은 잠시지만 황홀하다.

둘째 생각

한 출판평론가와 점심을 먹다 자녀 이야기가 화두에 올랐다. 첫째와 둘째 터울이 열 살이 넘는다기에 계획된 게 아닐 거라고 짐작했는데 아버지 장례식을 계기로 둘째를 결심했다고 한다. 나중에 자신이 세상을 떠날 때 아이 혼자 오롯이 그걸 감당할 생각을 하니 덜컥 겁이 났다고.

나도 재연이 생각이 났다. 저물녘 집에 돌아와 저녁밥을 만들며 분주한 가운데 문득 돌아보면 아이의 뒷모습이 보인다. 오도카니 앉아 어딘가 응시하는 걸 보고 있자면 아주 잠깐이지만 누군가 다른 존재가 옆에 있으면 좋겠다는 생각이 든다.

설거지까지 마치고 아이 곁으로 가면 바로 씻길 시간이다. 책을 읽어 줄 에너지가 별로 남아 있지 않다. 같이 누우면 내가 먼저 잠들기도 한다. 그러다 깨서 잠들어 있는 아이를 보면 아까 들었던 생각이 다시 스친다. 재연이가 눈을 떴을 때 엄마나 아빠 말고 또래가 있으면 좋지 않을까?

하지만 그러면서도 금세 고개를 젓는다. 순전히 부모 관점에서 나온 생각이 아닌가 싶어서다. 형제가 있던 적이 없는데 없다고 빈자리를 느낄 리가 있을까? 저지르면 어떻게든 되겠지만 둘째에 대한 욕망의 기저에는 '그래도 둘은 있어야지' 하는 '근거 없는'(!) 통념이 있는 것 같다.

물론 또래와 함께 성장할 때의 이점도 있다. 계속해서 영향을 주고받는 관계, 전혀 다른 타인과 갈등하고 협상하고 소통하는 데서 길러질 무언가 말이다. 어린 시절 나도 오빠 덕분에 심심하지 않았다. 부모님이 외출했을 때 오빠와 동맹(?)을 맺고 학습지 정답을 베끼기도 하고 실컷 만화를 보기도 했다. 부모의 애정을 두고 경쟁하고 서로의 취향으로부터 영향을 받았다. 누가 라면을 끓이느냐 같이 사소한 걸 두고 다툴 때도 있었지만 집에 혼자일 때보다 방문 너머 누구라도 있는 게 어쩐지 안심이 됐다.

남편은 다소 회의적이다. 회사 앞날이 밝지만은 않고 더는 누구에게도 자신의 시간을 양보(?)하고 싶지 않은 마음 때문인 것 같다. 아무래도 육아는 스스로를 지워 내는 일에 가까우니 이해가 된다. 재연이랑 잘 지내고 싶고, 둘째 생각도 제가끔 나고, 일도 잘하고 싶은데……. 이렇게 써놓고 보니 굉장한 욕심 같기도, 또 사회가 바라는 흔한 워킹맘의 모습 같기도 하다.

아이의 감각

어린이집에서 송편을 빚는 날, 남편이 재연이를 보러 가기로 했다. 고사리 손으로 콩 하나 박아 주물럭주물럭하면 떡을 싫어하는 아빠라도 맛있게 먹어 주겠지.

그간 이런 행사가 있을 때 맞벌이라 빠지는 걸 당연시했는데 오늘 물어보니 열다섯 명 중 부모가 오지 않은 건 세 명뿐이라고 했다. 재연이가 혹시 쓸쓸하진 않았을까 생각하니 마음에 걸려 앞으로는 되도록 참석하기로 했다.

재연이는 어린이집에서 제일 늦게 귀가하는 편이라 남은 아이는 항상 혼자 아니면 둘이다. 재연이가 가고 나면 혼자 남을 아이, 그 아이마저 가고 나면 혼자 남는 재연이. 혼자여도 둘이어도 뒤돌아 나오는 마음은 편치 않다.

모처럼 내가 데리러 간 날. 재연이가 환하게 웃으며 가방을 꾸렸다. 날이 좋아 놀이터에 들렀는데 새싹반 친구 연우를 만났다.

연우야 같이 놀자. 연우야 손잡고 가자.
연우야 여기 앉자. 연우야, 연우야······.

연우를 연신 부르다가 듣지 않자 제풀에 지쳐 버린 재연이가 어쩐지 안쓰러웠다. 연우와 손을 잡고 놀이터를 휘젓던 아이는 결국 언니 오빠들 틈바구니에서 꿋꿋이 저만 한 크기의 미끄럼틀을 사수했다.

고집이 세져서 하원길이 점점 힘겨워지고 있다. 이거 사달라, 저거 사달라, 대화가 통하기 시작하면서 욕망을 드러내는 데 거침이 없다. 감정의 결도 깊어져서 미울 땐 정말 밉게 말하고, 예쁠 때는 온 세상을 다 가진 것처럼 말한다.

"오늘 정말 최고의 날이었어."

"너무 예뻤어, 엄마."

그렇게 환하게, 전면적으로 세상을 감각하는 재연이를 통해 나도 다시 한 번 세상을 살아 내는 기분이다.

세살 고집

요즘 재연이 포지션은 우리 집 '소왕'이다. 원하는 게 있으면 관철될 때까지 백번이고 천 번이고 말한다. 소왕의 기분에 따라 집안의 온도도 오르락내리락한다. 어제도 원하는 장난감을 사주지 않는다며 계속해서 졸라 댔다.

"제발 제발 제발 응?"

좋은 말로 타이르려 하지만 대개는 짜증으로 끝내고 마는데 애 아빠 보기엔 그게 답답했나 보다. 나더러 짜증을 내지 말고 화를 내란다. 훈육을 할 때는 감정적으로 대하지 말라는 것이었다.

하지만 아주 엄정하게 짜증과 화를 구분할 수 있는 것처럼 말했던 남편도 몇 시간 뒤 "제발 제발"을 백번 반복하는 재연이 앞에서 누가 봐도 짜증이 연상되는 화를 내고 있었다.

© 허재연

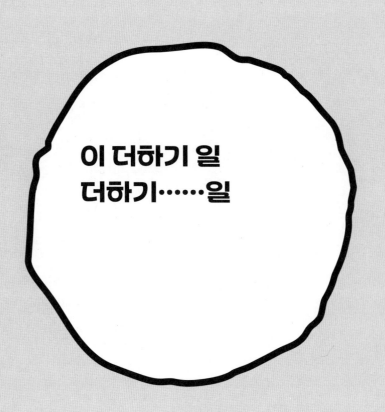

이 더하기 일
더하기⋯⋯일

복뎅이 _____

"으악~~~~~~"

나도 모르게 비명이 터져 나왔다. 그 소리를 듣고 욕실로 달려온 남편에게 임신 테스트기를 건네자 똑같은 소리를 냈다.

"억~"

한동안 우리는 비명을 그치지 못했다. 두 번째라면 좀 달라야 하는데 당황스럽기는 마찬가지. 아이 갖는 데 적당한 때라는 건 없나 보다. 임신 테스트기에 두 줄이 뜬 건 2년 반 만이다.

그렇게 복뎅이가 왔다.

임신인 걸 알았을 때 마침 남편의 단행본 계약이 성사됐고 기자상 수상 소식도 들렸다. 복을 몰고 와서 태명은 복뎅이로 결정했다. 엄마는 첫째 임신 소식을 알릴 때보다 더 충격 받은 목소리였다.

"둘째 안 가진다며?"

"그게 그렇게 됐어."

이번엔 빈말이라도 축하한다는 말이 없었다.

"둘이서만도 알콩달콩 잘 살던데…… 요즘 보면."

엄마 목소리에 속상한 마음이 묻어났다. 평소 재연이를 예뻐하다가도 계속 칭얼거려 나를 힘들게 하면 "내 딸 힘들게 하지 마!" 하며 (장난 섞인) 야단을 치는 타입이고 덜컥 엄마의 자리에 선 나를 내내 안쓰럽게 여겼다. 부모 마음이 그런가 보다.

시댁 어르신은 복뎅이보다 두어 달 먼저 태어날 형님네 셋째 소식을 들은 지 얼마 안 된 터라 우리의 둘째 소식은 '그저 거들뿐'이었다.

애 하나만으로도 이렇게 허덕이는데 둘을 키울 수 있을까? 이런 얘기를 했더니 한 선배가 둘이라고 해서 두 배 힘든 게 아니라 네 배는 힘들 거라고 겁을 주었다.

돌이켜 보면 계획을 한 것도, 안 한 것도 아니었다. 문득문득 둘째 생각이 들었지만 엄두가 나지 않았다. 지금도 이런데, 한 명 더? 절레절레. 그러다 늦은 밤, 자다 깬 아이를 다시 눕혀 가만히 가슴을 토닥이다 보면 불현듯 어쩌면 괜찮지 않을까 하는 생각이 밀려왔다.

복뎅이를 가장 반긴 건 재연이었다. 언니 혹은 누나가 된다는 말에 눈이 초승달이 되도록 씨익 웃었다. 저 떼쟁이가 누군가의 손윗사람이 된다니 상상이 되지 않는다.

어젠 회사 동기의 결혼 피로연이 있었다. 예식은 가족끼리 올리고 펍에 지인들을 불러 모았다. 재연이는 최연소 손님이었다. 거기서 만난 또래 친구와 웃고 놀며 살짝 상기된 볼이 재연이의 마음 상태를 드러냈다. 복뎅이하고도 잘 지내면 좋겠다.

핑크 월드

재연이가 확실하게 아는 색깔은 두 가지, 분홍과 노랑이다. 나머지는 헷갈린다. 분홍이라고 하지 않고 꼭 '핑크'라 발음하며 그것만 찾는다. 그런 재연이를 보면 여러 가지 생각이 든다.

물론 핑크는 예쁜 색이다. 내 눈에도 예쁘다. 그래도 그것이 재연이의 선택이라기보다 만들어진 취향이라는 건 부정하기 힘들어 보인다. 여자아이들의 옷과 장난감 대부분이 핑크색이기 때문이다. 아이를 낳기 전엔 전혀 몰랐던 핑크 월드. 내가 어릴 때와는 좀 달라졌겠지 했으나 분홍색의 스펙트럼만 다양해졌을 뿐 여전히 광활한 핑크의 세상이 준비돼 있었다.

오늘 아침에도 재연이는 각기 다른 색의 칫솔 네 개 중 분홍 칫솔과 노랑 칫솔을 차례로 골랐다. 옷도 신발도 머리끈도 인형도 장난감도 핸드백도 모두 핑크색이다. 동거인인 나의 취향을 약간만 존중해 원피스나 구두 하나 정도는 진분홍 말고 연핑크로 고르는 게 어떻겠냐고 읍소하지만 결국 몸에 걸치는 건 '찐'분홍이다. 분홍 원피스에 분홍 신발을 신은 재연이와 집을 나서며 생각했다. 비가 오든 눈이 오든 해가 지든 여간해서는 애를 못 알아볼 일은 없겠구나! 그렇게 장점을 찾아가는 방향으로 적응해 본다.

태몽

커다란 구렁이가 시골 외갓집 담장을 둘러싸고 있는 꿈을 꾸었다. 깨고 나서 형님의 태몽인가 했다. 검색해 보니 뱀이 나오면 남자애라고 했다. 동물의 종류로 태아 성별을 구분해 놓은 게 참 한국적이었다. 복뎅이가 뱃속에 있다는 걸 알기 전의 일이다.

최근 취재 때문에 만난 꿈 분석가가 내 구렁이 얘기를 듣더니 흥미를 보였다. 태몽 자체에 의미가 있는 건 당연히 아니고 그런 꿈을 꾼 나의 심리 상태에 대한 관심이었다. 대화를 하는 동안 내가 몰랐던 나에 대해 알게 되었다.

실은 복뎅이가 남자아이인가 했다. 조금 바랐던 것도 같다. 다른 성별에 대한 호기심, 남편을 닮으면 괜찮겠다 싶은 믿음, 그리고 어쨌든 시부모가 저렇게까지 바란다면 화는 나지만 부응하고 싶은 모범생 심리 같은 것이 한데 얽힌 결과다. 아들을 바라는 마음에 그렇게 상처받았으면서도 이런 생각을 하다니⋯⋯ 나를 대면하는 건 역시 불편한 일이다.

그렇지만 의사에게 딸이라는 얘길 듣자마자 자매 탄생에 대한 기대로 마음이 부풀었다. 이층 침대가 가능한 조합이다!

나날이 불어나는 몸, 이 불편함을 위로하는 유일한 존재는 안에서 꾸물거리는 복뎅이 바로 너야. 곧 보자, 우리 딸.

3 이 더하기 일 더하기⋯⋯ 일

다정함에는 체력이 필요해

"엄마가 킨더조이를 안 사줘서 너무너무 속상했어."

재연이는 감정 표현에 솔직하다. 섭섭하거나 배고프거나 아프면 봐 달라고, 안아 달라고 외친다. 어떤 때는 내가 다 부러울 정도여서 "아, 좋네. 진짜 젊어" 나도 모르게 그렇게 말하게 된다. 안전하니까, 그래도 되니까 표현에 솔직한 것 같아 안심이 되기도 하지만 좀 지칠 때도 있다.

그런데 재연이에게도 사회적 가면이 있었다. 어린이집에서는 수줍음이 많은 편이라고 한다. 갖고 싶은 게 있어도 잘 표현을 못 해 선생님이 먼저 눈치채고 챙겨 주실 때가 더러 있다고. 하원할 때면 그간 눌렸던 욕망이 폭발하는지 이거 사달라 저거 사달라 끝이 없다. 초콜릿을 먹으면서도 끈질기게 다른 걸 좇는다. 안 된다는 말을 반복하다 보니 조리 있게 설명하기 어려워 덮어놓고 야단을 치곤 한다. 다정함에는 체력이 필요하다. 어제도 그만 좀 하라고 소리를 쳐놓고 마음에 걸려 잠들기 전 꽉 끌어안았다.

"재연아~ 사랑하고 미안해."

"응?"

"사랑하고 미안하다고."

"아니야, 엄마."

별다른 타격이 없는 것 같아 다행이다. 재연이가 웃어서 나도 웃으며 잠들었다. 끝이 좋으면 좋은 거지. 환한 꿈을 꾸었던 것 같다.

나의 지배자

재연이가 과자 그릇을 내던졌다. 정확히 말하자면, 그러려고 했는데 용기가 없었는지 기술이 부족했는지 그릇은 손에 남고 과자만 흩어졌다. 콘프레이크가 사방으로 날리자 본인도 그 정도의 파장은 예상하지 못했는지 흠칫한다. 하지만 그것도 잠시, 다시 투정이 시작됐다.

"주워 담아."

나는 단호히 말하고 방문을 닫아 버렸다.

잠시 뒤 문을 열어 보니 선 채로 미동도 없이 버티던 아이가 그 상태로 오줌을 쌌다.

봐주지 않았다. 맘에 들지 않는다고 물건을 던지는 버르장머리를 고쳐야겠다고 생각했다. 잘못된 행동이라는 걸 다시 한 번 인지시키자 아이는 비로소 수용하고 과자를 줍기 시작했다. 목욕을 시키고 마침내 품에 안기까지 한 시간이 걸렸다.

그것 말고도 오늘 야단을 많이 쳤다. 재연이 잘못도 있지만 나의 컨디션 난조도 그 강도에 한몫한 것 같아 마음이 편치 않다.

요즘 뭘 볼 때마다 먼지가 떠다니는 것 같아 안과를 찾았다. 비문증이란다. 원인은 노화. 아직 30대 초반인데 무슨 일일까?

그 뒤로 아이를 볼 때마다 먼지가 떠다닌다. 남편을 봐도 산을 봐도 바다를 봐도 초파리 같은 게 함께 보인다. 어떤 경이로운 풍경에도 존재감을 드러내는 비문증 덕분에 아주 작은 것의 위력을 실감하고 있다. 어느 날 우리 집을 방문한 아주 작은 아이처럼, 언젠가 초파리도 나의 안구를 지배하게 되는 건 아닐까?

골목길

　　1층 엘리베이터 옆에 종이가 한 장 붙었다. 최근 초등학생 아이를 따라 어떤 남성이 엘리베이터를 타고 집까지 따라 들어가 소변을 본 뒤 집을 둘러보고 나갔다고 한다. 신원 미상의 수상한 사람을 조심하라는 내용이었다.

　　그 짧은 글을 읽는 동안 전에 취재했던 아동 성폭행 사건이 생각났다. 가해자가 아이를 처음 만난 곳은 초등학교. 하교 시간이라 아이들은 물론 학부모도 적지 않았던 학교 운동장에서 범행이 시작됐다. 커터칼을 목에 대고 위협하니 아이가 조용히 한다고 해서 칼을 주머니에 넣고 집까지 왔다. 학교에서 범행 장소인 자신의 집까지 꽤 긴 거리였는데 걸어가는 동안 아무도 아이가 겁박당하고 있다는 걸 몰랐다. 가까이 경찰 지구대가 있었지만 소용없었다.

　　아이 크기만 한 인형을 가지고 현장 검증이 진행됐다. 가해자의 말이 잘 잊히지 않는다. 왜 그랬느냐는 기자의 질문에 술을 마셔서 그랬다고 답하다가 "내 안에 욕망의 괴물이 있다"고 말했다. 범행 당시의 일이 잘 기억나지 않는다면서도 당일 마신 술의 양은 정확히 기억하고 있었다.

　　누군가 마음먹었을 때 아이는 쉽게 표적이 되는 약한 존재다. CCTV 한 대 없고 대낮인데도 오가는 이가 드물었던 폭 1미터 미만의 좁은 골목, 그 어귀의 집을 생각하면 지금도 몸서리가 쳐진다. 나의 굳어진 표정을 눈치채지 못하고 해맑게 웃고 있는 재연이의 손을 꽉 잡고 엘리베이터 문이 열리자마자 집까지 빠르게 걸음을 옮겼다.

추모제

세월호 2주기였다.

세 식구가 광화문에서 열린 추모제에 다녀왔다.

도착하자마자 비가 내렸고 낙지비빔밥을 먹고 나자 혀가 아렸다. 배가 부르니 찬바람 부는 문 밖으로 나서기 꺼려졌다. 재연이는 단무지를 먹으며 지루한 시간을 견뎠고 밖에 나와선 일반 츄파춥스보다 두 배 큰 사탕을 물고 흐뭇해했다. 그러니까 아이에게 오늘은 왕사탕을 먹은 날. 몇 번이나 빗길에 미끄러질 뻔한 걸 엄마 손에 붙들려 바로 선 날이기도 했다.

수많은 경찰과 전경, 추모객들이 비바람 치는 광장에 모였다. 그들 사이를 유유히 지나는 천진한 아이의 머리칼이 습한 공기 때문에 유난히 곱슬거렸다. 그 머릿결을 보며 2년 전 세월호 승선의 순간, 아이들의 얼굴에 비쳤을 천진함에 대해 생각했다.

몇 걸음 지나지 않아 신발이 젖었다.

금세 한기가 느껴졌다.

술집 나들이

아이가 나를 찾는다.

자다 깨 몸을 뒤척이다 옆자리가 허전한 걸 깨달으면 잠이 덜 깬 목소리로 '엄마~' 하고 부른다. 단번에 못 들으면 몇 번이고 부르는 소리가 점점 간절해진다. 달려가 안아 주면 금세 호흡을 고르며 다시 잠든다. 거칠었던 들숨과 날숨이 주기적으로 내 얼굴에 닿는다. 슬며시 몸을 빼려고 하면 힘을 꽉 쥔 작고 보드란 손이 내 목을 놔주지 않는다.

아이가 나를 찾는다.

놀이터 가장 높은 미끄럼틀 위에서도, 키즈카페 트램폴린에서 폴짝폴짝 뛰면서도 내가 자신을 보고 있는지 확인할 때까지 주변을 두리번거린다. 그럴 때는 눈을 맞추기 위해, 아이를 안심시키기 위해 절박해진다.

내가 아니면 안 되는 존재와 함께 사는 이 경험에 대해 생각한다. 때때로 속박처럼 느껴진다. 보이지 않는 실이 아이와 나를 강력한 힘으로 묶어 둔 것 같다. 가끔씩 심술부리는 아이처럼 날 부르는 아이의 말을 못 들은 척하기도 한다.

그러다 또 어느 날은 나를 찾아 허공을 더듬는 아이를 품에 안고 엄청난 위로를 받는다. 아이를 낳기 전에는 상상하지 못했던 안정감이다. 적어도 이 아이에게 나는 쓸모가 있다. 그렇게 아이가 나를 구원해 주는 것 같다. 품에 안긴 아이가 실은 나를 품고 있다는 걸 깨닫는다.

나는 비교적 감정 기복이 적고 눈물이 없으며 공감력이 떨어지는 편이다 — 주변의 평가가 그렇다. 아이를 낳기 전 나는 이런 내가 조금 걱정이었다. 사랑을 주는 데 서툰 엄마라니, 어색한 조합 아닌가. 지나고 보니 뜻밖에도 받는 자리였다. 받는 건 또 내가 잘하지.

어젠 동네 단골 카페와 이자카야에 갔다. 30개월. 재연이를 데리고 카페와 술집 순회가 가능해지기까지 그만큼이 걸렸다. 그동안은 아이가 한자리에 가만히 있지 않는데다 뭘 먹어도 꼭 바닥에 흘리고야 말기 때문에 식당 출입을 자제했다.

내가 없는 주말, 재연이는 아빠와 단둘이 목욕탕에 다녀왔다. 남탕 출입한 걸 알면 어르신들이 놀라겠지만 남편과 재연이 둘 다 목욕을 좋아해 둘만의 데이트를 즐기기엔 최적의 장소다. 내가 당직인 날은 하원부터 잠들 때까지 두 사람의 시간이다. 계속해서 카드 결제 알림 문자가 오는 걸 보니 정말 즐거운 시간을 보내고 있는 것 같다. 그동안 나는 혼자이면서, 복뎅이와 함께였다. 남편과 재연이, 나와 재연이, 나와 복뎅이, 재연이와 복뎅이 둘만의 순간이 점점 늘어날 것 같다.

셋째 엄마

가까운 지인들은 결혼식을 올리지 않고 함께 살거나, 결혼을 했어도 아이가 없거나, 앞으로도 결혼 생각이 없는 채로 잘 지내고 있다. 아이 낳을 생각이 별로 없는 사람들에 둘러싸여 있기 때문에 관련된 이야기를 잘 하지 않는 편이다. 당면한 현실이라 나도 모르게 슬금슬금 새어 나오는 건 어쩔 수 없지만.

가끔 마주치는 재연이 친구들 학부모와의 공통분모는 당연히 아이인데 대화를 나누다 보면 늘 내가 모르는 게 너무 많다. 재연이와 같은 반 친구들의 이름도 몇 명만 간신히 외는 수준이고 그마저 얼굴과 잘 매칭이 안 되는데 다른 부모들은 같은 반은 물론 다른 반 아이들, 다른 반 선생님의 사정까지 속속들이 알고 있다.

산후조리원에 있을 때 한 언니가 내게 '셋째 엄마' 같다고 했다. 좋게 말하면 초연하고, 나쁘게 말하면 무심해 보인다는 뜻이었다. 여전히 이쪽에도 저쪽에도 속하지 않은 것 같은 기분이 들 때가 많다. 아이가 둘이라고 해서 달라질 것 같지는 않다.

첫째를 낳을 때도 그랬지만 두 번째 출산을 앞둔 지금도 기대보다 두려움이 앞선다. 내 마음이 불안정할 때 배우자가 옆에서 용기를 불어넣어 주면 좋으련만 나보다 더 오돌오돌 떠는 느낌이다. 그러다 어느 날 격하게 외로움이 밀려올 때가 있다. 재연이를 낳기 전에도 그랬다. 만삭이 가까워지면서 속상한 마음에 혼자 우는 횟수가 늘어난다.

작은 일에도 섭섭한 걸 보면 호르몬 때문인가? 당사자는 결국 나 혼자라는 생각이 든다. 내 몸이 전장이니까. 그런 한편 믿고 있다. 재연이와 마찬가지로 복뎅이를 낳은 게 무엇보다 잘한 일이라 회자할 날이 오겠지……

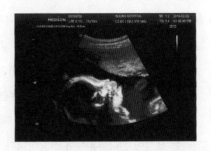

만삭 ___

재연이를 어린이집에 데려다 주는 길, 모처럼 세 식구가 다 같이 집을 나섰다. 그런데 엘리베이터에서부터 배가 아파 왔다.

"안되겠다. 엄마 못 가겠어. 배가 뭉친 것 같아. 재연이 잘 다녀와."

"엄마 같이 가자~."

재연이가 올려다보며 웃음을 짓는데 마음이 녹아내렸다.

인생의 빛나는 한 시기를 꼽으라면 이런 순간일 것 같았다.

만삭을 향해 가면서 자주 배가 뭉친다. 뱃속의 복뎅이는 가끔 저의 존재를 알리려는 듯 발끝으로, 머리로 나를 찔러 본다. 갑자기 배 모양이 희한하게 변한다. 재연이보다 활동적인 편이다.

임신 후기로 갈수록 튀어나오는 배꼽은 나도 신기해 문질러 보면서도 갸웃갸웃한다. 배를 만져 보려는 사람들은 두 부류다. "배 만져 봐도 돼?" 하며 가만가만 조심스럽게 만져 보고 "우아~ 신기해" 하는 사람이 있는가 하면, 무턱대고 만지는 과가 있다. 후자의 대표 주자는 재연이.

"엄마한테 물어보고 만지는 거야. 엄마 몸속에 있으니까."

아무리 설명해도 손부터 척 올린다. 금세 흥미를 잃는 것이 그나마 다행이다.

롤러코스터

"그러게~.""망가졌잖아.""고마워."

재연이가 하는 말을 듣고 가끔 놀란다. 단어 자체보다 말투가 너무
자연스럽다. 따로 힘을 들이지 않는데도 서서히 태를 갖춰 가는 게 정말
기적 같다. 금세 용례에 들어맞는 표현을 구사하는 걸 보면 신기하기만
하다.

"엄마 이거 봐봐. 나 멋지지?"

오늘은 아침부터 모기 퇴치 팔찌를 손목에 두르고 자랑을 한다.

"나 이거 할 수 있겠어."

'나 할 수 있어'를 이렇게 말한다.

"미안해~."

팬티에 실례를 해서 내가 손빨래하는 걸 보며 말했다. 웬일로 온순
한 양이 되어 말투에서 진심이 느껴진다.

"내가 할 거야. 내가 내가 내가."

요즘 재연이가 제일 자주 하는 말이다. 뚜껑을 여는 것도, 지퍼를 닫
는 것도, 토마토를 자르는 것도 자기가 다 한다면서 의도대로 안 되면
성질을 낸다.

며칠 전 등원길에 별거 아닌 이유로 칭얼대길래 큰소리를 좀 냈더
니 말했다.

"엄마 소리 지르지 마아!"

놀랐네. 자기가 소리 지르게 했으면서 엄마를 가해자로 만드는 재주
가 있다. 어린이집 앞에 도착할 때까지 뿔이 나있다.

"재연이 아직 기분 안 좋아?"

"엄마가 소리쳤잖아."

두 번째 지적이다.

"재연이가 그렇게 만들었잖아. 엄마도 소리 안 지를 테니까 재연이도 엄마 말 잘 듣자. 알았지?"

성급한 봉합이었지만 다행히 고개를 끄덕였다. 그래도 온전히 풀리진 않았는지 표정은 어둡다. 아이를 들여보내고 무거운 마음으로 돌아서는데 재연이가 다급하게 불렀다.

"엄마 엄마아 안녕!!"

그제야 발걸음이 가벼워졌다.

멍게의 맛

퇴근길 버스에서 내렸더니 재연이와 남편이 정류장 벤치에 앉아 있었다.

"엄마!"

나를 본 재연이가 품에 뛰어들었다. 아이 몸에서 달큼한 냄새가 났다. 재연이를 안을 때 달라진 몸의 온도와 체취에서 계절을 감각하게 된다. 꽃보다, 아이다.

남편에겐 꿍꿍이가 있었다.

"딱 술 한 잔 생각나는 날씨 아닌가?"

"응? 난 먹지도 못하는데?"

단골집이 문을 닫아 처음 보는 실내 포장마차에 갔다. 저녁 시간인데 손님이 우리뿐이었다. 오지랖 기질이 발동한 남편은 사장님 걱정을 하기 시작했다. 둥근 스테인리스 테이블에 셋이 둘러앉았다.

재연이가 두 다리를 들었다 내릴 때마다 철제 의자와 부딪혀 작게 마찰음이 났다. 오동통한 손가락과 두툼한 종아리를 보다 문득 깨달았다. 늘 아기띠에 매달려 있던 아이가 나나 애 아빠의 무릎에 앉던 시기를 지나 단독의 의자를 차지하고 있었다. 일인분의 자리에 대해 생각하는 찰나, 사장님이 메뉴판을 건넸다. 주 메뉴는 해산물, 그중 멍게가 눈에 들어왔다.

"자연산 돌멍게는 아니겠지?"

남편이 내 말 뜻을 눈치채고 계면쩍게 웃었다.

남편과 함께 시부모님께 처음 인사를 드린 날, 멍게를 먹었다. 제법

고급스러운 느낌이 나는 일식집이었다. 어려운 자리이기도 해서 음식에는 별로 손이 가지 않을 줄 알았는데 꼬들꼬들한 회가 입에 착 감겨 살살 녹았다. 바다에서 나는 싱싱한 것들이 대체로 그렇듯 감칠맛이 좋았다. 자리가 어색했는지 남편이 초반부터 술을 벌컥벌컥 들이키더니 금세 혀가 꼬였다. 그때부터 멍게를 어머니 앞으로 자꾸만 옮겨 놓기 시작했다.

"이거 자연산 돌멍게야. 안 먹어 봤지?"

그 자리에서 나눈 다른 이야기는 기억나지 않는다. 오로지 자연산 돌멍게만 기억난다. 남편이 취해서 같은 말을 적어도 열 번은 반복했기 때문이다. 결국 남편 혼자 만취한 채 자리가 마무리됐다.

둘만 남자 나는 불만을 터뜨렸다. 자리 분간 못 하고 혀가 꼬이도록 취해 버린 남편이 몹시 못마땅했고 그런 사람만 피해야지 했는데 — 실은 우리 아빠가 곧잘 그랬다 — 딱 얻어걸린 느낌이랄까. 그놈의 자연산 돌멍게 타령도 거슬렸다.

남편이 미안하다며 말했다.

"엄마가 멍게 뿔만 먹던 게 생각나서. 뿔에 붙은 얼마 안 되는 살만 빨아 먹었거든. 속살은 아버지 드리고."

케이 효자 같은 말을 혀 꼬부라진 목소리로 듣자니 내 마음은 더 차갑게 식었다. 나는 퉁명스럽게 대꾸했다.

"우리 집은 멍게 자체를 못 먹었어."

그 돌멍게 이후 밖에서 함께 먹는 첫 멍게였다. 양식 멍게도 살이 통통했다. 재연이가 신기한지 사장님이 손질하는 모습을 유심히 지켜봤다. 뿔 부분을 자르고 배를 가르자 미끈한 주황색 속살이 드러났다. 드디어 우리 상에 멍게가 올랐다.

"아~ 냄새."

낯선 먹거리에 관심을 보이던 재연이는 킁킁하더니 두 손가락으로 코를 잡았다. 금세 흥미를 잃고 기본 안주로 나온 콩나물국과 달걀부침을 야무지게 먹는다. 곧이어 나온 어묵탕의 우동 사리를 그릇에 덜어 주었다. 신이 난 재연이가 포크로 한 가닥 집어먹더니 뜨겁다고 오두방정을 떨었다. 역시 아직은 손이 많이 간다. 물을 먹은 뒤 그릇에 담긴 면을 후후 불어 주고 사연 많은 멍게 뿔을 하나 집어 남편에게 건넸다.

"마음에 걸렸다며…… 뿔은 당신이 먹어."

말짱한 멍게는 내 입안에 넣었다. 바다 향이 올라왔다. 말캉말캉한 식감이 입에 닿자 시원하고 비리고 짠 맛이 느껴졌다. 뒷맛은 썼고 끝내는 달았다. 그 오묘한 맛이 마치 아이를 키우며 마주하는 복잡다단한 감정의 결과 비슷했다. 울퉁불퉁한 피부 안에 꽁꽁 감춰진, 보들보들한 속살부터가 그렇다. 무채색 일상이 영원할 줄 알았는데, 정신을 차리고 보니 시뻘겋고 샛노란 비비드 컬러가 내 하루하루를 물들이고 있다. 평소 느껴 보지 못한 감정의 세계로 나를 몰아넣는 저 작은 것. 세상 끝까지 화가 치밀다가도 끝내 다정한 화해로 마무리하는 일을 기꺼이 반복하게 만드는 힘을 가졌다.

남편은 멍게가 멍게로 안 보일 만큼 초장을 듬뿍 찍어 입으로 가져갔다.

"그러면 무슨 맛이 나?"

"나지. 멍게의 맛은 여간해선 묻히지가 않아."

"애랑 비슷하네."

내가 어묵을 먹고 있는 재연이를 가리키며 말했다. 일인분의 몫은 이미 해치운 지 오래, 벌써 세 그릇째다.

"뭐? 나?"

멍게라는 이름도 오늘 처음 알게 된 아이가 이해할 수 없다는 표정으로 물었다. 깨어 있으면 깨어 있는 대로, 자고 있으면 자고 있는 대로, 떨어져 있으면 떨어져 있는 대로 존재감을 과시하는 아이, 곧 그런 아이가 하나 더 세상에 나온다. 혼자 술을 들이키던 남편이 말했다.

"우리 셋이 딱 좋은데……."

달라질 일상이 두려운 건 둘 다 마찬가지지만 남편은 뭐든 잘 잊어버리는 나보다 더 걱정이 많은 편이다. 변화에 대한 스트레스도 그렇다. 당분간은 품에 안기도 불안할 만큼 작을 복뎅이는 나를 또 어디로 데리고 갈까. 한편으로는 기대가 되기도 한다. 하지만 그런 말을 꺼내지는 않았다. 남편의 센티멘털을 지켜 주고 싶었다.

멍게를 앞에 두고 아빠가 소주를 들이키는 동안 곁을 지키며 졸알대는 재연이를 보며 우리 셋만의 이야기는 여기까지겠구나 하는 예감이 들었다. 비 오는 날이라 아이의 머리칼이 파마약을 잘 먹은 것처럼 꼬불거렸다. 젓가락에서 계속 이탈하는 멍게를 집어 올리느라 집중하는 남편의 앞머리도 유난히 곱슬거렸다. 문득문득 비집고 나오는 멍게의 향은 입안에서 사라진 뒤에도 여운을 남겼다.

복뎅이를 만난 날

간밤에 치통을 심하게 앓았다. 충치를 치료해야 하는데 덜컥 임신을 했고 그 때문에 치료를 미뤄 둔 터였다. 밤새 끙끙 앓으며 이 정도면 뭐가 됐든 치과에 가야겠다 싶었다. 동네 치과가 10시에 연다는 걸 확인한 뒤 소파에서 꼴딱 밤을 샜다. 통증 때문에 잠을 이룰 수 없었다. 동이 트고 아침이 되자 문득 깨달았다. 산통이구나.

약한 곳으로 통증이 스민 것이다.

어린이집 등원 시간이 좀 남아서 시댁에 재연이를 맡기고 남편과 산부인과로 차를 몰았다. 주차장으로 들어선 순간 보조석에 앉은 내가 말했다.

"아무래도 나 먼저 내려 줘야 할 것 같은데, 너무 아픈데?"

남편은 서둘러 주차를 하다 다른 차와 부딪힐 뻔했다. 그렇게 입원한 지 두 시간 만에 복뎅이가 나왔다. 예정일보다 일주일 빨랐다.

2.98킬로그램.

둘째라 빨리 나왔다고들 하는데, 밤새 이로 산통을 겪었기 때문에 그다지 빠른 편도 아닌 것 같다. 이번에도 탯줄은 간호사가 잘랐고 아이가 내 가슴팍에 놓였다. 쭈글쭈글한 건 그대로였지만 어딘가 달랐다. 재연이 때보다는 그래도 덜 당황한 상태에서 인사할 수 있었다.

안녕 복뎅아, 세상에 온 걸 환영해.

복뎅이를 낳고 처음 생각난 사람은 재연이었다. 코감기에 걸려 약을 먹고 축 쳐져 있었는데 괜찮을까? 갑자기 할아버지 손을 잡고 등원하며 낯설지는 않았을까?

어린이집 알림장 앱으로 출산 소식을 알렸더니 햇살반 선생님이 마침 오늘 아가 돌보기 연습을 했다는 소식을 전해 주셨다. 동생이 태어나 마음이 복잡할 재연이를 좀 더 세심하게 돌보겠다고 해서 눈물이 핑 돌았다.

우리 둘과 재연이밖에 없는 것 같아도 손 닿을 거리에 항상 조력자들이 있다. 그래서 이만큼 올 수 있었다.

복뎅이를 만난 날, 재연이가 몹시 보고 싶다.

    재연이가 조리원에 왔다. 까치발을 하고 창틀에 팔을 기댄 채 같은 방향으로 나란히 누운 아기들을 가만히 쳐다본다. 얼핏 똑같아 보이는 얼굴이 여럿이라 놀란 것인지 눈이 커지고 눈동자가 호기심으로 일렁였다.

    "누가 내 동생이야?"

    "맞춰 봐. 누구 같아?"

    "저~어기 끝에 있는 애."

    세 번을 찍었으나 모두 맞추지 못했다. 신생아실 선생님이 '진짜' 동생을 창 가까이 데려오자 재연이가 말을 멈추고 오랫동안 바라보았다.

    "왜 눈을 감고 있어? 우아~ 되게 작다."

    아기 옆에 있으니 재연이가 엄청 커 보였다. 집에 가면 동생한테 우유도 주고 잘 놀아 주기로 약속했다. 엄마와 헤어지기 싫다고 눈물을 보여서 마음이 안 좋았는데 마트에 들르자는 아빠의 말에 냉큼 따라나서 결국 웃으며 헤어졌다.

    잠을 푹 못 자는지 어린이집에서 전보다 피곤해한다는 얘길 들었다. 등원하고 난 뒤 오전에도 자주 누워 있다고 한다. 보통은 나와 남편 사이에서 한쪽을 끌어안거나 양쪽에 팔이나 다리를 척척 올려놓고 자는데 잠자리 환경이 바뀌어서 그런 것 같다. 남편은 요즘 잘 때 자기 목을 꽉 껴안아 숨이 막힐 정도라고 했다.

    내가 조리원에 있는 동안 어머니가 재연이를 단골 미용실로 데려가 숏컷으로 잘라 놓으셨다. 곱슬머리가 더 두드러졌다. 나름 잘 어울린다고 생각했는데 조리원 엄마들과 조리사 선생님이 남자애인지 여자애인지, 파마를 한 건지 몇 차례나 물어 왔다. 원피스를 입었는데도 그런다. 신생아실 너머 창문으로 상체만 봐서 그런 거겠지? 재연이가 치마에 집착하는 덴 이유가 있는 것 같기도 하다.

삼춘기

모처럼 집에 오니 재연이가 좀 달라졌다. 잘 토라지고 작은 거에 많이 서운해한다. 어린이집 선생님은 요즘 재연이가 '삼춘기'라고 말씀하셨다. "싫어" "치~" "○○랑 안 놀아" 이런 얘기를 자주 한다고 한다. 애교가 철철 넘치다가도 마음이 상하면 악을 쓰며 잘 그치지 않는다고 하는데 집에서도 마찬가지라 안 봐도 비디오다.

동생한테 관심이 많아 근처를 잘 안 떠나려 한다. 언니는 동생이 좋아 같이 놀고 싶은데 볼을 부비고 손을 잡아끄는 동작이 너무 과격해 동생은 언니고 뭐고 그게 너무 귀찮다. 그럼 언니는 마음이 상해 하루에도 열두 번씩 슬프다 섭섭하다 이런 말들을 읊어 댄다.

난 복뎅이 젖을 주느라 같이 잠들기 어려워 재연이는 요즘 아빠를 끌어안고 잠이 든다. 첫째는 아빠, 둘째는 나. 어쩐지 담당이 그렇게 되어 가고 있다. 재연이를 더 자주 안아 주고 싶은데 아무래도 전과 같기는 어렵다.

재연이는 아침마다 마음에 드는 치마를 고르는 데 오랜 시간을 보낸다. 보색 대비가 선명한 걸 자주 골라 덜 튀는 옷을 추천하는 나와 아웅다웅한다. 최근엔 <겨울왕국> 엘사 공주 원피스를 사달라고 했다. 조악한 원피스가 넘쳐 나길래 그걸 입으면 몸이 간질간질할 거라 어물쩍 넘어갔는데, 재연이 말을 기억해 둔 엄마가 사다 주셨다. 둘째가 태어나면 첫째를 특히 신경 써야 한다며 재연이 마음을 살핀 결과였다. 너풀거리는 하늘색 레이스 치마에 흰색 상의가 이어지는데 상의 한가운데 엘사 캐릭터가 그려져 있다. 몸에 딱 붙어 배 나온 게 두드러지길래 급히 가디건을 찾아 입혔다.

　재연이는 "할머니 최고!"를 여러 번 외쳤다.

　복뎅이를 아기띠로 들쳐 매고 재연이 어린이집에 가는 오후, 갓난 아이를 보더니 어르신들이 한마디씩 건넸다.

　"집에서 조리를 잘 해야지 안 그러면 나중에 후회해."

　"지금은 아무리 말해도 모르지, 언젠가 알게 될 거야."

　"나중에 손끝 발끝이 찌릿찌릿해. 찬물에 닿기만 해도 시려."

　산후조리란 무엇인가. 많은 분들이 한결같이 비슷한 말씀을 하셔서 당분간은 시부모님께 하원을 부탁드려야 하나 생각했다. 하지만 어린이집에서 "엄마!"를 외치며 나오는 재연이의 환한 얼굴을 보면 그런·생각이 사라진다. 그래 이 맛이지. 나중에 후회하더라도 아이의 미소를 얻었으니 오늘은 그걸로 되었다.

그러할 연

"헉 헉 헉."

젖을 빨던 복뎅이가 힘이 부치는지 잠시 멈추고 숨을 골랐다. 먹고 살기 위해 안간힘을 내는 숨소리. 재연이 아기 때 이후 오랜만이다.

복뎅이가 점점 토실토실해지면서 언니와 비슷한 얼굴이 되고 있다. 눈썹이 직각으로 선명해 <짱구는 못말려>의 짱구 같다.

복뎅이 이름은 이연이로 지었다. 아버님이 지은 복수의 이름 중 딱히 마음에 드는 게 없었다. 남편이 재연이처럼 연으로 끝났으면 좋겠다고 해서 '연' 앞에 각종 글자를 대입해 보았더니 이연이가 꼭 맞춤인 느낌이었다. 발음하기 좋고, 왠지 정이 갔다.

재연 이연, 자매 탄생을 축하해!

여름날

요즘 재연이는 부정어를 달고 산다.

"아니야." "안 돼." "싫어." "안 할 거야."

날씨 때문인지 어린이집에서도 짜증이 늘었다. 활동에 집중을 못 해 다 같이 뭔가를 하는 시간에도 본인이 원하는 대로 유희실을 돌아다닌단다. 선생님이 이대로 괜찮을지 물어 오셨다.

집에서도 마찬가지라 주말 같은 때 하루 한두 번은 꼭 아빠에게 혼나고 무섭게 운다. 방에 혼자 있게 하는 벌을 줄 때도 있는데 어찌나 울부짖는지 아이를 때리기라도 하는 줄 알 것 같다.

간밤에는 몸이 간지럽다고 깼다. 수딩젤을 발라 주려고 하니 거부해 한참 실랑이를 했다. 아토피 피부는 봄여름가을겨울 철마다 각자의 이유로 어렵다. 다시 자려고 같이 누웠을 때 내가 말했다.

"엄마가 재연이 뱃속에 있을 때랑 젖 먹일 때 음식을 안 가려서 그런 것 같아. 미안해."

"괜찮아, 다음부터 안 그러면 되지."

피식 웃으며 다시 잠이 들었다.

4

비견지적
엄마 시점

제주도 우리 집

"바람이 많이 부는 동쪽을 피하라."

제주도를 자주 오가던 지인이 해준 유일한 조언이었다. 그 말 하나만 마음에 새기고 동쪽은 피해야지 했는데 웬일인지 동쪽과 서쪽을 헷갈린 어느 날 굉장히 마음에 드는 집을 발견하고는 덜컥 한달살이 계약을 해버렸다.

구좌읍 하도리의 우리 집은 동쪽 해안에 위치한 세화해변과 가깝다. 역시 바람이 굉장해서 자려고 누우면 위잉위잉~ 공포 영화 효과음 같은 소리가 쉬지 않고 들렸다. 이러다 지붕이 날아가는 거 아닌가, 불안한 마음이 스미다가도 곧장 잠으로 직행하는 나날들이다.

돌담집을 리모델링한 방 두 개짜리 단독주택인데 옛스런 창틀이며 문틀이 정겨우면서도 욕실과 부엌은 현대식이라 생활하기 편리하다. 우리 네 식구에게 더할 나위 없는 공간이다. 마당엔 작은 모래 놀이터도 있다. 재연이가 거기서 모래로 밥을 짓고 풀을 뜯어 반찬을 만드는 동안 이연이는 유모차에 앉아 언니를 구경하며 쌀과자를 쪽쪽 빨아먹기도 하고 가끔 모래놀이에 동참해 언니가 구축한 세계를 망가뜨리기도 한다. 어쩌다 모래 만진 손이 그대로 입으로 직행하려고 하면 언니는 찰싹 동생의 손등을 내리친다.

나나 남편이나 아이와 잘 놀아 주는 편이 아니었는데 여기 오니 몸으로 놀아 주게 된다. 기꺼이 아이에게 몸과 마음을 내줄 수 있는 건 여유 때문인 것 같다. 방바닥 여기저기 이불을 잔뜩 쌓아 놓고 재연이를 들어 바닥에 던지면 까르르르 소리를 낸다. 이연이도 덩달아 발을 구르다가 똑같이 해주면 까꺄꺄 소리를 친다.

　　바람이 거세게 부는 제주의 밤, 이러다 지붕이 날아가는 게 아닌가 하는 불안감도 그 웃음소리에 묻혀 날아가고, 밖에서 천둥이 쳐도 우리는 희극을 상연하는 극장에 있는 것만 같았다.

성산일출봉에서

하루가 서울에서보다 느리지만 일주일은 빠르게 지난다. 재연이와 24시간 함께 지내는 경험은 오랜만이다. 걷기 싫어하는 재연이와 남편 때문에 무리해서 다니지는 않는 편이다.

일찍 눈뜨는 재연이를 위해 간단히 아침을 챙겨 주고 우리는 느지막이 아점을 한다. 삼시세끼만 고민하면 되는 시간들은 평화롭다. 잠들기 전에 가보자고 했던 데가 있어도 다음날이 되면 그냥 이대로도 좋지 않은가 해서 차 한 잔 들고 마당을 서성이다 취향에 맞는 노래를 튼다. 슈퍼스타K 우승자 김영근의 노래를 자주 듣는다. 요즘 이 프로그램을 보는 사람은 우리밖에 없는 것 같지만, 적어도 우리 둘에겐 슈퍼스타다.

그러다 보면 벌써 오후다. 우리가 즐겨 찾는 곳은 성산 일출봉. 바로 앞에 위치한 카페에 도착하면 따뜻한 아메리카노와 아이스 아메리카노, 소프트 아이스크림을 주문한다. 오르지 않고 보기만 하는 곳, 그 자체로 압도되는 곳, 남편과 내가 제주에서 좋아하기로 비자림과 다투는 장소다.

엄마 아빠 옆에 나란히 앉아 재연이도 창밖을 바라본다. 재연이에게 성산 일출봉에 가자는 말은 곧 아이스크림을 먹는다는 뜻이다. 아기띠에 갇힌 허이연은 온몸을 비틀며 언니가 먹는 아이스크림에 손을 뻗쳐 보다가 곧 포기하고 입맛만 다신다. 아이스크림 대신 쪽쪽이를 빨면서.

어쨌든 네 식구 모두 하나씩 뭔가 입에 넣고 거대한 자연을 마주한다. 어느 날은 폭우가 쏟아져 한치 앞도 보이지 않다가 갑자기 햇살이 쨍하고 솟아 엄청난 풍광이 다시 펼쳐진다. 대자연이 주는 먹먹함을 실감하고 있다.

가끔 일출봉의 완만한 언덕길 입구에서 조랑말을 구경하기도 한다. 말과 재연이 사이 거리가 애매하다. 멀지도 가깝지도 않은, 궁금하긴 한데 가까이 가기는 무서운 마음이 보인다. 아마 지금 이 시기 아이의 세상 만물에 대한 태도가 그러할 것이다.

어린이집 선생님이 재연이 안부를 궁금해하셔서 영상 편지를 찍었다. 재연이가 수줍게 웃으며 말했다.

"얘들아, 나 지금 제주도야. 여기는 일볼충이래. 나는 잘 지내고 있어. 곧 보자."

나중에 보니 음성은 바람 소리에 묻혀 거의 들리지 않았다. 일출봉 발음은 늘 어렵다.

집에 오는 길, 마트에 들러 장을 본다. 해녀가 파는 뿔소라가 추가될 때도 있다. 집에서 체력을 충전하고 산책을 나선다. 파도치는 걸 구경하기 위해서다. 짙푸른 수색과 새하얀 포말, 찰싹이는 물소리의 조합은 절대 질리는 법이 없다. 한참을 바라보다 돌아와 저녁을 먹는다. 어둠이 내려앉은 하도리의 캄캄한 밤, 또다시 내일은 어딜 좀 가볼까 대화가 오가지만 딱히 계획이라고 할 순 없다. 내일이 어떤 내일이 될지는 내일만이 알고 있다.

제주의 기억

숙소 근처 읍내는 작지만 의외로 없는 게 없다. 며칠 전 길을 잃어 잘못 들어선 골목길에 네온사인이 번쩍이고 있었다. 단란주점 간판이었다. 아무도 다니지 않는 길, 윙윙대는 바닷바람 소리와 겹쳐 신비한 느낌마저 들었다.

길을 걷다 눈에 띄는 식당에 무작정 들어가기도 한다. 그렇게 찾은 식당 중 우리가 가장 즐겨 가는 곳은 중국집이다. 흔한 짜장과 짬뽕, 탕수육인데 뭔가 다르다. 재연이도 늘 무서운 속도로 짜장면과 탕수육을 비워 낸 뒤 요구르트까지 마시며 만족스러운 표정을 짓는다.

할머니 혼자 운영하시는 고기국수 집에도 몇 번 들렀다. 이연이를 안고 있는 나를 대신해 남편이 수저와 김치, 물을 나르느라 분주했다. 그 모습을 본 할머니가 남자를 다 시켜 먹는다며 나를 가볍게 나무랐다.

현지인들이 많이 찾는 듯한 돼지갈비 집에도 다녀왔다. 그곳에서 두 시간 남짓 있는 동안 세 명의 이주 여성과 마주쳤다. 모두 나보다 훨씬 젊어 보였지만 남편, 아이와 함께였다. 남자 중 한 명은 거동이 불편해 보였고, 한 명은 나이 차이가 서른도 더 돼 보였으며, 또 한 명은 몸무게를 가늠하기 어려울 정도로 덩치가 컸다. 세 테이블에 앉은 아이들도, 재연이도 쌀밥에 고기를 얹어 맛있게 먹었다.

어제는 장을 보러 저물녘 읍내에 들렀는데 마트에서 나오니 그새 해가 져 캄캄했다. 여기선 웬만한 가게도 일찌감치 불이 꺼진다. 그런데 재연이가 초등학교 앞 문방구의 희미한 불빛을 발견하고는 내 손을 이끌었다. 한참 살피더니 반지를 갖고 싶단다. 허락하니 금세 골랐다. 의외로 심플한 디자인이다. 얼핏 보면 금을 커팅한 느낌이 드는 500원짜리 반지에 재연이 얼굴이 환해졌다.

네 명의 고요한 일상도 잠깐이었다. 서울에서 가족과 지인들이 놀러 와 며칠씩 묵고 가니 한 달이 후딱 가버렸다. 아이들은 나중에 이 시간을 어떻게 기억할까? 아니, 기억하기는 할까?

떠나기 전 제주에서의 한달살이가 부럽다는 어린이집 선생님의 말씀에 나중에 아이들이 기억이나 할지 모르겠다고 하니 그러셨다.

"그래도 애들 정서에는 남겠죠"

그래, 기억은 나와 남편이 하면 된다. 아이들은 앞으로의 삶에서 자신만의 제주를 스스로 그려 나가겠지.

색칠 공부

　　서울의 부산스러움이 간만이라 반가웠다. 이웃 할머니가 제주도에서 뭘 그렇게 많이 먹고 살이 쪘냐고 물으셨다. 전복죽을 많이 먹었냐고 묻길래, 짜장면을 많이 먹었다고 했다. 해물짜장인가 보다 하셔서 유니짜장이라고 말씀드리려다 말았다. 재연이 덕분에 내 중국집 메뉴는 몇 년째 유니짜장이다. 실은 엄마가 짜장면을 좋아하지 않는다는 걸 아이는 알까?

　　감귤 초콜릿을 들고 간만에 어린이집에 다녀온 재연이가 갑자기 엄마가 아가만 예뻐한다면서 울었다. 요즘 자주 그런다. 얼마나 서러웠으면 저러나 싶어 마음이 약해지다가도 계속해서 말하면 정말 섭섭한 건지 그 말에 내가 약해지는 걸 아는 건지 헷갈린다.

　　어린이집에서 색칠 공부를 열심히 해서 손가락이 아프다고 했다. 재연이는 색칠하는 걸 좋아한다. 다른 걸 할 때는 집중력이 금세 흐트러지는데 그림을 그리거나 만들기를 할 때는 엉덩이가 무겁다. 집에 오자마자 가방에서 꺼내 자랑하는 아이템 역시 대체로 그림이다. 오늘은 공주 그림을 펼쳐 놓았다. 땋은 머리가 바닥까지 내려오는 공주의 눈 크기가 얼굴 면적의 절반 이상이었다.

대기조

재연이 어린이집을 알아보고 있다. 오늘 상담을 하러 다녀온 곳은 ○○어린이집. 남편이 어릴 때부터 있던 곳인데 지금까지도 영업 중이다. 낡고 오래된 느낌이었다. 지금 다니는 어린이집은 만 3세까지만 다닐 수 있어서 좀 더 규모 있는 곳을 찾고 있다. 아이가 둘이어도 국공립 어린이집을 보내기가 쉽지 않다. 집 앞에 하나 있지만 대기가 길어 사립 어린이집에 보내는 수밖에 없었다.

이 시기가 되면 많은 부모가 보육 기관이 아니라 교육기관으로 분류된 유치원에 보내지만 하원 시간이 어린이집에 비해 한참 일러서 우리의 선택지에서는 일찌감치 제외되었다.

상담 간 어린이집의 원장 선생님이 미술 중심의 특별활동에 굉장한 자부심을 갖고 계셨다. '창의성 교육' '정서 발달' 같은 단어가 이어지는 동안 내 머릿속에는 다른 생각이 지나갔다. 교실이 너무 작아 애들이 답답해하지 않을까? 아이의 성향을 물어 '움직이는 걸 별로 안 좋아하고 정적인데 그렇다고 책을 좋아하는 건 아니고 잠이 적다'라고 대답했다. 지나고 나니 너무 객관적이었나 싶어 '잘못된 행동에 대해 설명을 해주면 이해하고 고치려고 노력한다'라고 장점을 덧붙였다.

별다른 선택지가 없어서 등록을 하려던 차에 좀 거리가 있는 국공립 어린이집에서 연락이 왔다. 걸어 보니 역시 너무 멀어 괜찮을까 싶었지만 그래도 교실 크기가 널찍해 지내기 나을 것 같았다. 부랴부랴 입학원서를 쓰고 온 지 사흘 뒤, 집 앞 국공립 어린이집에 자리가 났다고 연락이 왔다. 돌고 돌아 결국 원하던 곳에 가게 되었다.

"아이가 적응하려면 최소 2주 이상은 필요할 거예요."

2주는 아이와 함께 어린이집에 있다 가거나 어린이집 근처에서 대기해야 한다는 뜻이다. 복직을 미루고 대기조가 되는 수밖에 없다.

요즘 꿈에 가장 많이 등장하는 사람은 편집국장이다. 간밤에도 나왔다. 다행히 이번에는 동기들도 함께여서 분위기가 나쁘지 않았다. 복귀를 앞둔 자의 초조함과 설렘이 뒤섞인 결과다. 내 무의식의 회로가 단순한 건지 잠들 때 생각한 게 꼭 꿈에 나오는데 어젯밤에는 무슨 생각을 했더라? 회사로 돌아가는 시기가 늦춰져 아쉬우면서도 어쩐지 안도했던 것 같다.

흔한자매의 시작

아이들을 재우고 방에서 남편과 텔레비전을 보는데 어디선가 인기척이 났다. 이연이가 해맑게 웃으며 기어 오고 있었다. 열어 둔 문 사이로 나왔나 보다. 아닌 밤중에 한참을 웃다 안아 주었다. 볼 위쪽에 든 멍이 아직도 선명했다.

멍은 언니의 작품(?)이다. 한눈판 사이 재연이가 먹다 만 추파춥스를 어떻게 빨아먹었는지 종이로 된 막대 부분이 너덜너덜했다. 그걸 본 재연이가 이연이를 걷어찼다. 이연이는 단 걸 일찍 접해 아기용 과자엔 관심이 없다. 얼마 전에는 언니가 먹다 놔둔 요구르트 병을 빨다가 신세계를 맛보았는지 빈 병을 핥느라 정신이 없었다. 어른들이 뭘 먹을 때마다 '어우아바바' 소리를 내며 발을 구르고 성화다.

어제는 보행기를 잡고 일어서려는 시늉을 했다. 다리에 힘이 들어가고 있다. 까르르 웃기도 하고 "엄~" 하면서 날 부르기도 한다. 웃으며 한참을 놀다가도 엄마가 안 보이면 찾는다.

사시 끼가 있는 것 같다. 정면을 볼 때는 모르겠는데 위를 쳐다볼 때 그런 느낌이 든다. 남편은 전혀 모르겠다고 해서 의아했다. 어린이집 선생님과 상의했더니 심하지는 않다며 자연스럽게 교정하는 법을 일러 주셨다. 손가락 끝을 눈앞에 두고 양옆으로 왔다 갔다 하면서 눈동자가 따라오게 하는 것이었다.

이연이를 데리고 그걸 하고 있으니까 재연이가 "나도 나도" 하며 끼어들었다. 양쪽만 왔다 갔다 하던 손가락이 위아래로 움직이다가 원을 그리며 다채로워졌다. 속도가 빨라지자 이연이 눈동자도 바빠졌다.

　요즘 이연이는 언니가 괴롭힌다고 가만히 있지 않는다. 소리도 지르고 얼굴을 휙 할퀴기도 한다. 저녁때 만두를 먹다 마지막 하나를 이연이에게 뺏긴 재연이가 서럽게 울었다.

모기의 취향

"헝그리 복서가 됐네."

남편이 이연이 얼굴을 보더니 말했다. 가을 모기가 극성이다. 이연이는 얼굴에만 일곱 군데가 물렸다. 모기퇴치액 향이 너무 강해서 안 켰더니 이 꼴이 됐다. 모기는 아기를 좋아한다. 네 식구가 같이 있어도 애들만 물리고 피부가 약해 탱탱 부풀어 오른다.

DTP(디프테리아, 백일해, 파상풍) 예방접종을 할 시기라 소아과에 갔다. 이연이는 청진기를 가슴에 대는 순간부터 울기 시작했다. 그러더니 주사기를 들고 자신에게 다가오는 의사의 팔을 손으로 탁 막았다.

"어어. 애 좀 봐."

의사와 간호사, 나까지 모두 놀라서 움직이지 못하게 꽉 힘을 꽉 주었다. 주사 바늘이 들어간 지 3초 뒤, 밖에 대기 중인 아기들이 두려워할 만큼 엄청나게 큰 소리로 울어 젖히기 시작했다.

이제 10.9킬로그램. 어쩐지 무겁더라니.

주말 동안 쪽쪽이를 세 개나 잃어버렸다. 하룻밤 그거 없이 보냈더니 난리를 피워서 해가 밝자마자 사러 나갔다. 쪽쪽이의 위력과 더불어 이연이의 성질머리도 절감했다.

요즘은 언니랑 싸우다 말이든 힘이든 안될 것 같으면 살짝 꼬집는다. 싸움의 기술도 늘고 있다.

모방의 모범

"언니 눈 똑바로 봐. 잘못 했어, 안 했어? 언니가 하지 말라고 했지?"

재연이가 이연이를 혼낸다. 말투가 내 것 그대로다. 그렇게 동생을 야단치다가도 챙긴다. 집에 오는 길, 힘들다며 주저앉은 이연이를 모른 체하고 가는데 재연이가 걸음을 멈췄다.

"누가 이연이 데려가면 어떡해."

속으로 '저걸 누가······' 하는 사이 재연이가 왔던 길을 되돌아가 동생을 데리고 왔다. 엄마랑 생각이 좀 다르구나.

잠들며 재연이와 이야기하다 초등학교 이야기가 나왔다. 절로 한숨이 나왔다.

"재연아. 학교는······ 너무 빡빡해."

"그래? 학교가 빡빡이야?"

"아니, 학교는 뭐랄까 너무 퍽퍽해서 좀 그래."

한마디로 압축하기 어려웠다. 경쟁적인 입시 과정이 한국 사회가 가진 수많은 문제의 근원이라는 생각이 들어 꺼낸 말인데 뱉고 나니 부정적인 기운을 주입하는 것 같아 후회스러웠다. 모방의 천재 허재연이 긍정의 기운을 모방할 수 있도록 세상을 되도록 환하게 바라봐야겠다. 자기 몸만 한 책가방을 메고 씩씩하게 앞으로 걸어 나가는 아이의 뒷모습을 보면 그것대로 감격스러울 것 같다.

치마와 바지 사이

"엄마 그래도 나 이뻐?"

재연이가 옷을 입다가 이렇게 말하고는 울음을 터뜨렸다. 치마를 입고 싶다 길래 날씨가 춥고 어린이집에서 뛰어놀 거니까 따뜻하고 편한 옷을 입자고 설득해 바지를 입히는 중이었다.

요즘 자주 그런다. 치마를 입지 않아도 되겠느냐고 확인받듯, 절벽 끝의 나라도 사랑해 주겠냐고 묻는 모양새로 절실하게 우는데 뭔가 안타까워 꼭 안아 주었다.

왜 그런 질문을 할까? 누가 재연이더러 안 예쁘다고 하는 걸까? 그건 아니라면서도 끝끝내 울음을 멈추지 않았다. 앞으로도 섭섭하거나 거부당하거나 마음 다치는 경험을 수도 없이 하게 될 텐데 재연이는 잘 이겨 낼 수 있을까? 잠깐 침잠했다가도 다시 씩씩하게 전진할 수 있도록 지켜봐 주고 싶다.

이연이는 언니와 달리 아침부터 기분이 좋았다. 턱에 두 손을 바치며 예쁜 짓, 윙크, 만세를 반복했다. 고개를 양쪽으로 열심히 흔들며 애교를 떨고 춤을 추더니 찡긋 웃고 자지러진다. 그새 울음을 그친 재연이가 벌레가 엄청 많다면서 계속 허공에 대고 손뼉을 쳤다. 햇살이 내리꽂혀 선명하게 보이는 먼지를 벌레로 아는 것 같다. 열심히 벌레 잡는 재연이, 그걸 보고 덩달아 허공에 손을 휘두르는 이연이, 그 둘의 얼굴에 남은 모기 물린 자국을 보며 조금 웃었다.

네 살의 능력 _____

재연이의 네 번째 생일이었다. 특별한 날을 만들어 주고 싶었는데 평소와 다를 바 없었다. 아니, 오히려 재연이가 몇 번 울었다. 남편이 오늘따라 심술궂게 굴었다.

시어머니가 미역국을 끓여 주시고, 엄마는 케이크를 보내왔다. 초코 케이크가 아니라 싫다는 재연이를 대신해 이연이가 달달한 생크림을 잔뜩 입에 넣었다. 언니의 생일 노래를 부르며 고갯짓으로 박자를 탔다. 요즘은 밤마다 큰엄마가 선물해 준 무선 마이크를 붙들고 둘이 쟁탈전을 벌인다. 이연이는 음악만 나오면 금세 고개를 까딱까딱해 흥이 많은 애인가 보다 하고 있다.

오늘 목욕을 시키려고 물을 받으며 재연이에게 말했다.

"재연아, 고마워."

"뭐가 고마운데?"

"태어나 줘서. 그게 너무 고마워."

"나도 고마워 엄마~."

그러면서 예의 귀염 돋는 표정을 지어 보인다. 만 네 돌은 이런 대화가 가능한 나이구나. 48개월의 재연이는 대근육 활동은 부족하지만 어휘력이 날로 좋아지고 있고 같은 반 ○○○를 싫어하고 치마만 입고 싶은, 그런 상태다. 목욕을 마치고 생일을 빌미로 평소에는 못 마시던 달달한 음료를 시원하게 들이키던 재연이가 같은 걸 먹고 있는 동생에게 생색을 내며 말했다.

"언니 생일이라 먹는 건 줄 알아."

제사의 정석

전을 초고추장에 찍어 먹는 모습을 처음 봤을 땐 깜짝 놀랐다. 간장이 아니라 초고추장에?? 낯선 풍경이었다. 이젠 나도 전을 초고추장으로 가져간다. 느끼한 맛이 조금 가신다. 이번 명절에는 재연이도 포크로 전을 초고추장에 찍어 먹었다.

시댁 제사나 차례는 비교적 약식으로 진행되는 우리 집에 비해 뭔가 '정석'의 느낌이 있다. 떡을 맞추고 문어를 삶고 닭을 고고 국을 끓이고 다섯 종류의 전을 부치고 나물을 만들고 나면 제기를 꺼내 그 위에 올린다. 산적과 전을 함께 올리는 게 불만스러울 지경이다. 몇 시간의 노고가 그냥 한 접시로 축약될 때의 허무함이랄까. 어떨 때는 식혜나 수정과까지 만든다. 주방 쪽 일머리가 전혀 없는 나는 그냥 근처를 배회하는 수준이지만 자리를 지키기만 해도 에너지가 드는지 집에 오면 실신하듯 잠이 든다.

음식 준비는 대체로 어머님이 다 하신다. 다른 집은 배추전을 부치면 그 자리에서 없어진다는데 며느리들이 전을 즐기지 않아 아쉽다는 어머니는 올해 특히 앉았다 일어날 때 힘들어 하셨다. 무릎과 허리 통증이 심해 음식을 하는 자체가 무리인 것 같았다. 어머니가 조금 더 허리 펴고 살았으면 좋겠다고 생각한다. 새벽부터 밤늦게까지 내내 종종거리다 자녀들에게 음식을 싸서 들려 보내는 걸로 마무리되는 어머니의 연휴를 지켜보며 어쩌면 가부장제의 가장 큰 피해자이자 가장 헌신적인 옹호자는 어머니가 아닐까 하는 생각이 들었다.

"우리 공주"

재연이와 이연이에게 가끔 '공주'라는 호칭을 쓴다.

"아구 예쁜 우리 공주."

내가 어릴 적 많이 듣던 말이라 자연스레 사용하는데, 애칭 이상의 의미가 담기진 않았다.

최근에는 사용을 자제해야겠다고 생각했다.

일단 재연이가 정말 본인이 '공주풍'이어야 한다고 생각하는 데 이 호칭이 영향을 미치는 것 같다. 정확히는 알 수 없지만 본인을 '공주'로 인식하고 있다가 '엥, 공주가 아니네' 하는 생각이 드는 순간 자괴감 같은 걸 느끼는 것 같다.

가령 같은 반 친구가 재연이에게 눈이 작고 못생겼다고 할 때 '나는 공주가 아닌가 봐' 하는 생각 때문에 안 그래도 서운한 마음이 더 커지는 느낌이다. 생각지도 못했던 부작용이다. 그렇다고 이제 와서 실은 공주가 아니라고 말하기도 그렇다.

호칭은 처음 쓸 때부터 신중해야겠다.

ⓒ허재연

먼 미래

여기자 모임에 갔는데 한 선배가 딸을 국제중학교에 보내고 싶다고 했다. 역시 아이가 있는 다른 선배도 관심을 보였다. 애들이 아직 어린 나에겐 먼 얘기지만 시간이 지나도 마찬가지일 것 같다. 어마무시한 학비는 그렇다 쳐도 일단 재연이가 그렇게 학구파로 성장한다는 게 상상이 잘 안 간다.

언젠가 한 영화감독이 예능 프로그램에 나와 자녀 이야기를 하다 공부에 관한 한 기대가 없다면서 "내 자식이기 때문"이라고 말했는데 웃으면서도 공감이 됐다. 공부와 거리가 먼 학창시절을 보낸 남편과 그럭저럭 평균을 차지했던 나를 고려하면 그쪽 적성을 갖고 있을 확률은 높지 않은 것 같다. 아이의 적성이라는 게 부모 더하기 나누기 2 같은 공식은 아니지만.

좀 더 솔직하게는, 자신이 없다. 요즘 자녀의 학업과 진로를 설계하는 건 부모, 그중에서도 엄마라는데 그럴 에너지가 내게 있을까? 일찌감치 겁을 먹고 포기하는 측면도 있지만 다른 이유도 있다. 좋은 대학을 나온 전문직 종사자들을 많이 만나 봤으나 자기 삶에 만족하는 사람을 찾기가 쉽지 않았다. 일반화할 수는 없지만 어릴 때부터 극심한 경쟁에 놓이게 되면, 그만큼 일찌감치 해방되는 게 아니라 오히려 더 극심한 경쟁에 내몰리는 것 같다. 어딘가 오르면 오를수록 더 높은 성취를 목표로 할 수밖에 없기 때문이 아닐까. 물론 이런 생각도 시간이 지나면 달라질지 모른다.

일단 오늘 당면한 과제는 쉬를 가리고 옷을 거꾸로 입지 않도록 하

는 것. 이 시기를 지나 진로를 고민할 때쯤 본인이 뭘 하고 싶은지 정도
는 알았으면 좋겠다고 생각하다가 또 반드시 그래야 하나 싶다. 스물두
살에 대학 갈 결심을 하고 서른 넘어 기자가 된 남편처럼 너무 서두를
필요는 없지 않은가. 그 과정 어디에 우리의 몫이 있을 것 같다.

광주 삼남매

취재 때문에 급하게 광주로 출장을 다녀왔다.

집에 불이 나 세 아이가 죽고 엄마는 살아남았다. 실화인지 방화인지 확실치 않았다. 서둘렀지만 현장검증에 늦어 호송 차량에 탄 아이 엄마의 뒷모습만 보았다. 검은 패딩을 입고 모자로 얼굴을 가리고 있었다. 이름을 알아내고 사건이 일어났던 층에 올라가니 경찰들이 주변을 정리하고 있었다. 그 너머로 색색의 작고 고운 신발들이 어지럽게 널려 있는 현관이 보였다. 취재에 대한 부담감에 가려져 있던 현실이 훅 밀려왔다.

세 아이가 죽었다.

경비 아저씨가 화재 당일, 발코니 난간 쪽에서 엄마가 구조 요청을 했을 때의 상황을 들려주었다. 관리사무소에 들러 몇 달째 관리비가 밀려 있다는 사실을 알아냈다. 주민센터와 아이들이 다니던 유치원, 출동했던 소방서까지 돌고 나니 몇 시간이 훌쩍 지났다. 세 아이의 할아버지가 각종 체납 통지서를 근거로 아들 내외의 기초생활수급을 신청했지만 외할아버지의 소득 때문에 탈락했다는 사실도 알게 됐다.

유치원과 어린이집에 가보니 아이들이 그린 그림과 서툴게 적어 내려간 편지가 남아 있었다. 생활의 흔적이 고스란했다. 황망한 표정의 교사와 인근 가게 주인, 이웃과 요구르트 파는 아주머니의 증언에 따르면 아이 엄마는 평범했다. 교사 중 한 명은 엄마가 아이들을 끔찍이 아꼈다며 방화일 리 없다고 말했다.

아이 엄마와 아빠 모두 10대에 부모가 되었다. 주로 PC방이나 편의점에서 아르바이트를 해온 아이 아빠는 한 달 전 다리를 다쳐 병원에 입원했고 사건 발생 당시 실직 상태였다. 엄마가 아이를 어린이집에 맡기고 콜센터에서 일하기도 했지만 오래가지 못했다. 한동안 다섯 식구는 긴급생계비로 버텼다. 부부 사이가 틀어지면서 싸움이 잦았고 사건이 있던 날도 다툼 끝에 남편이 집을 나간 상태였다.

수소문 끝에 아이 엄마의 친정집을 찾아냈다. 집 근처를 한참 맴돌다 벨을 눌렀으나 응답이 없었다. 건물 옆 계단에 앉아 취재 수첩을 펼쳤다. 장문의 편지를 써서 문에 꽂아 두고 경찰서에 들렀다 숙소를 잡았다. 오랜만에 아이들 없이 혼자 침대에 몸을 뉘였다. 추운 날씨에 오래 걸어 피곤했지만 잠이 오지 않았다.

세 아이, 어린 부모, 밀린 관리비와 유치원비. 다섯 식구의 삶에 대해 생각하다 낮에 보았던 현관의 신발들이 떠올랐다. 색색의 작은 신발이 까만 재와 뒤엉켜 비현실적으로 느껴졌던 그 장면. 방화인지 실화인지 여전히 확실치 않았고 취재하는 동안 여러 번 내가 그 나이였으면, 내가 그 형편이었으면, 나라면, 나라면…… 생각했다. 어떻게 보면 사건 취재의 루트를 평범하게 따랐을 뿐이고 더 잔혹한 현장도 적지 않았는데, 아이들이 떠나고 없다는 사실이 내내 마음을 무겁게 눌렀다.

첫 치과

　재연이의 생애 첫 치과 방문. 유치 관리를 제대로 못 해 신경 치료를 받아야 했다. 어린이 치과가 아니어서 아이가 너무 격렬하게 반응하면 치료를 중단할 수 있다는 주의를 받았다. 재연이는 의외로 용감하게 마취 주사를 맞고 조용히 충치 치료를 받았다. 울지 않고 해내는 걸 보니 다 큰 느낌이었다. 치료가 끝난 뒤 재연이가 조금 아팠지만 괜찮았다고 무용담을 늘어놓았다. 상으로 '세라의 병원'인지 뭔지 하는 장난감을 획득했다. 기분이 좋아 싱글벙글하는 재연이를 보며 나와 이연이도 따라 기분이 좋아졌다.

　요즘 재연이랑 대화하는 재미가 쏠쏠하다. 어른스러운 말투가 나올 때 특히 그렇다. 하루에 한 번씩 꼭 묻는 질문은 이거다.

　"엄마, 나는 많이 사랑하고 이연이는 쪼끔 사랑해?"

　사랑받고 싶고 그걸 확인받아야 안심한다. 그 간절함을 온몸으로 발산한다.

　"알았어……."

　체념하는 말도 요즘 부쩍 늘었다. 물론 입을 삐죽하며 그런 말을 힘없이 내뱉으면 내가 진다.

　이연이의 성장도 말을 통해 체감한다.

　"우지 마 왜 우러."

　이연이가 낮잠 자고 일어나 칭얼대는 친구를 이렇게 위로해 줬단다. 언니가 앞서 가면 "기다려, 같이 가" 이런 말도 명확히 한다. 물론 가장 잘 구사하는 말은 언니와 마찬가지로 부정어다. 빈도수로는 "아니야"와

"엄마 미워"가 1, 2등을 다툰다. "나 기분 안 좋아"도 있다. 가끔 내가 못 알아듣는 말이 있으면 언니가 통역에 나선다. 재연이는 그것도 못 알아 듣냐고 나를 타박한다.

이연이가 어린이집에서 밥을 먹다 원장님을 발견하고 "원장님 밥 먹었어요?" 물었다고 한다. "잘 먹었어요. 안녕히 계세요." 같은 인사말 을 곧잘 한다고 해서, 왜 집에서는 부정어이고 어린이집에서는 인사말 인가 잠시 생각했다.

곧 어린이집 발표회에서 <곰 세마리>를 부르기로 한 이연이가 저녁 마다 열심히 연습 중이다. 화가 나면 소리를 지르고 물건을 던져서 — 재 연이와 그 부분은 놀랄 만큼 닮았다 — 따끔하게 혼을 냈다. 어린이집에 서도 자신이 갖고 놀던 장난감을 가져간 친구의 손가락을 물었다고 해 서 깜짝 놀랐다.

어젯밤 화장실에 들어간 남편의 절규하는 목소리가 들렸다. 이연이

가 변기에 펜을 빠뜨렸기 때문이다. "아빠 왜?" 아이는 천진하게 물었다. 물이 내려가지 않아 결국 사람을 불러 변기를 뗐다 다시 붙였다. 기분이 좋을 때는 꺅꺅 소리를 내는데 목청이 너무 커서 과연 아빠 딸이구나 한다. 친구들이 하지 말라고 하면 오기를 부리며 더 한다는 선생님 말씀을 들으면서도 남편을 많이 떠올렸다.

자매의 사회생활

재연이가 다니는 어린이집에 자리가 나서 얼마 전부터 이연이도 다니게 되었다. 드디어 같은 어린이집이다! 아침 동선이 간단해져 출근길 부담도 한결 덜었다.

이연이는 마음이 자라서인지, 처음 어린이집에 갈 때보다 헤어지는 걸 어려워한다. 밤마다 내일은 울지 말고 헤어지자 약속하고 그때마다 "응" 하고 씩씩하게 대답하지만 다음날 아침이면 또다시 울면서 내 손을 놓아 주지 않는다.

언니가 있는 교실도 자주 기웃거린다고 했다. 바깥 활동 나온 언니와 마주치면 헤어지기 싫어 울음을 터뜨린다고 하길래, 정말 자매 사이란 알 수 없구나 혼자 중얼거렸다. 2층 지혜반에 있는 재연이도 가끔 1층에 심부름을 오면 꼭 사랑반에 들러 이연이를 안아 주고 간다는데 친구들이 아는 체하면 이연이가 "내 언니야" 하고 막아선다고 한다. 집에서는 그렇게 투닥거리는데 신기하다.

요즘 선생님이 이연이의 반 친구 민규 얘기를 자주 들려주신다. 민규가 이연이를 좋아해서 손을 잡고 끌어안고 뽀뽀를 한다는 얘기를 듣고 고마운 일이라고 생각했다. 그런데 처음엔 잘 받아 주던 이연이가 요즘은 피해 다니나 보다. 민규가 계속 다가가고 이연이는 밀어내느라 바쁘다고. 집에서 계속 자신을 찾는 언니가 귀찮아 도망 다니는 모습과 비슷했다.

이연이는 그냥 음악을 틀어 놓고 혼자 춤추는 걸 제일 좋아한다. 요즘 이연이의 최애 댄싱 음악은 <상어가족>이다. 두 돌이 다돼 기저귀

떼는 연습도 하고 있다. 방귀대장 뿡뿡이가 그려진 유아 변기를 볼 때마다 어릴 적 할머니네서 봤던 요강이 떠오른다. 뿡뿡이에 앉아 쉬를 한 이연이에게 폭풍 칭찬을 퍼부어 주었다.

쪽쪽이는 아직 떼지 못했다. 졸릴 때는 여전히 쪽쪽이를 빨다가 내 소매 속으로 손을 넣어 한참 더듬다가 깊은 잠에 빠진다.

뒤끝 대마왕

공휴일, 나는 출근이다.

재연이가 아침부터 짜증 섞인 울음을 보였다. 아랫도리가 가렵다고 해서 목욕을 하자니까 그건 싫다고 계속 징징댔다. 결국 화를 내고 나왔는데 마음이 안 좋다. 금세 눈물을 그치고 잘 지내겠지만 잊지 않고 밤에 볼멘소리 할 것이 분명하다. 재연이는 전혀 쿨하지 않고 지난주에 있었던 일도 두고두고 간직해 자기 전에 다시 말하는 편이다. 나의 애정과 사랑만 기억하면 좋겠지만 내게 불리한 기억들이 그런 기억을 압도하는 것 같다.

몇 달 전 재연이가 문틈에 손을 넣고 있는 걸 모르고 이연이가 문을 닫아 버려 심하게 손가락을 다쳤다. 급히 응급실에 갔는데 그 병원을 지날 때마다 이연이가 자신을 다치게 했다고, 동생을 쨰려보는 일도 반복하고 있다. 인생 최대의 시련이었으니 이해가 안 가는 건 아니다.

감정의 진폭도 커졌다. 어린이집에서 입 냄새가 난다고 놀리는 친구 때문에 속상해 울었다고 한다. 그럴 수도 있다고, 양치질을 더 오래 하자고 다독였다. 동시를 외워서 발표하는 행사가 있는데 그날 안 가면 안 되냐고 몇 번씩 물었다. 완벽하게 하지 않아도 괜찮다고 해도 불안한 모양이다. 재연이가 여러 사람 앞에서 시를 왼다고 생각하니, 나도 가슴이 두근거렸다. 요즘 부쩍 외모에 신경을 써서 자기 반의 누구누구가 예쁘다는 말도 자주 한다. 주로 머리띠나 머리끈 같은 아이템에 따라 평가가 나뉘는 것 같다. 오늘은 무지개 핀을 머리에 꽂고 싶다며 이런 말을 했다.

"귀엽다는 말은 듣기 싫어. 예쁘다는 말이 듣고 싶어."

닫힌 방문 안을 상상하며

아동 학대를 다룬 기획 기사를 준비하며 여러 판결문을 읽었다. 군산의 야산에서 시신으로 발견된 아이도, 골절된 갈비뼈가 폐를 찔러 사망한 채 욕실에서 발견된 아이도, 영하의 날씨에 장시간 방치돼 영양실조와 저체온증으로 죽은 아이도, 모두 부모에게 죽임을 당했다. 학대 가해자의 80퍼센트가 부모다.

처음부터 죽일 만큼 때리지는 않았다. 시작은 30센티미터 자였지만 점점 체벌의 강도가 높아지며 손바닥, 청소솔, 단소로 바뀌었다가 홍두깨, 골프채, 야구방망이를 들게 됐다. 체벌을 빙자한 폭력이었다. 온라인 쇼핑몰에는 아직도 회초리가 '사랑의 매'라는 이름을 달고 버젓이 올라와 있다. 몇 번의 구조 신호도 죽음을 막진 못했다.

어릴 때부터 '체벌'을 경험한 아이가 자라서 어머니를 살해한 사건도 있다. 서울대 법대 진학을 강요하던 어머니 때문에 성적표 위조까지 감행한 고등학생 아들은 사건 당일 체벌용 솜바지를 입고 골프채로 200대 가까이 맞았다. 경찰 진술에서는 학부모 상담을 앞두고 성적표를 위조한 게 탄로 날까 봐 두려웠다고 말했다. 어머니는 죽음의 순간에도 범죄자가 될 아들을 걱정했다고 한다.

하루 종일 두꺼운 판결문 자료를 넘기다가 집에 돌아와 아이들을 보면 마음이 복잡해진다. 고이 잠든 재연이의 머리칼을 쓸어 넘기며 '닫힌 방문 안'의 위험에 대해 생각한다. 한편으론 부모와 자식 관계를 넘어 한 인간이 또 다른 인간에게 어떻게 그럴 수 있나 분노가 치민다. 이들은 짠 것처럼 훈육 때문이었다고 말했다. 가해 부모에게 아이는 유일하게 자신의 뜻대로 할 수 있는 존재였다. 흥미 잃은 장난감을 망가뜨리듯 아이의 몸과 정신을 훼손했다. 그것도 오랜 시간 서서히.

하지만 또 한편에서 보면, 경제적 위기와 부모의 무기력, 배우자와의 불화, 양육에 대한 무지, 사회적 고립 등이 얼버무려져 가장 약자인 아이가 희생양이 되는 그런 이야기들이기도 했다. 단지 괴물의 짓이었을까? 나라면 그 상황에서 어땠을까?

재연이가 말을 안 들을 때 나도 모르게 손이 올라가는 순간이 있다. 간신히 마음을 다잡고 아이와 거리를 두려 하지만 마음이 금세 식지는 않는다. 오히려 아이는 조금 뒤 해맑게 다시 "엄마"를 외치지만 내 마음의 부대낌은 그대로다. 거기에는 나쁜 마음을 먹었다는 나 자신에 대한 실망감이 차지하는 지분도 만만치 않다.

며칠 전에도 출근이 늦었는데 끝 간 데 없이 찡찡대는 이연이를 붙들고 크게 소리를 치고야 말았다.

"너 날 망치려고 그러지!"

실은 더 험한 말이 나오려는 걸 참은 거였다. 무슨 말인지 이해하지 못한 이연이가 잠시 눈을 크게 뜨더니 울음을 터뜨렸다.

대체로 체력이 고갈됐거나 스트레스가 극에 달할 때 나의 다정함은 자취를 감춘다. 그래서인지 아이러니하게도 아동 학대 기획을 하는 동안 자주 평정심을 잃고 화를 낸 뒤 잠든 아이들에게 미안해하길 반복했다.

마감 날에는 이연이 열이 39도까지 치솟았다. 기획을 함께한 선배의 딸도 독감에 걸렸다. 마음은 급한데 도무지 속도가 붙지 않았다. 해열제를 먹고 땀에 젖은 이연이의 몸을 수건으로 문지르며 방문 안에 갇힌 다른 아이들을 떠올렸다. 내가 전하는 이 이야기가 어딘가에 가닿길

바라는 마음도 간절해졌다. 결국 기사의 마침표를 찍었다. 어쩌면 아이
들 덕분이었다.

편애

애정은 가까이에 있는 존재를 아끼는 데서 생겨난다. 그것은 때로는
미의식조차 바꿔 버리는 불공평한 편애이다.*

    동화 작가 사노 요코는 다리가 유난히 짧은 자신의 개 모모코에 익
숙해져 다리가 긴 개를 보고 "어머나, 가엾기도 하지 개가 아닌 것 같아"
하고 말한다. 재연이는 눈이 작고 다리가 짧은데 그 모습이 너무 매력
있어서 눈이 큰 아이를 보면 "어머나 가엾기도 하지" 하고 싶지만……
그건 잘 안 된다. 다만 그 아이도 재연이도 반짝반짝 하나의 우주라는
생각은 든다.
    어제 놀이터에 갔다가 만난 친구가 뭐라고 쏘아붙이자 재연이가
울음을 터뜨렸다. 그런 게 마음에 안 드는 걸 보면 나는 철없는 어른
이다. 일단은 좋은 말로 어르고 달래지만 우리 둘만 남으면 말이 달라
진다.
    "친구가 뭐라고 하면 울지 말고 말해. '아 뭐래~' '아 뭐~~!' 이렇게."
    어느 때고 통하는 말이다. 안 맞는 친구가 있다면 무리하지 않아도
된다. 근데 그 말을 따라 하다가 또 운다. 그 얘길 남편에게 했더니 좋은
거 가르친다고 비꼬길래 쏘아 주었다.
    "아 뭐래~!"

    ★   사노 요코, 『요코 씨의 말 1: 하하하, 내 마음이지』, 김수현 옮김,
민음사, 2018, 119쪽.

재연이는 말도 못 하는 이연이가 삑삑 악을 써도 운다. 너무 무뎌지지는 않길 바라면서도 (속으로) '아 뭐래~' 하고 별일 아닌 듯 넘길 줄 아는 날도 있기를 바라 본다.

다짐

"엄마 아파도 안 갈 거야!!"

요즘 재연이가 화나면 내게 하는 말이다. 시어머니가 무릎에 인공관절을 넣는 수술을 받느라 병원에 입원하셨다. 집과 가까워 재연이와 몇 번 찾아뵀다. 오는 길에 엄마가 할머니 돼서 아프면 재연이도 병원에 들르라고 했더니 철썩 같이 약속을 했다.

그런데 요즘 화가 나면 안 갈 거라고, 자기뿐만 아니라 아빠도 이연이도 못 가게 할 거라고 악에 받쳐서 소리를 지른다.

'저게…….'

그나저나 정말 안 오면 어쩌지?

남편한테 잘해야겠다.

최고는 베트맘

"재연아, 우리 딴 나라 가서 살까?"

"응, 너무 먼 데 말고."

"가까운 곳에 일본이 있는데……. 엄마가 가끔 쏘오데스까 하잖아, 일본 말."

"응 쏘데스까."

"가깝긴 한데 가끔 지진이 나."

"지진이 뭔데?"

"땅이 막 흔들려. 건물도 물건도 다 흔들려."

"무서워. 싫어."

"미국은 어때? 영어 쓰는 데야. 좀 멀지만."

"거긴 어떤데?"

"거긴 다 좋은데 사람들이 총을 갖고 있어."

"무서워. 싫어. 총 쏘면 병원 가서 주사 맞아야 한단 말이야. 베트맘은 어때?"

"베트맘은 엄청 더워. 너무너무 더워."

"나 베트맘 갈래. 더우면 찬물을 벌컥벌컥 마시면 되잖아."

말하고 보니 정말 세 나라 중에선 베트맘이 최고였다.

그나저나 재연이는 언제쯤 베트남이라고 발음할까.

아홉 살 엘런의 원피스

해외의 아동 학대 사례를 취재하러 뉴욕 출장을 다녀왔다. 가기 전 섭외가 순탄치 않았고 시차까지 달라 내내 예민한 상태였다. 재연이는 늘 그렇듯 온몸으로 기대며 이거 해달라 저거 해달라 요구가 끊이지 않았는데 나는 "나중에" "내일" "주말에"를 반복하다 결국 무겁다고 짜증을 내고 말았다. 그럴 때마다 대체 뭘 위해 이 일을 하고 있는지 자문하게 된다.

답을 내리지 못한 채 도착한 미국은 한국과는 또 다른 환경이었다. 직접적 학대도 있지만 마약중독이나 알코올의존증을 앓고 있는 부모의 방임이 큰 문제였다. 아이의 죽음을 딛고 제도나 법이 바뀌어 왔다는 점은 같았다.

뉴욕아동학대방지협회(NYSPCC)를 찾아갔더니 옷이 한 벌 전시돼 있었다. 1874년 뉴욕 맨해튼에 살던 아홉 살 소녀 메리 엘런이 입었던 옷이다. 낡은 흰색 레이스 원피스는 다섯 살 정도의 체구에나 어울릴 법한 크기였다.

12월에도 맨발로 다니던 메리가 오랫동안 학대당했다는 사실은 이웃의 신고로 드러났다. 가해자는 양모였다. 거의 매일 채찍을 들었으며 가위로 이마를 찌르기도 했다. 외출할 때마다 메리를 침실에 두고 문을 잠갔다.

아이는 가까스로 구조되었으나 어머니를 처벌할 근거가 없었다. 여성과 아이는 남자의 재산으로 여겨졌던 시절이라 아동을 보호하는 법 자체가 없었다. 아이를 구원한 건 동물보호법이었다. 아이를 국가의 보호가 필요한 동물계의 구성원으로 보고 변론을 펼친 것. 이 일을 계기로 세계 최초의 아동보호기관인 NYSPCC가 설립됐다.

브루클린에 사는 한 싱글맘의 집을 방문했다. 아이 아빠와는 임신 사실을 알고 헤어졌다고 한다. 뉴욕 주는 고립된 상황에 놓이기 쉬운 10대 부모, 저소득층, 한부모 가정 등을 대상으로 가정방문 프로그램을 실시하고 있었다. 훈련받은 가정방문사가 아이와 엄마의 상태를 살피고 적절한 지원을 한다. 가정방문사와 집에 도착했을 때 돌이 갓 지난 아기가 후다닥 뛰어와 우리를 반겼다. 아이의 곱슬머리를 보자 재연이 이맘때가 생각나 한눈에 마음을 빼앗겼다. 아이 엄마는 직업이 없는 상태였고 보육 기관에 보낼 형편이 못 돼 내내 집에서만 애를 돌보고 있었다. 전문가가 지난 일주일 아이의 신체 활동과 발달 상태를 체크했다. 조기 개입을 통해 아동학대를 예방하는 전략이다.

취재를 하며 알게 된 점 중 하나는 양육에 관한 아주 기본적인 지식을 몰라 벌어지는 학대 사건이 의외로 많다는 것이다. 가령 기저귀를 계속 갈아 줘야 한다는 사실을 모르는 부모도 있다. 아기를 침대 위에 올려놓는 게 위험하다는 걸 모르는 경우도 적지 않다. 본 적도 배운 적도 없기 때문이다. 커다란 눈망울을 한 아이의 밝은 미소를 보며 적절한 외부의 개입이 이 모녀에게 얼마나 소중한 자원인지 헤아릴 수 있었다.

그렇다고 해도 미국은 한국보다 훨씬 많은 아이들이 사망하는 나라다. 학대의 양상도 더 복잡하고 다양했다. 조급한 마음에 너무 많은 단체와 전문가를 섭외해 놓은 나머지, 일정을 소화하는 것조차 힘에 부쳤다. 복잡한 지하철에선 번번이 길을 잃었다. 취재하다 카메라 렌즈까지 도둑맞고 경찰서에 들러 짧은 영어로 더듬더듬 신고를 했다. 함께 간 사진기자와 멍하니 타임스퀘어에 앉아 경위서 쓸 생각을 하고 있자니(실제로 쓰진 않았다) 아이들이 몹시 보고 싶었다. 상상했던 대로 뉴욕의 밤은 눈이 부실 정도로 화려했다. 다양한 국적의 관광객들이 저마다의 포즈로 사진 찍는 걸 바라보며 낡은 흰색 원피스와 곱슬머리 아이가 차례로 떠올랐다. 카메라 앞에 선 저들처럼 환하게 웃는 아이들의 모습을 그려 보았다.

애쓰지 않아도 괜찮아

평소 엄격하고 완고한 이경미 감독의 아버지가 술에 취해 말했다.
"나는 니가 형편없는 놈은 아니라고 믿고 있다. 그러니까 다 괜찮다."*
감독의 에세이집을 읽다 이 대목에서 눈물이 찔끔했다. 그렇게 믿어
주는 사람이 한 명이라도 있는 한 형편없이 살기는 어려울 것 같았다.
우리 아이들에게도 나와 남편이 그런 존재였으면 좋겠다.

마음에 남는 장면이 있다. 살이 젤리처럼 말랑말랑한 이연이가 귀여
워 물고 빨다가 문득 정신을 차리니 재연이가 예의 그 침체된 눈빛으로
우리를 내려다보고 있었다. 아차, 싶었다. 요즘 재연이가 이연이를 쓰레
기통에 갖다 버리자는 말을 자주 하는데 나 때문인 것 같아 뜨끔했다. 동
생을 질투하는 건 당연하다. 부모의 사랑을 누군가와 나누지 않고 온전
히 받고 싶어 하는 마음이 자연스러운 것처럼. 알면서도 자주 깜박한다.

가끔 보이는 재연이의 과장된 웃음이 떠오른다. 혹시 부모 앞에서도
사랑받기 위해 애를 쓰는 걸까? 애쓰지 않아도 사랑할 수밖에 없는
데…… 표정의 그늘을 지워 주고 싶은 마음이 간절해진다.

*   이경미, 『잘돼가? 무엇이든』, 아르테, 2018, 190쪽.

천재는 필요 없어

'우리 애 천재 아냐?'

한 번도 이렇게 생각해 본 적이 없는데, 어제 재연이가 동화책 지문을 외워서 말하자 "천재" 소리가 절로 나왔다. 여러 번 읽어 주니 내용을 이해하고 새로운 이야기도 지어낼 줄 알게 됐다.

잘 입력되는 시기구나! 외국어 공부를 해야 되나 싶어 "영어 공부할래?" 물었더니 "한글부터 할래" 했다.

주관도 뚜렷하구나, 우리 재연이.

제도권 교육으로 진입할 시기가 성큼성큼 다가오고 있다. 지금은 이 정도만 해내도 호들갑을 떨고 칭찬을 퍼붓지만 조금만 지나면 면박을 주게 되겠지.

어젠 놀이터에서 놀던 재연이가 내게 이마를 만져 보라고 했다. 땀방울이 송골송골 했다. 내가 땀 흘리게 뛰어놀라고 말했던 걸 신경 쓴 모양이다. "엄마 오늘도 땀 흘려?" 하고 묻는데 왠지 이런 것마저 부담을 준 것 같아 미안했다.

"하고 싶은 대로 해! 재밌는 게 최고야."

기차 구경
—————

　이연이에겐 뛰거나 주저앉거나 둘 중 하나밖에 없다. 걷는 걸 별로 좋아하지 않아서 산책을 시작함과 동시에 마구 뛰어다니다 초반에 체력이 동난다. 지나는 어른들의 귀여움을 많이 받지만 정작 본인은 사람들이 자기를 보고 자꾸 웃는다며 울상을 짓는다.

　며칠 전 산책을 하다 이연이가 큰 소리로 외쳤다.

　"뚱보다!"

　지목된 당사자가 웃으며 대꾸했다.

　"아저씨가 좀 뚱뚱하지?"

　안도했지만 꽤 난처한 순간이었다. 그렇게 말하는 건 예의가 아니라고 설명하는데 뚱뚱하다는 걸 주지시키는 게 왜 상처가 되는지 이해시키는 게 쉽지 않았다. 그러니까 아이에게 비만은 상태일 뿐 좋거나 나쁜 게 아니었다. 이연이가 왜 나무라는지 모르겠다는 표정으로 후다닥 뛰어갔다.

　간밤에는 이불에 오줌을 쌌다. 소변 실수가 잦아 어린이집에서도 하루에 두 번이나 실례를 했다. 그러면 선생님들이 힘들다고 했더니, 윗도리는 젖지 않았다고 당당하게 말했다. 싫은 걸 표현하는 데도 가차 없다. 시금치를 잔뜩 넣어 볶음밥을 해줬더니 부엌으로 달려와 "엄마가 해준 거 맛없어!" 고함을 치고 간다.

　빨간 점퍼가 너무 더러워서 빨아야 하는데도 계속 입겠다고 고집을 피워 그냥 입혀 보냈다. 그런 일들을 뒷담화 하듯 어린이집 알림장에 적고 있는데 이연이가 다가와 뭐라고 쓰는지 물었다.

"그냥 밥 잘 먹고 잘 놀았다고."

대충 둘러대는데 다행히 만족스러워하는 눈치다. 이연이는 요즘 부쩍 알림장을 쓸 때 관심을 보인다. 투정을 부릴 때 알림장에 쓰겠다고 하면 효과가 있다. '평판'을 의식하는 것 같다. 하원할 때 쵸콜릿을 사달라고 떼를 써서 동영상 찍어 선생님께 보내겠다고 했더니 몇 번 잠잠해 어제도 그 기술(?)을 썼다. 그랬더니 자기도 엄마를 찍어서 선생님께 보여 주겠다고 으름장을 놓는다. 며칠 전에는 이렇게 주문했다.

"친구들은 하나도 좋지 않고 선생님만 좋아한다고 써줘."

그대로 적어서 보냈더니 이연이가 사회생활을 할 줄 안다는 선생님의 답장이 왔다.

요즘 이연이는 어린이집에서 훌라후프나 콩주머니 던지기 같은 신체 활동에 관심을 많이 보인다고 한다. 음악에 맞춰 몸을 움직이는 데도 흥미가 많다. 얼마 전 사준 킥보드에도 금세 익숙해져 무서운 속도로 내달리길래 몇 차례 주의를 주었다. 선생님이 이연이는 운동신경이 발달한 것 같다고 말씀하셨다.

밤마다 킥보드를 타고 가좌역 기찻길에 나가 열차를 구경한다. 초반에는 기차가 내뿜는 굉음에 압도돼 우리 뒤에 숨어 소리를 지르기도 했지만 이제 좀 익숙해졌다. 여전히 엄청난 덩치의 기계 덩어리가 눈앞을 지날 때마다 호기심으로 얼굴 표정이 달라진다. 어제도 그렇게 기차를 보고 쌍쌍바를 먹으며 집으로 돌아와 잠이 들었는데 갑자기 "이연이요"라고 말하며 잠꼬대를 했다. 아침에 물으니 기억을 못 했다. 꿈에서 누구를 만난 걸까?

9년 만의 메일

결혼 전, 서울 시내 산부인과를 돌아다닌 적이 있다. 작고 허름해 보이는 산부인과만 보이면 무작정 문을 두드렸다. 병원 문을 열고 최대한 목소리를 낮춰 물었다.

"낙태 가능한가요?"

정부가 '불법 낙태시술기관 신고센터'를 만들어 단속을 강화하던 시점이었다. 일부 산부인과 의사들이 동료 의사들의 임신중지 수술을 고발했다. 수술비가 몇 배로 치솟았고 수술을 위해 해외 원정까지 가는 일이 생겨났다.

취재를 시작하며 병원 서른 곳에 전화를 돌려 봤으나 모두 하지 않는다고 했다. 직접 찾아갔더니 열 곳 중 두 군데서 가능하다고 답했다. 한 곳은 단속 이전과 같은 가격을 받았지만 다른 한 곳은 정확한 비용을 말해 주지 않을 만큼 비쌌다. 두 곳의 가격차는 무려 7배에 달했다. 당장 초음파를 해보자고 해서, 있지도 않은 고등학생 동생 일이라 둘러대며 나중에 데려오겠다 하고 발길을 돌렸다.

기사가 나가고 메일이 하루 수십 통씩 쏟아졌다. 모두 '그 병원'이 어디냐고, 그러니까 저렴한 쪽을 알려 달라는 내용이었다. 주머니 사정이 여의치 않은 학생들의 문의가 많았다. 대학생이라 수백만 원을 호가하는 수술비용은 감당할 수 없다, 임신한 여자 친구를 위해 병원을 수십 군데 찾아 다녔지만 모두 거부해 뜬눈으로 밤을 샜다, 뒤늦게 헤어진 여자 친구의 임신 사실을 알게 됐다, 성폭행을 당했는데 수술을 해주는 병원이 없다는 등 모두 사연이 절절했다. 100통이 넘는 그 메일들이야말로 단속의 결과를 웅변해 주고 있었다. 수술을 해야 하는 사람들은 어떤 방식으로든 방법을 찾을 수밖에 없다. 오히려 당사자가 부담해야 할 비용을 높이고 음성화를 부추기는 행정이었다.

어느 병원인지 알려 주고 싶다는 생각이 들 정도로 딱한 케이스가 많았고 실제로 몇 번 망설였으나 끝내 답하지는 못했다. 입사한 지 1년도 안 돼 쓴 기사였는데 9년이 지난 최근에도 비슷한 메일을 받았다. 메일 속에 첨부된 기사를 보니 검색을 하다 하다 그렇게 먼 과거에까지 당도하게 됐음을 알 수 있었다. '그 산부인과'는 문을 닫은 지 오래다.

며칠 전 헌법재판소는 '낙태죄'에 대해 헌법 불합치 결정을 내렸다. 판결이 나던 날, 답하지 못했던 9년 전의 그 무수한 사연들과 재연이 이 연이를 가졌을 때 내가 느낀 낯설면서도 설레는 감정, 모두 나와 같은 마음이기는 어려울 각자의 사정 같은 것들이 동시에 머릿속을 스쳐 갔다. 당시 내게 메일을 보낸 사람들 중에는 기혼 여성도 적지 않았다. 대개는 형편이 어려워 아이를 낳을 만한 상황이 아니었다. 임신중지 수술을 하는 여성들이 결코 홀가분한 마음일 수 없다는 건 중장년 여성들을 통해 더 잘 알 수 있었다. 정부가 앞장서 둘만 낳아 잘 키우자던 시절, 피임 도구가 지금처럼 발달하지 않았던 그때, 수많은 기혼 여성들이 수술을 받고 그 일을 다른 가족들에게는 숨긴 채 수십 년이 지나서까지 그 기억을 끌어안고 있었다.

두 아이의 엄마가 된 지금, 만일 9년 전과 비슷한 상황이라면 나는 어떤 결정을 내리게 될까? 그때는 같은 가임기 여성의 입장에서 그들의 절박함을 이해했다면, 이제는 후퇴가 불가능한 육아라는 현실 세계의 잔인함을 헤아리는 쪽이 되었다. 그때 만일 내가 위험을 감수하고서라도, 절박한 누군가의 손을 잡아 주는 쪽을 선택했다면 어땠을까.

아이 없는 삶

두유와 아보카도.『엄마가 아니어도 괜찮아』의 이수희 작가와 그 남편을 만난 뒤 이 두 단어가 오래 남았다. 두 사람은 30대 중반, 주변의 성화에 못 이겨 산부인과에 갔다. 난임이었다. 난임 정보를 공유하는 인터넷 카페에 올라오는 글들은 서로의 처지를 위로하다가도 결론은 '두유와 아보카도를 먹고 다시 싸우자, 임신하자'로 끝이 났다.

작가에게 들은 난임 전문 병원의 실태는 충격적이었다. 환자 유치에 혈안이 된 병원들이 희박한 성공률을 부풀려 희망 고문을 했다. 과배란 시술 다음은 인공수정, 그런 뒤 시험관 시술. 정해진 순서가 있다. 작가는 병원에서 검사를 받는 순간부터 굴욕감을 느꼈다. 실격당한 느낌. 과배란 주사를 맞고 생리통이 심해졌다. 자궁 유착과 난소 물혹이 생겼다. 출근길에 식은땀과 코피가 멈추지 않았고 두 달 가까이 하혈을 했다. 매달 시험지처럼 받아 드는 임신 테스트기는 늘 한 줄이었다. 결국 회사를 그만두었다.

간만에 만난 대학 선배도 난임으로 고생한 이야기를 들려주었다. 결혼 2년 만에 시도한 인공수정의 결과가 좋지 않아 시험관 시술로 넘어갔는데, 아내의 건강 상태가 눈에 띄게 나빠져 걱정하고 있었다. 무엇보다 매번 실망감이 커서, 아내는 물론이고 본인도 계속 버틸 수 있을지 모르겠다며 한숨을 내쉬었다. 당사자의 얘길 들으니 무턱대고 응원을 할 수도, 대책 없이 위로를 전할 수도 없었다. 선배도 아내의 생각이 가장 중요하다고 말했다.

이수희 작가는 아이를 갖지 않기로 마음먹은 뒤 지역 인터넷 카페에 글을 올렸다. '아이가 없고 앞으로도 없이 살 텐데, 혹시 비슷한 사람이 있으면 차 한 잔 하자'는 내용이었다. 반응이 없으면 어쩌나 염려했는데 300여 명에게서 연락이 왔다. 아이 없는 부부가 생각보다 많았다. 안 보일 뿐이었다. 아이를 좋아하지 않아서, 건강 때문에, 난임으로, 둘이 행복하려고, 경제적인 문제 등 '무자녀 가족'의 이유는 다양하다.

아이가 있는지 없는지는 물론 요즘은 결혼 유무도 잘 묻지 않는다고 생각했는데 착각이었다. 특히 많은 이들이 여전히 가족계획에 대한 참견을 당연시하고 있었다. 책에서 읽은 구절이 생각난다.

"계획 없는 임신이 축하받아 마땅한 일이라면, 심사숙고 후 선택한 '아이 없는 삶'도 이해와 지지를 받을 가치가 충분하다."*

　★　이수희, 『엄마가 아니어도 괜찮아: 있는 그대로의 나를 사랑하는 삶의 방식』, 부키, 2018, 36쪽.

보통의 하루

이연이는 파란색 바지를 좋아한다. 두 벌밖에 없는 파란 바지가 둘 다 빨래 바구니에 있어서 다른 바지를 건네면 집어던진다. 나도 약이 바짝 올라 이연이 머리에 바지를 던진다. 그럼 이연이는 더 매몰차게 던져버린다. 이제 울지도 않는다.

며칠 전, 재연이가 입던 엘사 티셔츠를 입자고 했더니 "그거 언니 꺼 아냐?" 물었다. 자기가 생각해도 클 것 같았나 보다. 긴가민가했는데 언니가 입던 청바지에 엘사 티셔츠까지 제법 어울렸다. 몸이 크고 있었다.

동요 발표회가 있는 날, 웬일로 치마를 입겠다고 했다. 같은 반 여자 친구들이 모두 치마를 입겠다고 한 모양이다. 너무 튀지 않는 색으로 골라 입혔다. 마음이 크고 있었다.

키즈카페에 있는 코인 노래방에서 <곰 세마리>를 생목으로 다섯 번이나 부른 다음날, 이연이는 구내염에 걸렸다. 어린이집에 보낼 수 없어 여름휴가를 당겨썼다. 떨어져 지내는 게 나을 것 같아 재연이만 어린이집에 보냈다가 일찌감치 데리러 갔다. 재연이가 밝은 얼굴로 뛰어나온다. 나를 보며 내는 웃음소리가 만화 속 캐릭터처럼 명랑해 덩달아 신이 났다.

네 시에 갔는데 남은 아이가 재연이를 포함해 둘뿐이었다. 출근할 때는 보통 그때부터 내가 도착하는 6시 반~7시까지 통합반에서 기다리는 거다. 일곱 살은 재연이 혼자다. 재연이가 괜찮다고, 역할 놀이를 하며 기다리면 된다고 씩씩하게 말했지만 마음이 편치만은 않았다. 진유랑 놀면 되는데 안 놀아 줄 때가 있다고 털어놓기도 했다. 저보다 동생인데도 안 놀아 줘서 속상하다고 말하는 아이를 보며 놀이터에서도 이연이가 안 놀아 준다고 섭섭해하던 게 생각났다.

같은 반 친구들이 일찍 하원해 늘 동생들뿐이고 또래 친구가 옆에 없었던 것 같다. 동생들 사이에서 대장 노릇 하려 한다고 생각했는데, 미안해졌다. 재연이는 자기 감정에 솔직한 편이라 기쁜 날은 태어나서 가장 즐거운 날이었다고 하고, 속상할 때는 나라를 잃은 것처럼 가슴 아파한다. 알기 쉽고 전면적이다. 얼마 전 재연이를 쓰다듬으며 "우리 재연이도 아직 일곱 살 밖에 안 됐는데…… 아직 애기인데" 했더니 그 뒤로 "나도 일곱 살밖에 안 됐다고, 애기라고" 계속해서 어필하고 있다.

남편이 늦게 오는 날이라 셋이서 동네 다이소에 다녀왔다. 재연이는 삼촌이 쓰는 것과 같은 여행용 베개를 골랐고 이연이는 마시멜로를 집었다. 나는 편지지와 재연이 머리에 꼽아 줄 핀을 골랐다.

별일 없이 지나간, 평범한 하루 같았는데 이연이가 자기 전 물었다.

"엄마 오늘 재밌었어. 엄만 어땠어?"

"엄마도 오늘 재밌었어!"

보통의 하루가 그 말 한 마디로 특별해진다.

머릿니 박멸 작전

매일 몇 시간씩 애들 머리를 뒤지고 있다. 재연이 반이 서캐로 비상이다. 이 시절 머릿니라니, 혼돈의 도가니다. 어디서 시작됐는진 몰라도 다 없애야 끝나는 일이라 반 아이들 모두에게 서캐 박멸 미션이 주어졌다. 그런데 쉽지가 않다. 약을 써도 완전히 없어지지는 않아서 일일이 머릿속을 헤쳐 가며 눈에 잘 띄지도 않는 벌레를 감별해야 한다. 간신히 발견해도 몸통을 동강내기 전까진 잘 죽지도 않았다.

같은 동네 사는 시어머니가 재연이 반 엄마들이 수군거리는 소리를 들었다며 날 붙들고 애들 머리를 신경 써서 봐야겠다고 하셨다. 내 딴에는 잡는다고 잡았는데, 수군거림의 대상이 되다니 마음이 좋지 않았다.

아이 둘 다 머리카락을 짧게 자른 뒤 전날 주문해 둔 고데기로 꼼꼼하게 머리를 지졌다. 며칠 동안은 퇴근 후 서캐 잡는 일만 하고 있는데도 다음날 어린이집에선 또 보인다는 말이 들려왔다. 특히 남편은 자기는 보이지 않는다면서 발을 빼는데 믿기지가 않는다. 어떻게 안 보일 수가 있지?

"정말 죽고 싶어."

매일 반복되는 일상에 지쳐 친구와 통화하다 괜한 말을 했다. 결국 휴가를 냈다. 머리를 살피는 동안 가만히 있으라고 디즈니 애니메이션 <빅 히어로>를 틀어 줬는데 초반부터 주인공의 형이 죽었다. 애들이 놀랐는지 형이 죽었냐고 거듭 물었다.

"응, 불길에 휩싸여 죽었어."

아이들이 보는 만화에서는 사람이 잘 죽지 않는다. 게다가 악당도 아니었으니 충격이었을 것이다.

"처음이구나. 악당 아닌 사람이 죽는 걸 본 건. 근데 실제로 그래. 재연이 외할아버지도 일찍 돌아가셨잖아. 어느 날 느닷없이 죽기도 하는 거야."

이렇게 얘기해도 되나 싶다가도, 그게 현실이니 어쩔 수 없다고 생각했다. 얼마 전에도 그림책을 같이 읽는데 아빠가 죽는 내용이었다. 아이가 하도 졸라 집 앞에서만 타기로 약속하고 자전거를 사주었는데, 골목길을 벗어나 큰길을 나서면서 교통사고가 났다. 그걸 막으려다 아빠가 대신 차에 치었다. 하늘의 별이 된 아빠가 아이를 지켜본다는, 아주 슬픈 이야기였는데 그날 밤 자려고 누웠을 때 아이들이 물었다.

"죽으면 하늘나라에 가?"

평소 비슷한 질문을 받았을 때 그렇다고 답하기도 했지만 그날만큼은 내적 갈등이 일었다. 이번엔 내 생각을 솔직히 말하기로 했다.

"엄마는 죽으면 그냥 끝이라고 생각해. 죽은 사람은 하늘나라가 아니라 산 사람의 마음속에 있는 거지. 누군가 그리워하는 동안에는 죽어도 존재하는 것과 마찬가지야."

"외할아버지는 하늘나라에 있는 거 아니야?"

"외할아버지도 엄마 마음속에 있는 거야. 엄마가, 또 가족들이 그리워하는 동안에는 존재하고 계신 거야."

아이들은 또다시 혼돈에 빠진 것 같았다. 너무 일렀나? 죽어서도 하늘의 별이 되어 아이들을 내려다보고 싶은 마음만큼은 나 역시 간절한데……

머릿니와의 전투를 끝내고 피폐해진 마음으로 회사에 갔다. 점심시간 친구를 만나 간만에 밥다운 밥을 먹었다. 머릿니 박멸이라는 근황 토크를 나누며 스트레스가 극에 달한 상황에서 아이들에게 상처가 될 말들을 많이 뱉은 것 같다고 고백하자 묵묵히 밥을 먹던 친구가 툭 말을 던졌다.

"잘하고 있어, 충분히."

별말 아니었는데도 갑자기 눈물이 핑 돌았다. 생각해 보니 아무도 내게 잘하고 있다고 말해 주는 사람이 없었다. 딱히 그 말이 듣고 싶었던 것도 아니다. 아이를 낳기로 했고 응당 책임지는 과정일 뿐이라고 생각했다. 그럼에도 듣는 즉시 나에게 무엇보다 필요한 말이었다는 걸 깨달았다. 지난 몇 년 집과 회사를 오가며 양쪽 모두에서 나는 왜 이렇게 부족한가 자주 생각했다. 남편은 남편대로 힘겨워 보였다. 누구도 아닌 내 선택이니 징징대지 말아야지 다짐했던 날들이기도 했다. 최악의 하루를 보낸 사람에겐 작은 말 한마디가 지옥이 될 수도, 구원이 될 수도 있다. 그러니 최선을 다해 다정해지자고 남은 밥을 삼키며 다짐했다.

꿀떡슬떡

이연이가 떡이 먹고 싶다고 떼를 썼다. 어린이집 생일잔치가 있던 날이라 나눠 준 백설기를 가방 안에 넣어 왔는데 그새 쉬어 있었다. 오늘 퇴근할 때 사다 주기로 약속했다.

"난 슬떡." 재연이다. 슬떡은 절편을 말한다.

"난 꿀떡." 이연이다. 설탕물이 든 달달한 떡은 이연이 취향이다.

절편이 없어서 꿀떡만 사왔다. 분홍색, 하얀색, 초록색 꿀떡을 꿀떡 꿀떡 잘도 먹어 치우는데 사라지는 속도가 너무 빨랐다. 지난번에 식빵 한 봉지를 사왔을 때도 그랬다. 특히 재연이가 탐했다. 맛있다는 말을 연발하면서도 내 눈치를 본다. 너무 많이 먹는다 싶으면 내가 저지하기 때문이다. "배가 아야 하니까, 체할 수 있으니 꼭꼭 씹자"고 말하면 고개를 끄덕이지만 그때뿐이다.

실은 살이 찔까 봐, 그래서 이차성징이 빨리 와 키가 안 크면 어쩌나 걱정이 된다. 재연이는 이미 반에서 몸무게 1등이다. 건강해야 하니까 천천히 꼭꼭 씹어 먹고 배가 부르면 그만 먹는 거라고 설명하지만 말하면서도 생각한다. 정말 그게 전부일까?

"그거 하나 더 먹으면 네가 좋아하는 치마 입었을 때 배가 볼록 나와."

이런 말을 뱉고 나면 죄책감을 느낀다. 가장 닮고 싶지 않은 전형성에 내가 부합할 때 어딘가로 숨고 싶어진다. 평소 사회생활을 할 때의 '나'는 '배 나왔다고 원피스 못 입나?'에 가깝기 때문에 그 불일치가 자주 당황스럽다.

　　자신의 몸을 긍정하라고 말하고 싶지만 결국 말뿐이었던 내 자신을 아이 키우며 마주한다. 모순 덩어리의 나를 만나는 시간. 나부터 그러니 남도 함부로 재단할 수 없다 싶어 전반적으로 태도가 뜨뜻미지근해지는 것 같다. 무슨 사정이 있겠지······ 점점 더 그런 식으로 어제의 확신이 오늘은 희미해진다. 일단 오늘 아침으로 소보로 팥빵을 반만 먹으려다 홀랑 다 먹어 버린 내가 애들을 나무랄 일은 아닌 것 같다.

점점이와 쭈쭈

　뱀. 사실 내겐 발음하는 것만으로도 극렬한 반감이 드는 존재다. 나는 대부분의 생명체를 두려워하는 편이지만 특히 뱀에 대한 공포가 엄청나다. 긴 끈만 봐도 기겁하는 엄마의 영향인지 나도 몇 년 전부터 뱀 사진이나 영상조차 보지 못하게 되었다. 뱀뿐만 아니라 살아 있는 모든 동물에 대해서도 연민보다 두려움이 점점 커지고 있다.

　하지만 아이들 때문에 동물을 접할 일은 오히려 늘고 있다. 여행을 가도 사설 동물원, 양떼 목장이 코스에서 빠지지 않는다. 일산 어느 동물원에 들렀다가 파충류 떼를 보고 극심한 공포를 느낀 뒤로는 더 꺼리게 되었다. 사설 동물원의 열악한 사육 현실을 지적하며 자리를 회피해보기도 했다. 남편은 귀여운 강아지나 판다를 보고도 별 감흥이 없는 나를 보며 소시오패스 기질이 있다고 했다. 아이는 둘이나 가졌는데, 왜 이웃한 생명체에 대한 마음은 더 커지지 않고 쪼그라들기만 하는 걸까? 마음에 어떤 문제가 있는 건 아닐까?

　아이들이 동물을 키우고 싶다는 얘기를 자주 한다. 나중에 혼자 살 때, 독립해서 키우라고 하면 계속 같이 살 거라며 영영 그런 세상이 오지 않을 것처럼 울상을 짓는다. 요즘에는 마리모(동글동글한 모양의 녹조류다) 키우는 게 유행인지 아이들이 전략을 바꿨다. 마리모는 동물이 아니라며 나를 설득했다. 검색해 보니 손톱 크기만 한 마리모도 있었다. 수생 식물이라면 괜찮을 것 같아 이번엔 져주었다. 블록 모양 어항에 색색의 돌을 깔고 백조와 오리 피규어까지 넣어 줬다. 어항을 꾸미고 물을 채우는 동안 아이들의 눈동자가 반짝였다.

"이름을 지어 주자."

"엄마, 점점 크니까 점점이 어때?"

재연이 말했다.

"오, 기발한데!"

이연이도 자신의 마리모를 '하양이'라 명명했다가 1분 만에 '쭈쭈'로 바꿨다. 아이들의 관심이 오래 지속되면 좋겠다. 식물이든 동물이든 잠깐 귀엽거나 예쁘고 끝나는 일이 아니니까. 바로 너희들이 그런 것처럼.

재연이와 이연이의 다툼이 부쩍 잦아졌다. 이연이는 힘으로는 안 되니 목소리를 높이다가 결국 울음을 터뜨린다.

"언니가—"로 시작하는 말은 울음소리에 묻혀 끝을 맺는 데 번번이 실패한다. 대개 재연이의 앙칼진 목소리가 뒤따른다.

"이연이가 먼저 그랬어!"

재연이는 요즘 이연이를 의식하고 견제하는 데 많은 에너지를 쏟고 있다. 재연이가 자주 묻는 말이 있다.

"세상에서 누가 제일 좋아?"

"아빠."

골리듯 답하고 조금 뒤 끌어안으며 재연이를 제일 사랑한다고 정정하지만 몇 분 뒤 또다시 질문이 이어진다.

"엄마는 내가 싫지?"

애걸하는 모양새가 안쓰럽다가도 다정력이 바닥을 치는 날에는 말은 안 해도 긍정한 거나 다름없는 표정을 짓게 된다. 물론 오뚝이 같은 회복력을 지닌 아이가 얼마 있다가 금세 다시 묻는다.

"엄마는 누구를 제일 사랑해?"

얼마 전부터 이연이도 합세했다.

"내가 더 예쁘지? 나 귀엽지?"

갑갑한 여름

지금 사는 빌라는 방 한 칸에 거실 겸 부엌 하나면 딱 맞는 크기인데, 누군가의 욕망이 보태져 방을 하나 더 만든 바람에 4인 가족인 우리는 어떻게 해도 동선이 겹칠 수밖에 없는 비극을 안게 됐다. 운 좋게 아파트 청약에 당첨됐지만 중도금이 턱없이 부족해 허리띠를 졸라매느라 이곳에 산 지 1년이 넘었다. 물론 혼자 살거나 둘이 살면 다르겠지만 우린 넷이다. 빨래 널 공간도 확보되지 않아 건조대를 반쪽만 펴는 식이다.

이 와중에 에어컨이 고장 났다. 남편은 어차피 내년에 이사를 가니 올해는 그냥 버티자고 했다. 나야 괜찮지만 땀 많은 세 부녀께서, 괜찮을까? 이른 여름부터 선풍기가 쉬지 않고 돌아가고 있어 모터 부분이 항상 뜨겁다.

남편은 계속 선풍기를 자기 쪽으로 고정해 둔다. 넷이 한 방에 자는데 문득 깨서 아이들을 더듬으면 땀범벅이라 몇 번이나 지적했지만 무의식이었다고 웃으며 말하니 정색할 타이밍을 잡기가 애매했다.

날씨 때문일까. 오늘도 아침에 남편에게 짜증을 냈다. 늘 영화나 드라마를 보느라 늦게 잠드는 남편이 일어나서도 소파에 앉아 정신을 못 차리고 꾸벅거리다가 출근 시간이 되니 부랴부랴 씻고 가버렸기 때문이다.

"바지 딴 거 없어?"

이연이가 아침부터 이렇게 말하는 날은 '망한 날'이다. 어떤 옷을 줘도 싫다고 할 확률이 99퍼센트다. 아침 메뉴로 토스트도, 과일도, 시리얼도 싫다고 하는 날 역시 마찬가지다. 투정을 부리겠다고 작정한 것이

므로 어떤 메뉴를 준비하든 결과는 같다. 이연이에게는 타협도 설득의 과정도 소용없다. 한번 핀트가 어긋나면 그 길로 끝이다. 시간이 더 있다면 설득이 가능할지도 모르지만 아이나 나나 모두 이미 지각인 상태다. 오늘도 어찌어찌 어르고 달래 간신히 어린이집에 들여보냈다.

회사에 오니 10시였다. 나도 9시 출근인데.

요즘 엄마가 회사 생활이 어떠냐고 안부를 물을 때마다 한숨 쉬며 저성과자의 입구에 있다고 말한다. 뭘 시작하기 전부터 지치는 경험이 반복되다 보니 의욕을 갖기가 어렵다. 나는 늘 벼락치기 인생이었는데, 아이를 키우면서부터는 벼락치기를 하는 짧은 순간에도 그 일에 올인할 수가 없다.

물론 이런 말은 정말 가까운 사람에게만 한다. 대부분의 엄마들은 직장에서 애 키우는 티를 내지 않으면서(못하면서) 무람없이 일을 해내고 있는데, 어떤 고정관념을 견고히 하는 사례가 나여서는 곤란하니까. 엄마는 등원 도우미를 구해 보라고 하지만 돈이 부족해 좁은 집을 선택한 마당에 엄두가 나지 않았다. 소득에 따라 나라에서 일정 금액을 지원해 주는 아이돌봄 서비스도 고려해 봤지만 한두 시간만 일해 줄 수 있는 분을 만나는 게 쉽지 않았다.

"넌 애를 키우잖아."

얼마 전에는 친한 선배에게 침체된 직장 생활과 저성과에 대한 고민을 털어놨더니 나를 위로한답시고 이렇게 말했다. 물론 내 표정을 보더니 아차 싶었는지 곧바로 사과했다. 불쾌함보다는 나를 잘 이해하는 사람도 그렇게 생각하는구나, 일하는 여성들이 그런 걸 경계해 무리해 가며 쌓아 올린 무언가를 망친 게 아닌가 하는 생각이 들어 마음이 아득해졌다. 이 여름, 잘 날 수 있을까.

씨름왕

추석을 앞두고 씨름 대결이 펼쳐졌다. 재연이가 어린이집에서 씨름을 배워 와 이연이에게 전수해 주었다. 반 대항전에서 전승을 거둔 재연이가 득의양양했다. 이연이도 비장하게 나섰다. 언니에게 힘으로 당해 낼 수는 없지만 오뚝이처럼 일어나 다시 발을 거는 이연이. 번번이 지다 기분이 상해 결국 소리를 질렀다.

명절이나 크리스마스를 전과 다르게 실감하는 건 아이들 덕분이다. 고사리 손으로 조몰락조몰락 뭉쳐 온 송편이나 김장 김치, 직접 담근 된장 같은 것 — 모두 제법 그럴듯했다. 선생님께 감사하다 — 을 어린이집에서 가져올 때, 아이들 몰래 크리스마스 선물을 주문해 선생님께 건넬 때, '이런 날이지 참' 깨닫는다.

씨름 대회를 마치고 키즈카페가 있는 찜질방에 가서 신나게 뛰어놀았다. 우리 넷 다 좋아하는 장소다. 따끈한 탕에 몸을 담그며 보들보들한 아이들과 살을 맞댈 때 마음도 부들부들해지는 것 같다. 이연이는 키즈카페에서 제법 긴 미끄럼틀도 가뿐하게 타고 정글짐에도 척척 올랐다. 얕은 산에 오를 때도 이연이는 성큼성큼 올라가고 재연이는 기울기가 15도만 돼도 거의 엎드리다시피 해서 기어간다. 이연이는 활동량이 많아 상처도 잘 난다. 내가 모르는 멍도 자주 보여서 물어보면 기억을 못 한다. 마트에서도 아무 생각 없이 마구 휘젓고 다녀 잃어버릴 뻔한 적이 한두 번이 아니다. 무심코 돌아보면 언제나 곁에 있는 재연이와는 다르다.

"그러면 안 되잖아."

요즘 이연이가 엄마 아빠에게 자주 하는 말이다. 남편은 내가 지적할 때 하는 말투라고 한다. 이케아에 갔더니 아이들 놀이 공간이 있었다. 거기 들어가려면 키가 100센티미터는 넘어야 하는데 이연이는 아슬아슬했다. 키를 재는 직원의 표정을 읽은 이연이가 살짝 까치발을 들었다. 눈치를 못 챌 만큼 사뿐했다.

이연아, 그러면 안 되잖아.

명절의 시작

아침에 눈뜨자마자 어제 편의점 앞에서 본 아저씨가 생각났다. 저녁을 사먹고 집으로 가는 길, 편의점에서 맥주를 사 가게 앞 테이블에 앉았다. 남편이 제일 좋아하는 시간이다. '길맥'이 가능한 찰나의 계절. 바람도 적당히 선선했다. 아이들도 설레임을 하나씩 입에 물었다. 알코올과 당으로 각자 입이 즐거웠다.

이연이는 문구점에서 산 '마법의 책'을 뜯었다. 뭐든지 질문을 하고 아무 페이지나 펼치면 답을 주는 책이다. 우리의 관심사를 물었다.

"우리가 과연 시골집을 얻을 수 있을까요?"

이연이가 눈을 감고 웅얼웅얼 하더니 아무 페이지를 펼쳤다. 이렇게 적혀 있었다.

"모든 것이 잘될 것이다!"

남편과 나는 꺄악 탄성을 지르며 웃었다.

이연이에게도 퀴즈를 냈다.

"허이연이 가장 예쁠 때는?"

"정답! 잘 때."

"오⋯⋯ 맞았어. 짝짝짝."

"또 퀴즈. 그 이유는?"

"정답! 까불지 않아서."

"오⋯⋯ 정답. 짝짝짝."

정답을 모두 맞춘 이연이가 웃다가 뒤늦게 인상을 찌푸렸고 그 모습을 본 우리가 다시 큰 소리로 웃었다.

그때 갑자기 뒤편 테이블에서 혼술을 하고 계시던 아저씨가 이연이를 부르셨다. 이미 불콰한 기색이 역력해 가까운 자리에 앉을 때 살짝 고민을 했었다. 우리가 너무 시끄러웠나 싶어 같이 일어나려는데 지갑에서 지폐를 꺼내 이연이에게 주는 게 아닌가. 당황해 거절했더니 어른이 주는 돈은 괜찮다며 거듭 이연이 손에 쥐어 주셨다. 이어서 재연이에게도 건넸다. 아이들이 귀엽고 넷이 있는 모습이 좋아 보여서 주시는 거라고 했다. 몇 차례 고사하고 다시 주길 반복하다 결국 받아 들었다. 편의점에서 맥주를 더 사서 나오는 길에 아이들에게 사탕도 건네주셨다. 우리는 몸 둘 바를 몰라 자리에 앉았다 서기를 반복했다. 아이들을 예쁘게 봐주셔서 감사했다.

명절 연휴 전날 아이들에게 아량을 베푼 아저씨에 대해 골똘히 생각하며 집으로 돌아왔다. 너무 많은 짐작도, 해석도 필요 없다고 생각했는데 오늘 아침 눈뜨자마자 생각났다. 그분이 오늘 아침, 왜 지갑에서 2만 원이 비는지 아리송해하지 않을까 염려하면서. 부디 풍요로운 명절이기를 바란다.

아이의 자장가

추석 당일, 전날부터 열이 떨어지지 않는 재연이를 데리고 소아전 문병원 응급실에 갔다. 아픈 아이들 속에서 네 시간에 걸쳐 대기와 대기를 거듭한 뒤에야 진료를 볼 수 있었다. 맥없이 처져 있던 재연이가 한참 만에 기운을 차렸다. 아프고 나면 아이들이 부쩍 크는 것 같다.

이연이는 '사람'처럼 말하기 시작했다. "엄마 있잖아, 나 할 말이 있어……." 이렇게 읊조리며 꺼내 놓는 이야기가 능청과 넉살로 이어져 웃지 않을 수가 없다.

만화를 그만 보자고 텔레비전을 껐더니 이연이가 씩씩거리며 방에서 나왔다. 그런데 입꼬리가 살짝 올라간 걸 들켰다.

"너 웃고 있는 거 다 알아."

넷 다 웃음이 터졌다. 삐친 척을 해서 웃음을 주는 아이라니.

며칠 전 카페에 가서 아이들 먹을 핫초코를 시켰다. 너무 뜨거워 얼음 하나를 넣어 달라고 하려는데 식당에서 반찬 리필 요청도 부담스러워 서로에게 미루는 부모를 대신해 이연이가 나섰다. 재연이와 우리 부부가 한껏 기대에 찬 눈으로 이연이를 지켜보고 있었다.

"얼음 넣어 주세요"

이연이의 말이 터지기가 무섭게 우리 셋은 열광적인 박수를 보냈다. 그 모습에 뿌듯해하던 이연이가 잘 잊히지 않는다. 우리 중 가장 용감한 건 이연이라고 듬뿍 칭찬해 주었다. 아쉽게도 점원이 듣지를 못해 결국 내가 일어나야 했지만.

며칠 전 재연이가 이연이에게 자장가를 불러 주며 말했다.

"이제 이사 가면 우리 둘이 자야 되니까 언니가 재워 줄게."

정말 잠이 들었다. 둘만 아는 얘기, 둘만 통하는 놀이 이런 게 하나씩 생기면서 둘만의 관계가 만들어지고 있다. 재연이와 이연이가 손을 잡고 앞서가거나 나란히 서서 뭔가 하는 뒷모습을 지켜보다 울컥할 때가 있다. 내 손을 떠난 아이들을 두 눈에 담지 못할 때가 오겠지. 그 당연한 사실이 쓸쓸하면서도 감격스럽다.

재연이는 요즘 화장실 자주 가는 습관이 사라졌다. 심리적인 문제였던 것 같다. 며칠 전에도 "엄마가 이연이에게 더 다정하게 말하는 것 같아서 섭섭해"라고 말하며 훌쩍이긴 했지만 예전보다 "엄마는 이연이를 더 사랑해!"라고 말하는 횟수는 줄었다. 이번엔 진심이라 느껴졌고 조금 상처받은 것 같아 경청했다. 나 때문에 우는 건 역시 싫다.

어젯밤에는 재연이가 부르는 자장가를 듣다 내가 제일 먼저 잠이 들었다.

우주만큼 손바닥만큼

어제 같이 소파에 앉아 있는데 재연이가 말했다.

"엄마 쩔지?"

"그런 말 쓰는 거 아니야. 엄마가 그 말 썼지? 조심할게."

"안 썼어. 엄마 앞에서 한번 써 보는 거야. 딴 데선 안 해."

무럭무럭 자란 재연이가 엄마를 가지고 논다.

며칠 전에는 확신에 찬 어조로 말했다.

"이연이가 우유 엎질렀을 때 엄마가 화를 너무 많이 내. 막 우주만큼 내는 것 같아."

"생각해 봐. 계속 그러잖아. 일부러 그러는 것 같지 않아?"

"설마, 일부러는 아니겠지."

이연이가 뭘 먹다 흘리는 건 고정값인데, 우유를 좋아해 그릇에 한 가득 부어 놓고 엎지른다. 마치 계획한 것 같이 따르자마자 푹 엎지를 때는 약이 바짝 오른다. 하지만 재연이 눈엔 엄마가 내는 화가 온당해 보이지 않았나 보다. 앞으로는 손바닥만큼만 화를 내기로 했다.

"짜증나"라는 말을 어디선가 — 혹시 집인가? — 배운 이연이는 요즘 맥락과 상관없이 이 말을 쓴다. 몇 번 지적했지만 자신의 기분을 심플하게 요약해 주는 그 말맛에 매료된 것 같았다. 우리 둘이 저에 대한 이야기를 나누는데도 그다지 관심이 없다. 우주만큼이든 손바닥만큼이든 지금 당장 꾸짖는 게 아니라면 상관없다는 듯 무심한 표정으로 우리를 바라보았다.

철봉 휘돌기

"엄마, 친구들이 나 보고 놀려. 철봉 못한다고."

이런 고민에 대한 조언은 어렵다. 얼핏 봐서는 체육 활동 때문인 것 같지만 관계에 대한 스트레스일 가능성이 높기 때문이다. 들어 보니 역시 철봉을 못하는 아이는 재연이만이 아니었고, 그보다 친구들의 말투와 반응이 섭섭한 것 같았다. 관계라면 나도 빈약하기가 이를 데 없는데다가 내게 설명하지 않았을 또 다른 맥락까지 고려하면 어쨌든 재연이가 헤쳐 나가는 수밖에 없다고 생각했다. 결국 하나마나 한 조언을 했다.

"열심히 연습하다 보면 어느 날 갑자기 할 수 있을 거야. 다른 일도 그렇잖아."

하원길 철봉 앞에 섰다. 철봉에 매달리는 건 쉬운데, 철봉을 잡고 도는 걸 못 하겠다고 재연이가 말했다. 문제는 용기인 것 같았다. 역량은 충분하지만 휘익 세상을 한 바퀴 돌기 직전, 겁이 나는 마음이 이해가 되기도 했다. 이런 거야말로 기세인데, 말로 하는 조언에는 한계가 있었다.

이연이는 체구가 작아서 사뿐사뿐 몇 바퀴쯤 가볍게 돌았다. 재연이가 부러운 눈으로 동생을 바라보았다.

"시기의 문제일 뿐이야. 언젠가는 잘하게 될 거야."

알아들었는지 못 알아들었는지 아이는 벌써 내 손을 떠나 저만치 앞서가 있었다.

집에서 어린이집까지 700미터쯤 될까. 이연이가 찡찡대기 시작하면 체감 거리는 7킬로미터로 늘어난다. 오늘도 마찬가지였고 고난의 행군이 시작되는 건가 생각할 무렵 갑자기 재연이가 걸음을 멈추고 내게 말했다.

　"엄마, 내가 해볼게."

　뭘 해보겠다는 건가 싶었는데 동생에게 다가가 몇 마디 중얼거리자 투정이 멈췄다. 저 멀리서 재연이 목소리가 들려왔다.

　"엄마가 그랬어? 그래서, 엄마가 미웠어?"

　마음을 알아주는 언니 덕분에 이연이의 칭얼거림이 끝난 것 같았다. 둘만 아는 관계가 (부모에 대한 뒷담화를 기반으로) 또 하나 쌓이고 있었다.

지영이들

1990년대 교실엔 '지영'이라는 이름이 많았다. 한 반에 둘이라 큰 지영, 작은 지영으로 불렸고, 성까지 같을 땐 김지영 A, 김지영 B로도 불렸다. 나도 종종 '지영이들'과 한 반이었다. 그럴 땐 부를 때 꼭 성을 붙였다. 『82년생 김지영』을 쓴 조남주 작가에 따르면 1960~70년대에 태어난 여성의 이름엔 진, 선, 미가 많이 쓰였다. 1980년대 전후, 여자도 지성을 추구한다는 공감대가 생겼다. 부모는 더 이상 딸에게 '좋은 남자 만나 시집가야 한다'는 말을 하지 않았다. "제도적인 기반은 마련되어 불합리한 대우를 받는 것 같진 않은데, 여전히 관습적으로 불합리한 상황을 겪는 간극"*을 경험하는 세대가 등장했다. 밀리언셀러 『82년생 김지영』이 탄생하게 된 배경이다.

출간 2년 만에 100만 부를 돌파했고, 일본에서만 10만 부가 넘게 팔린 원작의 영화도 개봉했다. 시사회에 참석한 나는 초반부터 꺼이꺼이 울었다. 당황스러울 정도로 눈물이 쏟아졌다. 영화는 베란다에 서서 해질녘 풍경을 바라보는 지영의 뒷모습으로 시작한다. 아이가 부르는 소리에 뒤를 돌아보는 표정이 어딘지 서늘하다. 가끔 가슴이 쿵하고 내려앉는다는 지영은 자신도 모르는 사이 다른 사람으로 빙의되고 남편 대현은 그런 아내를 걱정스럽게 지켜본다.

＊   <채널예스>(2017/09/11), 조남주 인터뷰 "세상이 얼마나 여성을 지워 왔는지 보여 주고 싶었다" 중에서 ch.yes24.com/Article/Details/34275

해질녘의 쓸쓸함이 떠올라서였던 것 같다. 아이와 단 둘이 집에서 맞이하는 해질 무렵의 공기와 색감, 집안 깊숙이 드리우던 긴 그림자 같은 것들……. 하루가 무사히 지나고 있다는 안도감과 이렇게 하루하루 지나다 보면 어느새 아이는 훌쩍 커버리겠지만 나는 저 그림자처럼 계속해서 길어지다 끝내 사라져 버리겠지, 하는 생각에 하루 중 가장 약해지는 시간이다.

영화 속 지영은 출산과 함께 경력이 단절된 여성이다. 일과 육아 다 잘할 수 없거니와 다 잘하지 않아도 되는데 그 안에서 고통받았던 여성들의 이야기이기도 하다. 오빠들을 공부시키려고 공장에서 일했던 (지영의) 엄마, 딸 둘 아들 하나 삼남매 중 막내 손자만 싸고돌던 (지영의) 할머니, 출장 갔다 아들의 만년필만 사온 (지영의) 아버지, 애는 엄마가 키워야 한다고 말하던 (지영의) 상사 등 영화 속 인물들을 보며 원작 속 한 구절이 생각났다.

"세상이 참 많이 바뀌었다. 하지만 그 안의 소소한 규칙이나 약속이나 습관들은 크게 바뀌지 않았다. 그래서 결과적으로 세상은 바뀌지 않았다."*

---

* 조남주, 『82년생 김지영』, 민음사, 2016, 132쪽.

5

절대
내향인 가족

키친 드렁커

이사를 마치고 집안을 한 바퀴 둘러보았다. 신혼부터 함께했던 옷장 문이 비뚤게 달려 있었다. 아귀가 맞지 않아 제대로 열리지 않았다. 너무 저렴한 나머지 왠지 모르게 불안했던 애들 옷장은 산 지 일주일 만에 서랍이 고장 났다. 예산을 좀 더 잡을 걸 하는 후회가 밀려왔다. 이사와 재연이의 입학을 앞두고 직장에 한 달 안식월을 냈다. 10년 근속에 주어지는 금쪽같은 시간, 금쪽같은 내 새끼들한테 쓸 수밖에 없다.

당분간 새 어린이집을 찾을 때까진 집에서 끼고 있어야 하지만 조금 있다 보면 재연이가 입학하고 이연이는 새 어린이집에 적응하고, 그러면 그래도 하루 두세 시간의 자유 시간이 생기겠지, 하는 막연한 기대가 있었다.

그리고 코로나가 시작됐다. 입학식은 기약 없이 미뤄졌고 이연이 어린이집 대기도 순번이 오지 않았다. 아이들과 24시간을 함께하는 생활이 시작됐다. 퇴근하고 만난 아이들은 그 시간이 짧을지언정 그립고 반가운 대상이었는데 내내 붙어 지내니 그런 마음이 잘 들지 않았다.

입학 선물로 받은 물감으로 그림도 그리고 만들기 재료나 쿠키 재료 같은 것들을 주문해 시간을 보냈다. 기대에 차서 시작했다가도 둘의 다툼, 나의 푸념으로 끝나기 일쑤였다. 이사 직후라 사소하게 처리할 일도 많았다. 목소리는 점점 커져 갔고 아이에게 화를 내며 무참히 바닥을 드러내는 순간들이 잦아졌다.

사랑하는 미취학 아동 둘 — 하나는 원래 취학이어야 하지만 — 을 돌보는 일은 정말이지 순탄치 않았다. 집 밖을 나갈 수 없다는 조건이 가장 까다로웠다. 타인과 좀체 만날 수가 없으니 집에 고립된 셋은 동지가 되었다가도 적이 되어 자주 서로를 할퀴었다. 퇴근한 남편은 현관에서부터 집안의 온도를 가늠하고 내 눈치를 살폈다.

아침과 점심을 차려 주고 오전 오후 내내 복닥복닥하다가 저녁 준비를 하는 동안 아이들에게 만화를 틀어 주면 그제야 잠시 혼자만의 시간이 찾아온다. 그때 마시는 맥주 한 캔. 공복에 스미는 술기운이 이름 붙이기 어려운 어떤 시름을 잠시 잊게 한다. '키친 드링커'라는 말이 어떻게 만들어졌는지 알 것 같다.

고립된 섬에 갇혀서도 아이들의 키와 몸무게는 잘도 늘었다. 시옷 발음이 아직 잘 안 되는 이연이가 투박(수박), 타랑(사랑)을 말할 때마다 그래도 웃을 수 있었다. 내가 따는 맥주도 한 캔에서 두 캔으로 늘었다.

바통 터치 ____

　재연이는 입학식도 없이 돌봄교실로 직행했다. 담임선생님과는 학교 컴퓨터실에서 화상으로 만났다. 반 친구들도 화면으로만 봤다. 이어폰을 함께 들려 보냈는데 어느 날은 목소리 인식이 안 되었다고 하고, 어느 날은 수업 중 선생님 말씀이 안 들렸다고 한다. 멍하니 화면만 보고 있었을 재연이를 생각하니 나조차 답답한 마음이 들었다.

　이연이는 아파트 단지 내 어린이집 입학에 실패해 — 재연이가 초등학생이 되면서 유아 두 명일 때의 가산점이 사라졌다 — 버스로 두 정거장 거리에 있는 어린이집에 다니게 됐다. 원래 쓰던 건물이 리모델링 중이라 다세대 주택 한 곳을 빌려 임시로 사용하고 있다. 그래서인지 놀이터가 멀고 야외 활동이 어려운 편이었지만 달리 선택지가 없었다.

　재연이는 새로 산 티가 팍팍 나는 분홍색 가방을 메고 등교한다. 교문에서 헤어지고 나서도 꼭 뒤를 돌아보기 때문에 두 차례 돌아보는 것까지 기다렸다 손을 흔들어 준다. 그리고 나면 이연이 손을 붙들고 뛰다시피 해서 버스를 타야 한다. 이연이까지 어린이집에 안착시키고 나면 나는 또다시 버스를 타고 지하철역으로 가서 회사로 향한다. 둘이 같은 어린이집에 다닐 때와는 비교할 수 없이 늘어진 동선. 아이들이 별 탈 없이 지내 주는 것만으로 감사한 시절이다.

　남편은 나의 안식월이 끝나고 두 달 육아휴직을 냈는데 도저히 안 되겠다며 재연이를 돌봄교실에 보냈다. 24시간 붙어 있던 나로선 왠지 억울한 마음도 들었지만 현명한 선택임을 부정할 순 없었다.

코로나 세대

재연이 담임선생님과 첫 상담이 있었다. 입학식도 안 했는데 상담이라니, 난감했다. 이런 일에는 자연스럽게 발을 빼는 남편 대신 내가 통화를 하기로 했다. 학교에서 오는 전화를 놓치면 다시 전화하지 말고 연락을 기다리라는 공지를 보고 약속 시간 5분 전부터 사무실에서 대기했다.

'재연이는 생후 7개월부터 어린이집에 다녀서 기관의 규칙을 잘 따르는 편이고 만들기를 좋아하며 다소 내향적이지만 호기심이 많고 집에서는 활발하다' 정도의 말을 한 것 같다. 그렇게 10분 동안 재연이의 근황을 전했다. 선생님은 교실에서 직접 봐야 하는데 아쉽다는 말을 하고 전화를 끊었다.

어린이집이든 학교든 선생님과의 상담에선 늘 할 말을 찾기가 쉽지 않은데 코로나 국면이라 더더욱 그랬다. 코로나 세대가 된 재연이는 돌봄교실 친구를 같은 반 친구보다 먼저 사귀었다. 평시의 학교를 경험해 본 적 없기 때문에 낯선 기색도 없다. 다만 돌봄교실 선생님이 어린이집 선생님처럼 친절하지 않다면서 오늘은 누가 혼났는지 매일매일 보고를 한다. 남편과 내가 학창시절에 만난, 무서운 선생님 이야기를 들려주면 굉장히 놀라며 왠지 안심하는 눈치기도 하다. 아침 등굣길은 늘 썰렁하다. 간간이 아는 얼굴과 인사를 할 뿐이다. 나는 재연이의 뒷모습을 바라보다 불안한 마음을 애써 감추며 이연이의 손을 잡고 뛴다. 1학년 생활보다는 돌봄교실을 주력으로 학교생활에 적응해 가고 있다.

초품아 _____

　친한 선배가 아이의 초등학교 입학을 앞두고 이사할 만한 곳을 알아보고 있다. 새로 들어선 아파트 단지 인근의 구축 아파트를 고려한다고 했다. 나도 지나며 본 적이 있는 곳이다. 세대수가 많은 아파트. 인근 구축이라면 신축에 비해 가격이 저렴하고 대단지 인프라 때문에 괜찮은 선택지라고 생각했는데 이사가 망설여진다고 했다.

　그 대단지가 이른바 '초품아'(초등학교가 단지 내에 있는 아파트)인데 학령기 아이들이 너무 많아 학교가 포화 상태라고 했다. 서울도 요즘에는 학생 수가 적어 폐교가 심심치 않다는데, 한쪽에서는 그 반대 상황이 벌어지고 있었다. 학습권 보장 차원에서 학생 수를 제한하라는 요구가 이어지며 학교 앞에 현수막까지 걸렸다. 애초 단지가 생겨나면서 만들어진 학교니 그 단지에 사는 아이들만 그 학교에 갈 수 있도록 해야 한다는 여론도 있는 모양이다. 정말 선배의 마음에 걸리는 건 대단지 아파트에 사는 아이와 아닌 아이들 사이에 보이지 않는 벽이 생길 거라는 점이었다. 사는 곳이 관계나 정서에 미칠 영향을 고려하면 선택하기가 망설여지는 게 당연했다. 학급의 절대다수가 같은 아파트에 산다면, 거기에 속하지 않는 소수의 아이들은 어떤 방식으로든 구분될 수밖에 없을 것이다.

　사는 곳에 따라 사람을 구분하는 게 새롭지는 않지만 양상은 점점 더 복잡해지는 것 같다. 임대주택에 사는 사람을 거지에 빗댄 신조어가 확산되는 걸 보면서 고등학생 때 생각이 났다. 같은 단지 안에서도 임대주택 동의 출입구가 달라 거기 사는 친구와 등교할 때마다 펜스를 넘어야 했다. 그러다 교복 치마나 스타킹이 자주 찢어졌다. 눈에 보이는 펜스는 줄었지만 보이지 않는 경계는 더 촘촘해졌다. 선배는 어떤 선택을 할까? 오늘따라 단지 곳곳에 붙은 '입주민 외 출입금지' 문구에 오래 시선이 머물렀다.

사교육과 공포 마케팅

"공포에 지지 마."

한 선배의 조언이다. 공포 마케팅에 져서 사교육을 하나둘 시키다 보면 욕심이 생기고 아이와의 관계가 무너진다는 건데, 주로 그런 식의 이야기를 하는 건 주 양육자를 아내로 둔 남편이라는 게 공교롭다.

주변 지인들을 보면 배우자와 아이의 사교육 문제를 놓고 갈등을 겪는 경우가 적지 않다. 교육관의 차이가 부부 갈등을 낳고 아이와의 관계도 아슬아슬해진다. 한쪽에만 맡겨 두던 걸 멈추고 개입하기 시작하면, 어느새 나머지 한쪽도 삐걱대기 마련이다. 늘 생각처럼 되지 않는 게 아이와의 관계인데, 청소년기는 그 정점인 것 같다.

그렇더라도 공포에 지지 말라는 말은 인상적이었다. 재연이가 독서 하나만이라도 꾸준히 하면 좋겠는데 그조차 욕심인 걸 인정해야 할 것 같다. 우리 집 아이들은 책을 별로 좋아하지 않는다. 도서관에 가자고 하면 몸을 배배 꼬며 거부 반응을 일으킨다. 서점에 가도 문구류 앞에서만 서성인다. 그러다 지역 온라인 카페에 독서교실 추천이 올라온 걸 발견했다. 보내고 싶어졌다.

재연이는 태권도와 피아노 학원에 다닌다. 사실상 돌봄의 연장으로 사교육을 시킬 수밖에 없다. 학교 돌봄교실이 저녁까지 운영된다지만 그때까지 교실에 남아 있는 애들은 거의 없다. 재연이는 오후 4시쯤 돌봄교실에서 태권도 차량을 타고 이동한다. 태권도가 끝나면 차를 타고 피아노 학원 앞에서 내린다. 피아노 선생님은 내가 아이들을 키우며 경험한 모든 선생님을 통틀어 가장 친절한 분이다. 그야말로 아이를 환대하는 어른이다. 아이도 그걸 즉시 눈치챘다. 그 아우라에 반해 보냈기 때문에 사실 피아노 진도는 관심 밖이다. 선생님도 몇 번 아이의 학습 상태를 설명하다가 내가 관심이 없다는 걸 알아채시고 빈도를 줄였다. 아이가 집에 있는 피아노 위에 손을 얹고 서툴게 건반을 누르는 것만으로도 마음이 밝아진다.

내가 독서교실을 추천하자 재연이는 기다렸다는 듯 그건 싫고 미술학원에 다니고 싶다고 했다. 다니던 태권도장 바로 앞에 있는 학원이다. 거기서 친구들이 어떤 만들기를 하는지, 자주 종알거리던 게 기억났다.

돌봄교실에서 이미 차고 넘치게 종이접기와 양모 펠트, 공예 활동을 하는지라 책가방 안에 만들기의 흔적이 산더미다. 그냥 두면 쌓이기 때문에 몰래 버리는 게 일인데 또 만들기라니! 생각해 보자고 했더니 재연이가 말한다.

"생각해 보자고 하면 안 된다는 거잖아."

"정말 생각해 볼게. 일주일에 몇 번 가는지, 자리는 있는지 알아봐야 하잖아."

내가 뜨끔하며 답했다.

아이들을 재우고 아침에 읽다 만 하성란 작가의 소설집 『푸른 수염의 첫 번째 아내』에 수록된 단편을 마저 읽었다. 수련원에 간 아이를 화재로 잃은 엄마의 이야기였다. 허구지만 허구가 아님을 알기 때문에 끝까지 읽기가 힘들었다.

요즘 읽는 소설마다 아이들이 자꾸 죽는다. 어린 아이도 죽고 학생도 죽는다. 세월호의 여파일까. 계간지도 문학상 수상집도 읽기 괴로웠다. 아이 일상의 묘사가 생생해 상상하는 것만으로도 굉장한 에너지가 들었다.

공포에 지지 말라고 해도 공포를 느끼는 것 자체는 어쩔 수 없는 일이다. 교육이나 진로에 국한된 이야기가 아니다. 아이들이 태어나며 상실과 훼손의 가능성도 함께 오기 때문이다. 문밖을 나서는 아이들의 뒷모습을 보는 아주 짧은 시간, 나는 종종 두려움에 압도당한다. 소설 속에서 아이가 사고를 당한 날 실수로 "안녕히 다녀오겠습니다" 대신 "안녕히 계세요"라고 인사했다는 장면이 오래 남았다. 오늘 아침 아이들과 헤어지며 "좋은 하루 보내"라는 인사를 나누었다. 각자의 일상을 보내고 저녁에 만나 안부를 묻는 일상이면 충분할 것 같다. 그사이 하고 싶은 걸 하면 더욱 좋겠지. 재연이가 말한 미술 학원에 같이 가보기로 했다.

무심한 엄마

나는 다소 무심한 엄마다. 집 안에서야 무심해지려 해도 그럴 수가 없지만 집 밖을 나선 이후에는 아이들도 각자의 사회생활을 시작한다고 생각한다. 내가 직장에 가듯 재연이와 이연이는 어린이집과 학교에 가고, 저녁때는 집으로 돌아와 지친 서로에게 좀 다정한 말을 건네고, 따끈한 저녁을 함께 먹으면 족하다고, 아이와 모든 걸 공유할 필요는 없고, 그럴 수도 없다고 생각했다. 어린이집에서의 이연이와 학교에서의 재연이를 나는 모른다. 선생님의 메시지와 사진 속 표정을 살피는 걸로 마음을 짐작할 뿐이다.

돌아보면 아주 예전부터 내가 생각한, 이상적인 가정의 모습이 그랬던 것 같다. 각자가 헤쳐 나가야 하는 몫이 있고, 곁의 누군가는 믿고 응원하는 위치라고 생각했다. 한구석에는 일종의 허세도 있었다. 너무 많은 에너지를 아이에게 쏟지 않겠다는 다짐에서 나온 허세였다. 한 개인의 에너지에는 한계가 있기 때문에 총량 자체가 많지 않은 나의 경우 적절히 분배하지 않으면 사회생활을 계속하기 힘들 거라는 막연한 걱정 때문이었다. 아이에 매몰되어 '나'를 잃지 않겠다고 자주 중얼거렸다.

나는 자주 깜빡했다(이건 남편도 마찬가지다). 어린이집 행사 날짜를 까먹거나 준비물을 깜빡하거나 아이의 부탁이나 당부를 잊어버리거나 학교에 입학할 때가 다 되도록 한글을 모르는 아이를 뒤늦게 다그치며 발을 동동 구르거나……. 아이마저 거기 익숙해져 어쩌다 잊지 않고 준비물을 챙기면 진심으로 기뻐했다. 교사에게 지각이나 결석 말고는 연락을 해본 일이 없고 아이들을 일찍 하원 시키는 일도 좀체 없었다.

아이들 '바깥 생활'의 힌트는 알림장에 의존했기 때문에 어린이집 같은 반 아이들의 이름을 외우는 일도 없었다. 재연이의 첫 어린이집 교사와 상담을 할 때였다. 반 친구들의 이름을 모르는 게 멋쩍어 "맞벌이라……"라는 말을 덧붙이다가 스스로 흠칫했는데, 교사가 내 말을 정정해 주었다.

"그게 아니고 관심의 차이죠."

맞는 말이다. 하루 종일 아이들이 어떤 친구와 시간을 보내는지, 어떤 걸 배우고 겪으며 이 시기를 지나고 있는지 관심을 기울이면 어렵지 않게 알 수 있다. 어느 날은 이런 무신경에도 불구하고 그럭저럭 잘 지내는 아이들이 대견하고, 어느 날은 이렇게 둬도 되나 한숨이 나온다. 떼쓰는 아이처럼 당당하게 엄마도 엄마가 처음이라고 외칠 때가 더 많았다. 대체로는 겨우 지나왔구나, 다시 잘 버텼구나, 아이들은 어른들의 생각보다 더 잘 스스로 해나가는구나 안도하며 내일의 걱정은 내일 하자고, 잠든 아이들의 눈덩이에 입을 맞추며 나도 함께 잠이 들었다.

좀 헷갈렸던 것 같기도 하다. '나'를 지켜 나간다는 게 곧 아이에게 무심하다는 의미는 아닐 텐데 말이다. 하지만 일방적인 건 없었다. 우리 넷은 계속해서 영향을 주고받고 매순간 관계는 생물처럼 변화했다. 아이가 기뻐할 때 나도 순수한 기쁨을 맛보고 아이가 힘없이 늘어져 있으면 아무 일도 손에 잡히지 않는다. 아이를 통과하며 더 깊어지는 감정을 내 안에서 목격할 때, 비로소 '엄마의 자리'에 선 나를 긍정할 수 있었다.

돌봄교실 선생님

　돌봄교실 선생님의 전화를 받고 부랴부랴 학교로 향했다. 재연이가 교실에서 토를 했다고 한다. 침샘이 부어 처방받은 항생제를 아침에 먹였는데 그 여파인 것 같다. 집에 데리고 오니 금세 괜찮아졌다. 재연이가 토한 걸 선생님이 다 치워 주시고 걱정해 주셨다고 해서 따로 인사를 드렸다.

　돌봄교실 선생님의 얼굴은 뵌 적이 없다. 학기 중 돌봄교실 선생님, 수업 전 아침반 선생님, 방학 중 돌봄교실 선생님이 다 달랐고 어제처럼 무슨 일이 있을 때 통화를 하는 게 전부다. 재연이도 선생님이 자주 바뀌어서인지 친절하거나 무섭다거나 하는 인상평 정도에 그칠 뿐 담임 선생님만큼 관심이 있는 것 같지는 않다. 그저 다른 친구들은 다 집에 가고 하굣길에 놀이터에서 같이 놀기도 하는데 자신은 돌봄교실에 가야 한다는 사실이 늘 불만이다.

　내 입장에서는 방학 중에도 돌봄교실이 운영되어 천만다행이다. 급식실이 쉬기 때문에 도시락을 준비해야 하는 번거로움은 있다. 도시락을 단체 구매하기도 했던 모양인데 요즘은 코로나 때문에 알아서 준비한다. 자기 전 도시락 메뉴를 정하는 일과가 추가되었다. 좀 식어도 괜찮은 반찬을 고민한다. 뭐든 잘 먹어 주긴 하지만 메추리알 장조림을 특히 좋아해 요즘 집에서 간장 졸이는 냄새가 솔솔 난다. 재연이가 좋아하는 식감의 곤약까지 넣어 조리는 동안 문득 돌봄교실 선생님들은 어떻게 점심을 드시는 걸까 생각했다.

　지난 학기 첫 몇 달은 코로나 때문에 긴급 돌봄이 필요한 아이들만 등교했으나 교사들은 출근했기 때문에 급식실이 운영되었다. 방학 때는 급식실이 쉰다. 돌봄교실 선생님은 식사를 어떻게 해결하냐고 물었더니 재연이도 잘 모르겠다고 했다. 얼마 전 학교에 서류를 내러 들렀을 때 중국집 배달 오토바이가 들어서던 게 문득 생각났다.

재연이에게 돌봄선생님 성함을 여쭤 보니 모른다고 했다. 담임선생님 성함은 알아도 돌봄선생님 성함은 모른다. 학원 선생님 성함도 모르긴 마찬가지라며 당당한 말투였다. 그게 그렇게, 자연스러운 일일까?

우리에겐 직진뿐

바다가 내려다보이는 사찰로 유명한 여수 향일암의 주차장은 평일에도 붐볐다. 우리 넷은 30분째 주차장에서 힘을 쓰고 있었다.

"읏자읏자 영차영차."

지나던 사람들이 온 힘을 다해 차를 밀고 있는 우리를 힐끗거렸다. 운전석에 앉은 남편은 핸들을 쥐고 격려(?)했다.

"조금만 더! 그렇지, 좋아! 거의 됐어."

아이와 여자 셋이 차를 밀고, 남자 하나가 운전대를 잡고 있는 요상한 풍경이었다.

하동과 구례, 여수까지 이어지는 장거리 여행을 다녀왔다. 방학인데 아무데도 못 간 게 걸려 급히 잡은 일정이다. 여수의 숙소에는 온수풀이 있었다. 아직 날이 쌀쌀해 걱정했으나 생각보다 볕이 따뜻했다. 펜션은 해안 절벽이 있는 곳에 위치해 경치가 좋았고 사장님은 무표정하지만 왠지 업계 프로의 느낌이 나는 분이었다. 복층 구조의 숙소를 보고 이층집이라며 목소리가 높아진 아이들과 물놀이를 하며 평화로운 저녁 한 때를 보내고 있는데 사장님이 헐레벌떡 우리한테 뛰어왔다.

우리 차가 미끄러져서 벼랑 끝에 걸쳐 있다는 거였다. 놀라서 가보니 주차해 놓은 차가 버스 정류장 표지판을 들이받고 서있었다. 사이드 브레이크가 제대로 기능하지 않아 생긴 문제 같았다. 부딪히며 문제가 생겼는지 시동도 걸리지 않았다. 사장님은 우리 옆방 투숙객에게 도움을 청했다. 바비큐를 하며 술을 마시던 젊은 남성들이 힘을 보태니 다행히 조금 뒤 시동이 걸렸다.

문제는 그 다음날이었다.

후진 기어가 먹지를 않았다. 수리를 맡겨야 하나, 아님 여기서 폐차를 한 뒤 기차 타고 집에 가야 하나 고민하는데 남편이 직진으로만 살살 가보겠다며 하루 남은 일정을 소화하자고 했다. 우리는 그렇게 직진만으로 오동도도 가고 향일암도 가고 거북선 체험관도 들렀다.

문제는 게장 백반집 앞 주차장에서 벌어졌다. 맛집을 찾아다니는 편은 아닌데 이번엔 검색을 할 수밖에 없었다. 주차 때문이다. 식당 앞 유료 주차장이 있다는 말에 들렀는데 사진으로 추측했던 풍경과 달리 후진을 한 번도 안 하고 주차하는 건 불가능했다. 주차장을 지키던 사장님이 후진을 하라고 신호를 주는데 남편이 차 안에서 고개를 저었다. 영문을 모르는 사장님이 계속 수신호를 보냈다. 남편이 나가서 사정을 설명하니 사장님이 함께 담소를 나누던 다른 할아버지들을 불렀다.

"후진이 안 된대. 밀어야 한대."

할아버지들이 우르르 차에 붙어 별다른 불평도 없이 차를 밀었다. 아니 이런 민폐가 있을까. 몸 둘 바를 몰랐다. 이제 그만 집에 가고 싶다고 생각하며 찌개를 한입 먹는데 굉장한 맛이라 깜짝 놀랐다. 맛집 추천에는 다 이유가 있었구나.

후진할 일이 있을 때마다 재연이 이연이까지 합세해 차를 밀었다. 영차 영차 차를 밀던 둘의 고사리손을 잊을 수 있을까. 그렇게 간신히 서울에 도착해 폐차를 했다. 낡았지만 넷을 싣고 나른 우리의 두 번째 중고차이자 돌아가신 아빠의 첫 새 차가 그렇게 우리와 이별했다.

나중에 찾아보니 이런 경우 길에서 아예 멈춰 설 수도 있다고 해서 식은땀이 났다. 펜션 사장님과 옆방 청년들, 주차장 할아버지와 그 지인들까지, 도움 준 손길들도 떠오른다. 어쩐지 봄의 초입을 경험한 기분이다.

잠금해재

금요일 새벽, 집에 돌아와 목소리를 높이니 이연이가 눈부시다는 얼굴로 방문을 열고 나왔다. 취재팀에서 편집팀으로 발령 난 지 2주차, 목요일의 귀가가 늘 다음날을 넘겼다. 그 시간에 깨워서 미안했지만 베이비 로션 향이 나는 아이를 꽉 끌어안는 것만으로도 큰 위안이 된다.

밤잠이 없는 남편이 그 새벽 내가 미주알고주알 늘어놓는 시답잖은 얘기를 들어 주며 일하는 동안 곤두섰던 마음을 풀어 주었다. 피곤하지만 맥주도 한 캔 땄다. 한바탕 이야기를 풀어놓던 나는 금세 코를 골며 잠들었다고 한다.

금요일 아침, 재연이의 목소리를 들으며 잠에서 깼다. 눈앞엔 종이로 만든 핸드폰이 보였다. 핸드폰이 갖고 싶어서 만들었단다.

"패턴을 그려 잠금해재 하세요"

핸드폰에 재연이가 적어 넣은 틀린 맞춤법이 귀여웠다.

종이 타자기를 누르자 타닥타닥 제법 핸드폰 같은 소리가 났다. 감탄했더니 함박웃음을 지어 나도 같이 웃게 됐다.

요새 재연이는 친구들 중에 자기만 핸드폰이 없다며 투덜대고 있다. 스마트 기기를 늦게 접하게 하고 싶은 내 마음은 아랑곳없이 '가장 갖고 싶은 건 핸드폰'이라고 노래를 부른다. 피아노 학원 선생님 핸드폰으로 내게 전화 거는 일도 잦아졌다. 아직은 '학교-태권도 학원-피아노 학원-집'으로 이어지는 동선이 내 손안에 있어 핸드폰이 없어도 될 것 같지만 고민이긴 하다. '나만 없다'는 말에 마음이 약해진다.

내향인 1호

　재연이가 이연이를 향해 리모컨 누르는 시늉을 할 때마다 이연이가 텔레비전이 되어 채널 전환을 한다. 뉴스였다가 드라마였다가 잘 보는 〈금쪽같은 내새끼〉였다가 명상 프로였다가 계속 바뀐다. 오은영 박사의 말투를 흉내 낼 때는 우리 모두 배를 잡고 웃었다. 흉내 내기는 흠 흠…… 으로 시작된다.

　"흠흠…… 이건 스트레스가 쌓여서 하는 행동이에요."

　"그런 행동이 바로 아이를 짜증나게 하는 겁니다."

　연기자를 해보겠냐는 말에 고개를 끄덕이더니 어린이집에서도 장래 희망을 묻자 그렇게 답했나 보다. 선생님이 조심스러운 말투로 이연이가 연기학원에 다니는 거냐고 물으셨다. 아쉬운 건 이 모든 끼와 재능은 가족들 앞에서만 발휘되고 다른 사람들 앞에서는 자취를 감춘다는 점이다. 우리 가운데 유일하게 낯가림 없는 외향인 1호가 되는 건가 기대한 적도 있었으나 찰나였다. 시간이 갈수록 부끄러움 많은 내향인 1호가 되어 가고 있다. 연기파 배우들 가운데 내성적인 성격도 많다니 아직 희망은 있다.

　주말에는 버스를 타고 덕수궁 나들이를 했다. 미술관에서 김환기와 장욱진의 그림을 만난 날, 미술학원에 다니며 그림에 흥미가 생긴 재연이는 그래도 관심을 보였다. 추상화를 보던 재연이가 내게 귓속말을 했다.

　"나도 그릴 수 있겠어, 엄마."

　이연이는 입구에서부터 다리가 아프다며 집에 가자고 졸라 댔다. 칭얼대는 아이를 재연이가 업어 주었다. 버거킹에 가서 이연이가 햄버거를 한입 베어 물며 만족스러운 표정을 짓자 그제야 모두 행복해졌다. 하지만 그것도 잠시 이연이가 감자튀김을 케첩에 찍다가 재연이 손에 묻혔다. 재연이가 짜증을 냈다. 이연이는 미안하다면서도 말했다.

"언니, 언니는 왜 나한테 나쁜 말만 해?"

그동안 쌓인 게 있었는지 갑자기 뼈 때리는 말을 했다. 당황한 기색이 역력한 재연이가 내가 언제 그랬냐고 따져 물었다.

이연이가 요새 가끔 그렇게 예측 불허의 말을 던진다. 며칠 전에도 만화를 본다기에 그러지 말고 엄마랑 놀자고 했더니 말했다.

"엄마는 나랑 안 놀아 주잖아."

"어머 무슨 소리야, 지금까지 누가 너랑 놀아 줬는데……?!"

"나? 난 혼자 놀잖아."

그랬구나…… 듣고 보니 맞는 말 같았다.

공정이란 무엇인가

　재연이와 이연이는 '공정'에 민감하다.

　나눠 주는 과자나 과일의 개수, 장난감을 사준 횟수, 그 장난감 가격의 총합, 둘 사이에 엄마가 누울 때 돌아눕는 방향 같은 것들까지 자신들이 생각하는 '공정'에 대한 요구가 상당히 디테일하다.

　재연이가 쵸코송이를 두 그릇에 나눠 담다가 하나가 남으니 망설이다 말했다.

　"자, 엄마. 이거 먹어."

　하나 달라고 할 때는 절대 안 주더니 이런 경우는 차라리 내가 먹어 없애 주길 바란다. 그게 재연이가 생각하는 공정인 셈인데 그래서 자주 들리는 말이 이런 것들이다.

　"어제는 이연이가 엄마 옆에 앉았으니 오늘은 내 차례야."

　이연이도 다르지 않다.

　"언니한테는 지난번에 ○○ 사줬잖아."

　문방구에 갔다가 재연이가 포토카드 케이스를 갖고 싶다고 해서 사줬는데 그걸 본 이연이가 자기한테도 팽이 장난감을 사달라고 졸랐다. 간단한 팽이를 상상했건만 터무니없이 비싼 제품이었다. 가격 제한을 두었더니 갖고 싶은 게 없다고 해 다음날 다른 문방구에 가기로 했다. 거기서도 실은 정말 갖고 싶은 건 없는 눈치였지만, 기회를 놓칠세라 하나를 골랐다. 계산하면서 재연이 학용품을 같이 결제했더니 왜 또 언니 걸 사주느냐고 따졌다. 이런 식으로 경쟁자의 '무임승차'에 굉장히 예민하다. 언니에게 이익이 간다고 해서, 너에게 손해인 것이 아니며 그 반대도 마찬가지라고 설명했지만 나온 입이 들어가지 않는 걸로 보아 이해한 것 같진 않다.

만화를 동시에 보느냐, 혼자 보기 시작하느냐에도 예민해서 어제는 재연이가 눈물을 쏟았다. 자기가 집에 오면 이연이와 동시에 만화를 보기 시작해야 마땅한 일인데, 며칠 연속 이연이가 먼저 만화를 보고 있다는 것. 그게 너무 속상하다는 하소연이었다.

거기에 리클라이너 자리싸움이 더해졌다.

얼마 전 TV가 놓인 작은 방에 리클라이너를 들였다. 덩치만큼 늠름한 자태의 의자가 예상대로 편안했다. 영화와 드라마를 즐기는 남편을 염두에 둔 선택이었는데 의외로 두 아이 사이에 격전이 벌어지고 있다. 그전에 회전의자만 있을 때는 자리싸움이 없었다. 이연이는 누가 시킨 것도 아닌데 의자에 앉아 있다가도 재연이가 오면 바닥에 내려앉았다. 둘 사이 통용되는 의자 서열이 있는 걸까 생각했다. 그걸 남편도 눈여겨봤는지 리클라이너 의자에는 서로 번갈아 앉아야 한다고 강조했다. 그랬더니 다툼이 생겼다.

"아니 왜 언니가 거기 앉아. 내 차렌데."

"너 어제 게임할 때 여기 앉았잖아! 그러니까 내 차례야."

"그건 진짜 짧은 시간이었잖아."

결국 남편이 폭발했다. 오히려 그들만의 서열과 위계가 있을 때 평화로웠다. 대체 공정이란 무엇인가. '노오력' 운운하며 내세우는 '공정' 같은 건 아니겠지만 두 아이를 보며 그 공정과 이 공정의 거리가 그다지 멀지 않다는 생각도 들었다.

아홉 살 인생

시어머니 생신이라 시댁에 들린 김에 옛날 살던 동네를 산책했다. 재연이와 이연이가 꼬꼬마 시절 자주 가던 놀이터에 들어서니 여러 가지 기억이 떠올랐다.

"재연아, 네가 여기서 쉬야 급하다면서 그냥 바지에 쌀 뻔했잖아."

"이연이는 저기서 떨어져 무릎 까지고 울었어. 기억나?"

짧은 인생인데도 돌아보고 추억할 일이 많았다. 재연이가 인생 첫 학원이었던 코리아태권도에 가보고 싶다기에 손을 잡고 올라갔지만 불이 다 꺼져 있었다.

나는 기억력이 좋지 않은 편이고 아이들은 무섭게 크기 때문에 이 날의 기억도 금세 희미해지겠지만, 많이 웃고 수다스러웠던 달밤의 공기는 아이들의 마음 한구석에 남게 될 거라 믿는다.

『아몬드』의 「작가 후기」가 생각난다. 손원평 작가는 아낌없는 사랑으로 결핍 없는 내면을 선물해 준 부모에게 감사를 표하며, 한때는 그래서 작가가 될 그릇이 못 되는 거라 생각하던 시절도 있었는데 그런 경험이 몹시 드물고 귀하다는 걸, 세상을 겁 없이 다양하게 바라볼 수 있는 힘을 주었다는 걸 부모가 되고서야 깨달았다고 한다.

나는 어떤 부모일까. 결핍 없는 내면을 선물해 줄 자신은 없지만 언제든 돌아올 구석이 있다는 믿음은 주고 싶다. 멀리 떠났다가도 언제고 돌아왔을 때 곁이 되어 주고 싶다.

구례

장장 네 시간 반의 여정. 조수석에서 — 여태 장롱 면허를 못 떼고 있
다 — 선잠을 자다 휴게소에 들러 아이들에게 소떡소떡과 어묵을 사준
다음 또 꾸벅거리다 보니 구례 오일장에 도착해 있었다. 내리자마자 공
기를 가득 채운 뻥튀기 냄새가 코를 자극했다. 아이들과 함께 크게 기지
개를 켰다.

전라남도 구례에 연세로 집을 얻은 건 한 달 전. 일찌감치 연세를 얻
어 살고 있는 선배 커플의 옆방이 비었길래 덜컥 계약을 해버렸다. 지리
산 피아골 산속에 위치해 읍내에서도 한참을 들어가야 하는 곳이지만
문을 열면 바로 산과 산이 포개져 그림 같은 풍경을 선사한다.

비가 그치지 않아 집에만 있었는데 그것만으로도 좋았다. 잠시 날이
갠 사이를 틈타 남편은 문 밖에 캠핑 의자를 펴고 맥주를 들이켰다. 한
모금 한 모금 늘어날수록 독기가 빠지고 순한 얼굴이 되었다. 아이들이
천방지축 뛰어다녀도 나무랄 일이 없다. 별다른 놀잇감을 찾아 주지 않
아도 흙과 동물, 나무와 가깝다는 자체만으로 모두가 만족스러운 풍경.

재연이와 이연이는 주인집에서 키우는 '콜라' — 진돗개와 언뜻 닮
은 누렁이 믹스견이다 — 에게 반해 버렸다. 관심은 많은데 무서워서 가
까이는 못 가는 아이들 대신 남편이 다가가 개를 쓰다듬었다. 멀찍이서
던져 준 북어포를 뜯는 모습만 봐도 아이들은 자지러졌다.

짧은 휴식이 끝나고 귀갓길. 이번엔 다섯 시간이 걸렸다. 조수석에
만 앉아 있었는데도 입안 곳곳이 헐었다. 그런데 서울에 온 다음날, 남
편이 무서운 말을 했다. "다음 주에 또 갈까?"

노키즈존 ___

구례의 한 한옥카페 앞에 어른 다섯, 아이 둘이 섰다. 입구에 '노키즈'라고 쓴 팻말이 붙어 있었다. 불과 두 달 전만 해도 없던 것. 분위기가 좋아 다시 왔는데, 그사이 손님에게 자격이 생겼다.

팻말을 기점으로 어른 다섯의 행동이 나뉘었다. 둘은 안으로 성큼성큼 들어가 뭔가 물으려 했고, 하나는 그것을 말렸으며, 둘은 팻말 밖을 서성였다. 글자를 읽을 줄 모르는 아이 둘은 왜 안 들어가냐고 보챘다.

"아, 오늘 문을 안 여나 봐."

황망한 기색을 급히 감추며 돌아서는 길, 문득 지난번에 왔을 때 일이 생각났다. 아이들 것까지 차를 시켜 놓고 정원 풍경을 보며 여유로운 시간을 보내는데, 같이 간 선배가 실수로 유리잔을 깼다. 선배는 주인에게 배상하겠다고 하면서 아이가 그랬다는 핑계를 댔다. 민망해서 면피용으로 던진 말이었다. 우리끼리 왜 그런 말을 하냐고 타박을 했지만 주인은 이미 자리를 뜬 뒤였다.

"그거네 그거. 그래서 바뀐 거네."

다시 한 번 구시렁거리며 집으로 돌아왔지만 정확한 이유는 알 수 없었다. 그렇게 갈 수 없는 곳이 하나 더 늘었다.

2015년 즈음이었나, 유아를 동반한 고객의 출입을 제한하는 카페와 식당이 생겨나기 시작했다. 당시 취재를 위해 해당 매장 주인들을 찾아갔더니 하나같이 인터뷰를 거절했다. 국가인권위원회는 2017년 '합리적 이유 없이 특정한 사람을 배제하는 것은 차별 행위'라고 판단했지만 법적 효력은 없었다. 해가 거듭되며 노키즈존은 확산되었고 안전 문제로 매장의 일부 구역에 아이의 출입을 불허하는 매장도 생겼다.

전국의 노키즈존을 지도로 만든 사람들이 있었다. 연락처를 수소문해 인터뷰를 했다. 아이들과의 외출에 헛걸음하지 않았으면 좋겠다는 마음으로 제작한 것이라 했다. 기사가 온라인에 공개되자 댓글이 잔뜩 달렸다. 아이를 동반한 부모, 특히 엄마를 욕하는 내용이 대부분이었다.

'맘충'과 '노키즈존.' 내게 엄마라는 정체성이 채 자리 잡기도 전에 나온 이 두 단어는 일상적으로 나를 위협했다. 한국 사회가 엄마와 아이를 어떤 시선으로 보고 있는지 너무나 잘 설명해 주는 단어였고 그런 인식이 보편적이라고 생각하니 어딜 가나 위축됐다. 그것이 일종의 '상처'였다는 사실을 깨달은 건 한참 뒤였다. 나를 두고 한 말은 아닐 거라고 — 다시 말해 나는 그런 '맘충'이 아니라고 — 애써 회피한 시간이 있기 때문이다. 남편도 마찬가지겠지만 '파파충' 같은 말은 아예 존재하지 않기에 존엄을 훼손당한 정도가 나에 비할 바는 아닐 것이다.

우리는 아이에 우호적인 곳을 찾기보다는 외식을 자제하는 쪽으로 적응해 나갔다. 외식을 할 때 가만히 있으라고, 조용히 하라고 단속만 하다 집에 오는 걸 반복하니 지치기도 했다. 어떤 부모는 아이와 식당에 가면 바닥에 커다란 비닐을 깐 다음 흘린 걸 한꺼번에 주워 온다고 했다. 나가서 외식할 일이 있을 때는 검색을 생활화하게 되었다. 가령 '연남동, 아이와, 식당' 같은 검색어를 넣는다. 작고 힙해 보이는 매장일수록 피한다. 아이 오는 걸 싫어할까 봐, 그게 아이 눈에도 보일까 봐서다.

얼마 전 100살이 넘으신 외할머니가 서울 사는 엄마 집에 다니러 왔다가 동네 미용실을 찾았는데 너무 연장자라는 이유로 출입을 거절당했다.

"노인은 받지 않아요."

주된 손님이 젊은 여성으로 보이긴 했지만 거절의 이유가 참으로 명쾌해 좀 놀랐다. 아이와 달리 거절의 언어는 물론 상대의 표정과 말투, 몸짓에 내포된 뉘앙스까지 명확히 이해할 수 있는 성인을 향한 의사표시라 더 마음에 남았다.

아이, 노인, 그리고 다음 차례는 누구일까?

피아골의 가을

　구례 문수사에는 반달곰이 산다. 아이들과 먹이를 주러 종종 들른다. 절에서 반달곰을 키운다는 게 신기했다. 방생을 하기 위해 키운다는 안내글을 봤지만 어째 앞뒤가 안 맞는 것도 같다. 2000원 시주를 하면 커다란 고무통에 담긴 사료를 곰에게 한 바가지 줄 수 있다. 구례에 절이 많아 가보자고 하면 아이들은 대개 지겨워하지만 문수사만은 얌전히 따라나선다. 곰이 먹고 마시는 걸 한참 지켜보다가 절에서 키우는 개를 몇 번 쓰다듬다 온다.

　단풍이 절정이던 가을, 구례 집에서 가장 가까운 절인 연곡사에 들렀다. 감나무에 감이 열려 있었다. 남편이 따보겠다며 신고 있던 슬리퍼를 감 근처로 던졌다. 재연이는 하지 말라며 아빠를 말렸다. 하지 말라는 말을 동력 삼아 더 하는 타입의 남편이 오기를 부리다 결국 나뭇가지 사이에 슬리퍼가 딱 걸려 버렸다. 단단히 끼었는지 나무를 흔들어도, 돌을 던져 봐도 빠져나오지 않았다. 난관이 닥치자 아이 둘의 반응이 눈에 띄게 갈렸다.

　재연이는 공연히 감을 딴다고 설치다가 주목받는 게 싫었던지 '사건 현장'에서 저만치 비켜나 있었다. 이연이는 어디선가 계속해서 돌을 공수해 와 아빠를 물심양면 도왔다. 그때 스님이 나타났다. 누가 시킨 것도 아닌데 일제히 움직임을 멈췄다. 둘은 스님의 뒷모습을 확인한 뒤 다시 돌을 던지기 시작했다. 이연이가 가져온 엄청 커다란 돌 덕분에 결국에는 슬리퍼가 빠졌다. 남편은 위기의 순간, 계속 같이 갈 사람과 아닌 사람이 가려진다며 재연이에게 크게 실망감을 표시했다. 재연이는 그러거나 말거나 별 관심이 없었다.

'안전 제일주의' 허재연은 가족 모두가 코로나에 걸렸던 시기, 가장 먼저 감염된 아빠가 방 밖을 나서자 불안해하며 내게 말했다.

"엄마, 아빠한테 방에서 나오지 말라고 하면 안 돼?"

매뉴얼대로라면 맞는 말이지만 아빠가 정말 섭섭해할까 봐 전하지는 않았다.

이연이는 어린이집에서 별명이 '허콜라'로 통한다. 구례 집에 있는 개 콜라 얘기를 하도 해서다. 이연이반 친구 엄마가 내게 개를 키우냐고 물었다. 아이들은 콜라뿐만 아니라 순돌이, 콩이 등 피아골 집집마다 키우는 개 이름과 족보를 외우며 정을 붙였다.

주인집 어머님은 아이들이 지내기엔 지루하지 않을까 걱정하셨는데 사계절 각기 아름다운 풍경이 펼쳐지는 이곳에서 개들의 안부를 살피는 것만으로도 아이들은 너무 바빴다. 올여름, 재연이는 계곡에 살다시피 하다 얼굴 전체에 뾰루지가 났고 마을 한구석 잡화점의 크로스백이 너무 "내 취향"이라며 감격스러워 했다. 이연이는, 그냥 아랫집 개 콜라로 충분했고 아빠의 슬리퍼를 되찾아 다행이었다. 이 가을이 너무 짧다.

첫 핸드폰

재연이에게 첫 핸드폰이 생겼다. 검정색 폴더폰으로 전화와 문자만 되는 고전적인 기기다. 언뜻 보면 남편이 쓰는 2G폰과도 비슷하다. 스마트폰을 쓰지 않고 017 번호를 고수하고 있는 남편은 무슨 21세기 러다이트 운동가라도 된 양 온갖 불편을 감수(?)하며 살고 있다 — 본인만 불편하면 되는데 사실 기지국 문제로 연락이 닿지 않을 때가 많아 주변인이 더 불편하다.

1번을 꾹 누르면 아빠와, 2번을 꾹 누르면 엄마와 연결된다는 걸 일러 주고 끄고 켜는 법을 가르쳐 주었다. 잊어버릴까 봐 염려가 되는지 분홍 색종이에 분홍색 펜으로 매뉴얼을 적어 내려가던 재연이가 물었다.

"엄마 '끔'을 어떻게 쓰더라?"

그 모습을 귀엽게 바라보던 나는 갑자기 대환장 모드가 됐다. 안 그래도 맞춤법 오류가 심각한 수준이라 염려하던 참이었다.

"끔을 왜 몰라……."

아이가 서둘러 상황을 모면하려 했다.

"아, 알아……."

그러지 말 걸 그랬다.

투박한 폰이 썩 마음에 들지는 않는지 좋아하는 캐릭터 스티커로 기기를 장식했다. 그러면서 하는 말.

"나중에 이연이도 같은 거 사줘야 돼! 더 좋은 거 사주지 말고, 알았지?"

복화술의 달인

"혹시 이연이 엄마세요?"

놀이터를 지나는데 누군가 말을 걸었다. 이연이가 다니는 어린이집의 같은 반 아이 엄마였다. 반 학부모들이 모인 대화방이 있는데 나를 포함해 두 명만 없다면서 초대를 하겠다고 했다. 이연이가 어린이집을 옮긴 지 거의 6개월이 지났지만 요 몇 달, 시어머니가 아이들을 봐준 터라 어린이집에 들를 일이 거의 없었다.

그날 밤 남편과 나는 어쩐지 두근두근 모드가 됐다. 대화방에 들어가 인사를 하자 엄마들이 반갑게 맞아 주었다. 카카오톡 프로필 사진이 대체로 아이 얼굴이라 이연이를 옆에 두고 이름과 매칭해 보았다.

우리의 오랜 고민 중 하나는 주변의 또래 학부모와 친분이 없다는 것이다. 조리원에서 만난 엄마들과 잠시 만남을 이어 간 것 말고는 어린이집 하원할 때 띄엄띄엄 인사를 나눈 게 전부다. 재연이가 어린이집을 졸업할 즈음 태권도 공연을 하게 되어 엄마들과 몇 차례 차를 마시기는 했지만 하원이 늦은 편이라 마주치는 일 자체가 별로 없었다.

무엇보다 내가 딱히 노력하지 않았다. 우리는 놀이터에 가도, 도서관에 가도, 카페에 가도, 수영장에 가도, 심지어 출장을 갈 때도 넷이 함께였다. 소심하고 무리하지 않는 성격 탓에 의도치 않게 굉장한 '가족주의'를 추구하고 있었다. 공동 육아를 하는 지인들의 이야기를 들어 보면 정말 마을 사람들이 함께 아이를 키우는 느낌이어서 부럽다는 생각도 들었지만 또 바쁘게 지내다 보면 잊혔다. 급한 일이 있을 때는 가까운 시댁에 부탁할 수 있었기 때문에 더 그랬던 것 같다.

동네 카페에서 학부모들끼리 옹기종기 대화하는 모습을 보며 우리도 뭔가 노력을 해야 하는 게 아닌가 불안하기도 했다. 어릴 때 친구는 부모가 만들어 준다는데 어린이집에서 혼자 놀았다는 얘기를 들으면 마음이 철렁했다. '친구야 커가면서 본인이 만들겠지' 하는 생각으로 애써 불안한 마음을 잠재웠다. 남편과 그런 얘기를 할 때마다 끝은 늘 이런 질문이었다. "우리 중 누가 먼저 알을 깨고 나갈 것인가."

초등 1학년의 경우 학부모 대화방이 자연스레 생긴다는데 재연이는 팬데믹이 겹쳐 모임 자체가 없었다 ─ 혹시 우리만 모르는 것일까 싶었는데 실제로 그랬다는 걸 나중에 알았다.

그렇게 단체 대화방의 세계에 입성한 다음날 이연이와 하원하며 놀이터에 들렀다. 평소에는 늦은 시간이라 집에 가기 바빴는데 알고 보니 그 시간에도 어린이집 뒤편 놀이터에 반 아이들이 많았고 엄마들도 삼삼오오 모여 있었다. 엄마들이 이연이에게 인사를 했고 나도 덩달아 목례를 했지만 아이들도 엄마들도 누군지 몰라서 난감했다.

나는 거의 복화술을 써가며 이연이에게 누가 누군지, 누가 누구 엄마인지 계속해서 물었다.

"아니 엄마, 그것도 몰라. 윤서 엄마잖아."

타박을 하면서도 이연이는 어쩐지 신이 나 있었다. 그 뒤로 계속해서 이연이는 하원길 놀이터로 나를 이끌었고 꼭 엄마들이 있는 곳에 데려다 놓았다. 엄마가 엄마들 속에 속한 풍경만으로도 안심이 되는 눈치였다. 아빠가 데리러 간다고 하면 풀이 죽기도 했다.

내가 집에 돌아와 어제는 이래서 뻘쭘하고 오늘은 저래서 어색했다고 후기를 늘어놓으면 남편은 그들도 사실 그렇게 친하지는 않을 거라며 토닥였다. 위안이 되면서도 토닥이기만 하면 되는 남편의 처지가 부러웠다.

나는 기자라는 직업 때문에 처음 만난 취재원에게도 온갖 친한 체를 해야 하는데 물론 진심이지만 내향인으로서 에너지가 꽤 드는 일이다. 이미 친분이 있는 엄마들 사이에서 뉴페이스로서 친화력을 발휘하는 데에는 더 큰 에너지가 들었다. 대화는 툭툭 끊겼고, 이름을 외지 못한 마당이라 '누구 얘기지?' '어떤 선생님 얘기지?' 속으로 헤아릴 때가 많았다. 그래도 이연이가 좋아하니까 적당히 고개를 끄덕였다. 그러면서 어느 날은 퇴근길에 산 떡을 건네기도 하고, 어느 날은 아이들의 어린이집 생활을 공유하며 놀이터 생활을 이어 갔다.

동네 소식에 어두운 내가 엄마들과 만나 가장 많이 하는 말은 "그게 뭐에요?"였다. 학원 이름을 줄여서 말하면 알아들을 재간이 없었다. 어느 순간부터는 그냥 눈치로 때웠다. 동네 맛집을 추천받고 사거리에 새로 들어올 가게가 뭔지 알아 와 남편과 공유했다. 비가 많이 오는 날에는 안 들러도 된다는 생각에 안심했다가, 그런 날이 이어지면 어쩐지 아쉬웠다. 야근이 계속되던 어느 밤, 며칠째 콧물이 나던 봄이는 좀 괜찮아졌을까, 같이 놀다 마음이 상한 지수는 오늘 나왔을까 안부를 묻고 싶어졌다.

상실의 시대

'위드 코로나'라는 말이 나오지만 학교와 학원가는 더 분주하다. 학교 문을 닫을 수는 없지만 불안은 그대로라 공지 문자가 하루에도 몇 번씩 온다. 확진자가 발생하면 전 학년 검사인지 해당 반만 검사인지 지침도 왔다 갔다 한다. 확진자가 나왔다는 소식이 돌 때마다 하원 후 놀이터에 들르는 루틴도 사라졌다.

모두가 혼란스러운 시기라 학교도 마찬가지였겠지만 팬데믹 시기 아이를 입학시킨 나는 솔직히 공교육에 대한 기대를 많이 접게 되었다. 내가 받은 인상을 요약하자면 '어느 누구도 무릅쓰려 하지 않는다.' 이 반에서, 이 학교에서 확진자가 나오지만 않으면 된다는 기조였고 그건 코로나 3년차인 지금도 마찬가지다.

학교는 '학부모 설문' 결과를 앞세워 휴교를 연장했고 각 가정의 여건에 따라 아이들 간 격차는 급격하게 벌어졌다. 학교와 어린이집에서 번갈아 긴급 호출을 받고 소환되는 일이 반복되니 좋은 인상을 받기 어려웠다. 이 시기가 지나면 더 꼼꼼하게 되새겨 봐야겠다.

금지와 통제 위주의 규칙을 받아 든 어린이와 청소년은 가장 성실히 방역 의무를 이행한 집단인 동시에 상대적으로 관심을 덜 받은 집단이다. 얼마 전 김현수 서울시자살예방센터 센터장을 만났다. 팬데믹을 지나며 많은 가정이 아이의 스마트폰 사용 문제로 극심한 갈등을 겪고 있다고 했다. 휴교와 외출 금지가 반복되며 무기력과 우울감을 호소하는 아이들이 많고 심한 경우 자해로 이어진다고 한다. 아이의 마음에는 관심이 적고 학력 격차만 따지고 드는 어른들 때문에 다시 한번 아이들이 멍든다.

지난 1년, 그가 상담한 청소년 친구의 표현을 빌리자면 아이들은 "종합 이벤트의 토털 상실"을 겪었다. 입학식·졸업식·발표회·수학여행 등 온갖 사회적 의례 절차가 생략되고 인생의 특정 시기에 거쳐야 할 일들이 왜곡되거나 변주되는 경험을 했다. 이런 이벤트는 "개인과 집단의 정체성을 포함한 문화적 통합을 이루는, 삶의 연속성과 관련한 과제들"*이기 때문에 중요하다. 재연이에게 결핍된 것이 무엇인지 하나하나 가늠하다 보면 가슴이 답답해졌다. 아이들이 무언가 상실해 가는 동안 적지 않은 엄마들이 일을 그만두었다.

어린이집에서도 확진자가 나와 이틀 동안 정신이 없었다. 선별 진료소에서 코로나 검사를 받는데 긴 면봉을 콧구멍에 넣으려고 하자 온몸으로 거부하는 이연이를 위해 성인 두 명이 추가로 투입됐다. 어느 국면에서든 아이와 양육자는 무력했다. 집구석에 갇혀 허공에 화를 내는 상황이 이어졌다. 화낼 대상이 마땅치 않아 화살이 아이에게 향하기도 했다.

실외 활동이 줄어들자 이연이는 방문에 매달아 둔 가정용 철봉에 매일매일 올라갔고 이제 거의 원숭이가 되어 10분 이상을 버틸 수 있게 됐다. 지금은 나랑 팔씨름을 해도 가볍게 이긴다. 코로나가 만든 근력이다.

최은미 작가의 『눈으로 만든 사람』은 팬데믹을 지나는 여성의 이야기를 그리고 있다. 학부모이자 자영업자인 주인공이 친하게 지내던 동네 엄마와 파국으로 치닫는 과정을 보여 주는데 작가가 화가 많이 나있음을 느낄 수 있었다. 실제로 최은미 작가는 어느 팟캐스트에서 자신의

---

*   김현수, 『코로나로 아이들이 잃은 것들』, 덴스토리, 2020, 188쪽.

분노가 9인데 6~7밖에 표현하지 못했다고 말했다.

그걸로도 충분했다. 3의 간극은 나의 지난날을 회상하는 동안 저절
로 메워졌다.

유령 가면과 천사의 날개

할로윈 파티가 열렸다. 아파트 단지 내 조그만 공터에서 파티를 열어 주자는 어린이집 엄마들의 아이디어였다. 이연이는 이날을 위해 드라큘라 망토와 영화 <스크림>의 유령 가면을 샀고 득의양양 초콜릿 봉투를 들고 나섰다. 장소에 도착하자 다른 엄마들이 이미 파티 장식을 마친 뒤였다. 도울 게 없냐며 인사를 하는데 이연이가 내 등 뒤로 쏙 숨어 버렸다. 갑자기 낯을 가리면서 아이들과 어울리지도, 초콜릿을 나눠 주지도, 활기차게 놀지도 않았다.

왜 그럴까 의아해하는데 주변을 가만히 살피니 의문이 풀렸다. 여자 아이들 몇 명이 불이 들어오는 날개를 메고 있었다. 똑같은 모양인 걸 보니 같이 구매를 한 것 같았다. 자기만 너무 튀는 복장이어서 창피해하는 게 틀림없었다. 이 사실을 눈치챈 다른 엄마들이 이연이 것도 같이 주문할 걸 그랬다며 안타까워했다. 사실 핑크색 날개는 아무리 봐도 이연이 취향이 아닌데, 그저 '다름'에 꽂힌 것 같았다.

다르다는 것에 스트레스를 받는구나. 뭔가 시작된 느낌이었다. 다른 게 부끄러운 거라고 생각하는구나 싶어, 벌써 한국인 디엔에이를 장착하게 된 것인지, 아니면 튀기 싫어하는 내 디엔에이의 영향인지 심경이 복잡해졌다. 나 역시 가뜩이나 어색한 가운데, 아이가 등 뒤에 숨어 놀지도 않고 그렇다고 집에 가지도 않겠다고 하니 난감했다. 게다가 야외라 너무 추웠다.

해가 지고 바람도 차가워졌다. 결단해서 집에 데리고 갈 것인가, 계속해서 구슬릴 것인가, 아무리 고민해 봐도 결정이 어려웠다. 한 시간째

쭈뼛쭈뼛하는 아이를 보며 오늘 하루는 새드 엔딩이 될 거라는 강력한 예감이 몰려왔다. 몸을 일으켜 아이에게 다가갔다. 새 장난감을 무기로 딜을 할 작정이었다. 변신 로봇 사줄게 집에 가자.

그때였다. 방금 집에 다녀온 한 엄마가 빠른 걸음으로 이연이에게 다가갔다. 그 엄마의 손엔 빛이 나는 날개 장식이 들려 있었다. 다른 친구들 것과 모양은 좀 다르지만 여분이 있다며 챙겨 온 것이다. 이연이는 수줍어하면서도 받아 들었다. 계속해서 아이의 기분을 살피고 어울리게 도와준 엄마들 덕분에 이연이의 표정이 조금씩 풀리기 시작했다. 파티가 끝나고 이연이는 가득 채운 초콜릿 바구니를 앞세우며 씩씩하게 집에 돌아왔다. 나는 나대로 그토록 추위에 약한 내가 몇 시간의 야외 활동을 견뎌 낸 데다, 이제 같은 반 애들 이름을 거의 다 외운 것 같아 뿌듯했다.

저녁을 먹는 동안 이연이가 아빠에게 재밌었던 일들만 얘기하길래 쭈뼛거린 시간에 대해선 더 묻지 않았다. 다음날 평소보다 여유로운 표정으로 놀이터에 들렀는데, 어떤 아이가 외쳤다.

"허콜라다!"

아니, 어제 본 친구가 아니네. 나는 다급하게 이연이를 불러 세워 또다시 복화술을 동원했다.

'저 친구는 이름이 뭐야?'

수면 독립 ____

　재연이 반에서 확진자가 발생해 코로나19 선별 검사를 받으러 갔다. 검사를 마치고 재연이와 산책을 하다 한 카페에 들렀다. 젊은 커플들이 데이트를 위해 찾을 것만 같은 힙한 분위기였다. 프렌치토스트가 맛있어 보여 주문했더니 아이 입엔 맞지 않았나 보다. 내가 다 먹었다.

　아이와 뭔가를 계획하면 항상 예상과 다른 전개가 펼쳐진다. 이러면 기뻐하겠지, 하는 타이밍에 아이는 전혀 기뻐하지 않다가 (내가 보기엔) 엉뚱한 데 꽂혀 자기만의 방식대로 시공간을 감각한다. 내가 좋아하는 게 아니라 아이가 원하는 걸 간파해야 한다. 문제는 아이가 뭘 원하는지는 맞닥뜨려 봐야 알 수 있다는 것. 내 맘처럼 되지 않으니 세상사에 더 겸허해진다.

　재연이가 만화책을 읽다가 가방에서 색종이를 꺼내 뭘 끄적이더니 내게 편지라고 건넸다.

　　엄마 이테것 열심히 키워주셔서 감사해요. …… 엄마 딸이 저여서 좋아요.

　맞춤법은 여전히 엉망이지만 — 마지막 문장만 온전했다 — 예상과 다른 전개가 주는 뜻밖의 사랑스러움도 있다.

　요즘 수면 독립을 시도하고 있는데 이연이가 매번 싫다고 서럽게 운다. 아이들 방에는 싱글 침대 두 개가 나란히 붙어 있다. 내가 가운데 눕고 아이들은 내 팔을 하나씩 차지한다. 이연이는 겨드랑이로 파고들고 재연이는 내 손등을 만지작거리며 잠이 드는데, 문제는 내가 매트리스와 매트리스 사이에 끼어 자게 된다는 것이다. 그래서인지 일어나면 늘 피곤하다. 내 배 위에 올라와 있곤 하는 아이들 다리 때문인지 악몽도 자주 꾼다. 이대로는 안 되겠다 싶어 토요일만 같이 자기로 했다. 우는 이연이를 보며 마음이 약해졌지만 남편이 나서서 엄한 역할을 해주었고 덕분에 나는 이연이 귀에 이렇게 속삭일 수 있었다.

"중간에 깨면 엄마한테 와."

그랬더니 새벽에 느닷없이 '다다다다' 뛰는 소리가 들리는가 하면 곧 이연이가 안방 침대로 뛰어들기 시작했다. 어느 때는 환청 비슷한 게 들린다. 분명히 '다다다다' 소리가 들린 것 같은데 아이가 오지 않으면 왠지 아쉬워져 한동안 기다리게 된다.

나 역시 수면 독립을 연습 중이다.

영어 공부 _____

　재연이가 곧 3학년이 된다. 아직 알파벳을 몰라 학원을 알아보기로 했다. 실은 3학년부터 학교에서 영어를 배운다는 사실을 몰랐다. 그동안은 한글 맞춤법도 자주 틀려서 답답해하던 터라 영어는 생각도 못 했는데 이 얘기를 하니 다들 놀란다. 알파벳을 모른다는 말에 "설마……" 하다가, 영어책을 읽어 주거나 영어 도서관에 가본 적이 없다고 하면 더욱 놀란다.

　사교육 (거의) 없이 아이들이 자기 주도적으로 공부해 명문대에 진학했다는, 뭔가 저세상 얘기 같은 사연의 주인공인 선배가 점심을 먹으며 내 얘기를 듣더니 진지하게 말했다.

　"다른 건 안 시켰지만 영어는 일찍부터 시켰어. 요즘 애들 영어 수준이 대단히 높아."

　아니, 이런! 당혹감이 일었고 어쩐지 닥쳐올 일들을 예언하는 복선 같았다. 슬픈 예감은 틀리지 않았다.

　일단 영어학원을 알아보려는데 웬만한 어학원은 레벨 테스트가 있었다. 알파벳도 모르는 예비 3학년은 없었다. 만일 재연이가 그런 곳에 다니려면 테스트가 필요 없는 유아들과 함께 파닉스(단어가 가진 소리, 발음을 배우는 교수법)부터 시작해야 했다.

　재연이 성격에 그걸 견딜 수 있을 것 같지가 않았다. 급한 마음에 피아노 학원 선생님께 문의를 했다. "근처 영어학원 중에 재연이가 갈 만한 데가 있을까요?" 선생님이 바로 앞의 학원을 가리켰다. 윤선생 영어교실. 와 아직도 있었구나! 원장 선생님을 만나 본 재연이가 학원이 마음에 든다고 했다. 등록을 마치고 비로소 가슴을 쓸어내렸다. 여럿이 함께 수업을 듣는 게 아니라 자기 수준에 맞는 교재를 스스로 풀고 선생님께 설명을 듣는 방식이다. 알파벳부터 가르쳐 주는 곳이 있다는 사실만으로도 안심이었다.

어떤 과목이든 잘하는 걸 기대하진 않는다. 그래도 학교 수업 시간에 멍하니 있지 않고 따라갈 수는 있어야 한다고 생각한다. 재연이 일상의 대부분이 학교에서 이루어지기 때문이다. 만약 진도를 따라가기 버겁다고 느껴지면 가정에서 보완할 방법을 찾아야 한다. 그게 내가 생각하는 개입의 타이밍이었다. 아직 초등학생이라 이런 '한가한' 생각이 가능할 수도 있다.

대학 선배가 돌봄 공백 때문에 피아노·태권도만 시키고 있다는 내 얘길 듣더니, 아이를 낳으면 젊을 때 생각과 달리 욕심이 생기기 마련인데 놀랍다고 했다. 뭔가 대단한 교육 철학 같은 게 있어서라고 생각하길래 바로잡아 주었다.

"아무 생각이 없어서 그래요."

내내 그랬던 것 같다. 발등에 불이 떨어지면 그제야 쫓기듯 과제를 해치웠다. 매일매일 새로운 숙제가 밀려오는데, 하려고 보면 이미 자정이 넘어 있다. 급하게 해치우고 늦은 잠자리에 들면 다음날 아침의 시작도 어수선해진다. 어찌 보면 딱히 애 때문이 아니라 내가 그렇게 생겨먹어서 평생 반복해 온 일 같기도 하다.

얼마 전 이연이 어린이집 선생님과 상담을 했는데 그때도 한글 공부를 따로 시키는 게 어떻겠냐는 말을 들었다. 어린이집에서 하는 게 아니었나? 내가 속으로 투덜대는 사이 선생님은 이연이가 자신의 기대치에 미치지 못하면 속상해하는 성격인데 요즘 부쩍 그런 모습을 보인다고 했다. 방관하는 부모가 된 기분이었고 실제로도 그랬다.

한편으로는 이연이가 어린이집에서 생활할 때 놀이나 활동 면에서 무엇이든 "에프엠"이라고 하셔서 깜짝 놀랐다. 집에서는 그토록 제멋대로인데! 약간 뒤통수를 맞은 기분이었다.

"얘들아, 나 좀 쉬어야겠어."

잘 놀다가도 이런 말을 한다고 했다. 그것만은 집에서와 같았다.

영어 수업을 처음 받고 온 재연이는 엄마가 알려 준 "에이 에이 애플~"과는 차원이 다르다며 재미있어 했다. 사실 몇 번 알파벳이라도 가르쳐 보려다 답답한 나머지 목소리를 높였고 재연이는 자주 울었다. 나는 자기 말과 행동은 느리면서도 아이를 느긋하게 기다려 주는 일에는 몹시 인색한 사람이었다.

"엄마가 보내 줬으니까 나 진짜 열심히 할 거야."

학원 보내느라 애먹는 걸 옆에서 봐서 그런지, 교과서 같은 멘트를 했다. 한두 해 늦은 게 뭐라고, 내가 받은 부담을 그대로 아이에게 준 것 같았다.

"영어를 알면 더 자유로워져."

나는 갑자기 영어 공부의 이유를 설파하기 시작했다. 재연이가 영어로 된 말을 듣는 것처럼 어리둥절한 표정을 지었다. 이렇게 해서 엄마의 교훈적인 마무리 시도는 실패.

이제 한글 학습지를 찾아볼 차례다.

두 갈래 길

    주말에 만난 선배가 대학원에 다니기 시작했다는 근황을 전했다. 직장 일만으로도 바쁠 텐데 대단하다는 생각밖에 안 들었다. 지금 하고 있는 일을 좀 더 잘 해내기 위해 연관된 전공을 선택했다는 선배는 눈코 뜰 새 없이 바빠 보였다. 새벽에 출근해 업무 시작 전까지 공부를 하고 조깅을 할 때도 과제를 출력해 들고 간다는 말에 자기 계발의 신을 본 느낌이었다. 그런데 감탄하는 내게 선배가 말했다.

    "나는 애를 안 낳았잖아. 이거라도 해야지."

    앗……. 당시에는 무슨 말이냐며 손사래를 치고 그냥 지나갔는데 주말 내내 마음에 남았다. 별 의미 없이 한 말일 수도 있지만 여전히 생애 주기별 과업에서 자유롭기 어려운 현실의 단면을 본 것 같아 씁쓸했다. 출산과 육아를 생략했으니 뭔가 생산성 있는 다른 일이라도 해야 하는 게 아닌가 하는 일종의 강박 말이다. 다른 한편 '역시 나는 출산과 육아만 한 셈인가? 거기에 매몰돼 자기 계발에 소홀했군' 하는 생각도 들었다.

    얼마 전 읽은 『엄마는 되지 않기로 했습니다』가 생각난다. 아이를 낳지 않기로 한 여성들의 이야기인데, 별다른 고민 없이 아이를 가진 나와는 다른 이들의 이야기여서 그 심사숙고에 대해, 끝내 그 같은 결론이 내려진 과정에 대해 헤아려 보게 되었다. 이들 또한 100퍼센트의 확신이 아니라 흔들리는 가운데 나아가고 있었다.

    '아이를 낳지 않는 여성들이 늘고 있다.' 한 줄이면 요약이 가능하지만 그들이 그 결정을 내리기까지 거쳐 온 경험들과 고민까지 요약할 수 있는 건 아니다. 일 때문에, 아이를 좋아하지 않아서, 인구가 이미 차고 넘쳐서, 한국 사회에 대한 불신 때문에 '아이 없는 삶'을 살기로 한 이들은 동시에 이런 생각을 한다. 나중에 아이가 갖고 싶어지면 어떡하지? 낯설어도 새로운 세계로 가는 걸 시도하는 게 어른다운 행동 아닐까? 책을 쓴 최지은 작가의 고민은 이랬다. 보편적 경험을 하지 않은 것 때문에 글 쓰는 사람으로서 인간에 대한 나의 이해도가 떨어지면 어떡하지?

책 속 한 인터뷰이의 말대로 아이를 키우는 건 "거대한 불확실성"* 을 안고 사는 일이다. 정의롭고 청렴할 것만 같던 사람들도 자식 때문에 불법적이거나 비윤리적인 일을 저질렀다는 뉴스를 보며 작가는 두려워한다.** 그런 모순이 가능한 부모의 자리에 대해 생각해 보게 되는 대목이다. 최지은 작가는 말한다.

> 가능하면 딜레마 상황을 피하고 싶고, 가능하면 삶에서 모순을 줄이고
> 싶은데, 나의 욕망과 타인인 아이의 욕망이 자꾸 충돌하는 상황에서는
> 그럴 수 없을 것 같기 때문이다.***

부모들은 실제 수많은 딜레마 상황에 놓인다. 나만 해도 그렇다. 사교육 시장의 확대에 기여하고 싶지 않지만 별다른 대안이 없을 때, 애들한텐 재밌는 게 최고라고 강조하면서도 재밌는 일만 하며 살 수는 없다고 단호해질 때, 아이를 생각해서 한 행동인데 정작 아이가 불행한 얼굴

★   최지은, 『엄마는 되지 않기로 했습니다: 아이 없이 살기로 한 딩크 여성 18명의 고민과 관계, 그리고 행복』, 한겨레출판, 2020, 67쪽.

★★ 같은 책, 62쪽.

★★★ 같은 책, 66쪽.

을 할 때, 규범을 강조하면서도 규범을 깨야 할 때, 자식인데 미워질 때…… 아이들이 커갈수록 그런 상황과 더 자주 맞닥뜨릴 것이다. 나로서는 특히 이 말이 와닿았다.

> 만약 아이를 낳는다면 그 애가 그냥 반에서 중간 정도로 공부하고 소소하게 자기가 좋아하는 걸 하면서 평범한 삶을 누리길 원한다고 그런데 한국에서 그게 가능한지, 성인이 되어서도 그 삶에 만족할지 생각하면…… 글쎄요? 잘 모르겠어요.*

너무 경쟁에 치이지 않고 소소하게 살길 바라지만 애도 그것을 원할까? 또 그조차 쉽지 않을 텐데 너무 순진한 생각이 아닐까? 내가 자주 반복하는 생각이다. 페이지를 넘기는 동안 이들의 선택이 "과정이기도 결과이기도 의문이기도 삶에 관한 태도이기도 하다"**는 걸 깨닫는다. 그리고 내 자신에게도 질문을 던져 보게 되었다.

나는 왜 아이를 가졌을까? 폭풍이 휘몰아치는 대로 떠밀려 온 측면이 없지 않지만 아이와 함께하는 미래 자체를 의심해 본 적은 없다. 어쩌면 살아 볼 만한 세상이라고 생각했는지도 모른다. 어제의 확신이 오늘은 명백하게 깨지고, 당장 죽을 것 같다가도 금세 살 만해지고, 며칠 새 달라진 나뭇잎의 색깔로 세월의 흐름을 감각하고, 씹을수록 단맛이 나는 밥알을 삼키는 동안 틈틈이 스미는 고달픔을 수용하는 하루, 그걸 겪게 하는 게 미안한 일만은 아니지 않을까?

---

* 　같은 책, 64쪽.
** 　같은 책, 22쪽.

　나는 세상을 비관하는 쪽이라고 생각했는데 그렇지만도 않았다. 나와 다른 길을 가지만 또 같이 가는 이들을 통해 나를 마주하게 된다. 주말 없는 선배의 대학원 생활을 응원한다. 그리고 나는?

　너무 제자리걸음만 하는 것 같다고 좌절하지 않기.

낙관도 비관도 아닌

팬데믹으로 재택근무가 지속되고 있다. 줌으로 회의를 하는 중에 이연이 반 선생님이 확진되었다는 긴급 공지 문자를 받았다. 부랴부랴 가 보니 남은 애가 두 명뿐이었다. 회사에 있었으면 어쩔 뻔했나 안도의 한 숨을 쉬었다.

리베카 솔닛 작가의 화상 인터뷰가 있는 날이었다. 이연이에게 만화를 틀어 주고 조마조마한 마음으로 화상 프로그램을 켰다. 다행히(?) 단독 인터뷰가 아니라 여러 언론사가 함께하는 자리였다. 사전 질문지를 보내 놔서 좀 안심이 됐다. 그게 아니면 이연이와 함께 인터뷰를 할 뻔했다.

리베카 솔닛의 신작을 읽다가 신기하다는 생각이 들었다. 트럼프가 당선되고 백래시가 일상화된 데다 집단적 패배의 경험이 계속되는 와중에도 계속해서 희망을 말하고 있었다. 작가는 변화가 더딘 것 같아도 동성혼, 임신 중지의 권리가 결국 인정받았고 팬데믹이라는 재난 상황에서도 상상하지 못한 속도로 변화가 앞당겨졌다는 걸 환기해 주었다. 그건 낙관이나 비관과는 다른 이야기였다.

"어떻게 되든 간에 괜찮다는 게 아니라 미래가 불확실하고 결정된 바가 없기 때문에 변화가 가능하며 최상의 변화를 위해 노력할 도덕적 책임이 우리에게 있다."

인터뷰가 끝나고 의외로 얌전히 있어 준 이연이에게 과자로 포상을 하며 낙관과는 다른 종류의 희망과 책임에 대해 잠시 생각했다. 인터뷰를 할 때 기사 내용과 상관없이 자주 하는 질문이 있다.

'세상이 나아지고 있다고 생각하시나요?'

아이들이 살아갈 세상에 대한 희망의 가능성을 구하는, 나만의 의식이기도 하다.

칼치기 환승

집이 가까운 회사 선배와 정류장에서 마주쳤다. 한 번에 가는 버스가 15분 뒤에나 온다는 걸 보고 당장 눈앞에 오는 아무 버스를 타고 한 정거장 이동해 다른 버스로 갈아탔다. 만원 버스였지만 몸을 우겨 넣었다. 그리고 어린이집과 가까운 곳에서 내리기 위해 한 번 더 갈아탔다. 선배도 나를 따라 타고 내렸다. 귀갓길에 이토록 '칼치기 환승'(내가 만든 말이다)을 해본 적은 없을 터라 잘 이해하지 못하는 눈치였다.

언젠가 선배처럼 만원 버스를 그냥 보내 버릴 날이 올지도 모르지만 오늘의 나는 혼자 기다리고 있을 아이를 생각하며 몇 번씩 버스를 갈아탄다. 헐떡거리며 오르막길을 올라 어린이집 벨을 누르고 "이연이요!"를 외치면 그제야 숨을 돌릴 수 있다.

하원 기록을 남기고 있으면 금세 가방을 맨 아이가 "엄마~" 하며 반가운 얼굴로 나타난다. 아이를 꽈악 끌어안을 때 퇴근길의 동동거림은 어느새 지워진다. 물론 문을 나섬과 동시에 문구점에 들르자는 찡찡거림이 시작되면서 감격의 순간도 금세 지워지지만.

나 때문에 퇴근이 늦어진 선생님께 죄송하다고 하면, 어차피 정해진 시간까지는 있어야 한다며 너무 서둘지 말라고 말씀해 주신다. 그래도 이연이가 아니면 더 빠를 수 있다는 걸 알고 있다. 이연이는 담임선생님이 당직일 때는 저녁에 선생님을 독차지할 수 있어 만족스러운 눈치다. 선생님과 보드게임을 한 날, 그걸 사달라고 조르면서 알림장에는 쓰지 말라고 당부한다. 집에서 몰래 연마해 어린이집에서 짠, 하고 이기고 싶은 눈치다.

그렇게 아이 손을 잡고 잠시 마트에 들르는 길, 나처럼 발을 동동 굴렀을 동료 엄마들과 마주친다. 단축 근무를 하고 아이를 픽업해 병원에 다녀온 뒤 이제야 찬거리를 사러 온 윤설 엄마, 그럴 에너지도 없어 집으로 음식을 주문해 놓은 태민 엄마 같은 사람들 말이다.

집에 오면 학원을 마치고 온 재연이, 퇴근한 남편과 상봉한다. 어느 날은 남편이 이 스케줄을 대신한다. 아이들이 만화를 보는 동안 저녁을 준비하고 식사를 마치면 어느덧 잘 시간. 남편과 이야기를 나누다 퇴근길을 선배와 함께하며 섭섭했던 마음을 깨닫게 되었다.

"동네 엄마를 잘 사귀어 놓으면 좋았을 텐데. 그러면 먼저 귀가를 시켜 주기도 하고 서로 부탁하기도 편하니까."

안쓰러워 한 말이었을 텐데 어쩐지 마음이 쓰렸다. 선배는 동네 사람들과 친하다. 중학생 자녀를 중심으로 엄마들끼리, 또 아빠들끼리도 잘 어울린다. 그 모습을 부러워한 적이 있지만 결국 그 관계의 시작은 선배의 아내고 아이의 엄마였다.

동네 엄마를 잘 사귀어 놓는 것도, 학원 일정을 조정하는 것도, 병원에 데려 가는 것도 ─ 남편은 애들이 아파도 자고 나면 괜찮아질 거라고 말한다. 보통은 더 안 좋아지는데 도대체 왜 일을 키울까 열통이 난다 ─ 결국 내가 노력해야 하는 거라고 생각하면 한숨이 먼저 나오지만 일단 아이들을 씻기기로 한다. 아직 하루가 다 끝나지 않았으니까.

우리 집 금쪽이

아이들과 가끔 <금쪽같은 내새끼>(이하 <금쪽이>)를 본다. 오은영 정신건강의학과 전문의가 '문제적 상황'에 놓인 아이들의 일상을 관찰한 후 처방을 내리는 프로그램이다. 또래 친구들을 보는 재미 때문인지 재연이와 이연이도 굉장한 관심을 보인다.

"우리도 저거 신청해 볼까?"

이렇게 얘기하면 자타 공인 우리 집 금쪽이 허이연이 빨리 신청하라고 재촉한다. 아이들은 오은영 전문의나 패널이 하는 말에는 크게 관심이 없지만 가끔 고개를 주억거리며 맞장구를 칠 때가 있다. 늘 문제는 '부모'다. 나도 부모인지라 또 엄마 탓이란 말인가 투덜대면서도 영상 속 말과 행동을 살펴보면 동의할 수밖에 없다. 가만 보면 패널이 부모를 나무랄 때 아이들이 가장 집중하는 것 같다.

아이들이 또 관심을 보이는 부분은 솔루션 시간이다. 부모가 전문가의 조언대로 하니 상태가 눈에 띄게 호전되는 모습이 희망적인 분위기의 음악과 함께 편집돼 나오는데, 해피엔딩을 보고 난 뒤의 만족감 같은 게 아닐까 싶다. 하지만 그런 문제적 행동들이 짧은 시간 안에 해결될리 만무하고, 삶은 계속되며 아이를 저렇게 만든 삶의 조건들도 지속될 텐데 하는 의구심이 스멀스멀 올라오기도 한다.

워낙 심리 상담 프로그램이 인기이고 그 중심에 오은영 전문의가 있길래 취재를 해보기로 했다. 이 프로그램에 문제의식을 가진 취재원들은 대개 '문제는 결국 개인이다'라는 식의 귀결이 함정이라고 꼬집었다. 전문가가 내린 솔루션대로 했는데 상황이 개선되지 않는다면 의지가 부족한 개인의 탓이 된다. 가정을 둘러싼 환경은 바뀌지 않았는데도 말이다.

상담 현장에서도 곤혹스러운 일이 자주 발생한다. 한 심리 상담가는 부모의 비현실적인 기대감을 접할 때가 많다고 털어놓았다. '오은영 박사가 하는 것처럼 단박에 해결되지 않는다'는 후기도 종종 보인다. 방송은 심리 상담의 형식을 빌릴 뿐 상담이 아닌데 그것과 비교를 하게 되는 것이다. 하지만 실제 치료에는 시간이 걸린다. 본인이 안전하다고 확신하는 만큼 속내를 내보이기 때문에 짧게는 몇 개월, 길게는 몇 년이 걸리기도 한다. 한 시간 만에 확 달라진 모습을 보여 주는 프로그램과는 전혀 다른 속도감이다. 프로그램 속 사례에 자신을 투사한 시청자로서는 실망할 수밖에 없다.

편집 과정에서 생략된 맥락 때문에 비슷한 증상을 가진 아동에 대한 과잉 일반화의 오류를 일으키기 쉽다는 점도 위험 요소로 꼽힌다. 같은 증상에도 다른 원인이 존재할 수 있다는 점이 간과되기 쉽다. 실제 진료실에서 이뤄지는 치료 과정은 예능이 아니라는 것만큼은 분명해 보였다.

기사를 마감했는데 뒤늦게 <금쪽이> 피디가 연락을 해왔다. 한참 전에 공식 채널로 인터뷰를 요청했는데 답이 없어 거절이라 생각하던 차였다. 다소 비판적인 논조로 기사를 쓰긴 했지만 아이들과 함께 보는 유일한 방송 프로그램이라는 사실을 전하고 싶었다.

체육 소녀 이연

이연이반 친구들이 한꺼번에 근처 태권도 학원에 다니게 되었다. 이연이도 가고 싶어 했다. 나도 보내고 싶지만 친구들과 같은 시간에 가면, 끝나는 시간이 너무 일러 도리가 없었다. 재연이 편에 같이 데려올까 싶어 재연이 다니는 태권도 학원에 물어봤더니 어린이집 픽업은 하지 않는다고 했다. 이미 원생이 차고 넘치는 모양이었다. 그래도 태권도가 너무 하고 싶다기에 구립 체육 시설을 알아보다가 주말 풋살반에 보내기로 했다.

설레는 마음으로 간 첫 수업. 처음에는 풋살화를 장착하고 축구 유니폼 비슷한 옷을 입고 있는 아이들 틈바구니에서 주눅 들어 있었으나 금세 골 넣는 재미에 빠진 이연이는 스피드를 뽐내며 경기장을 누볐다. 승부에 연연하는 편이라 지는 날은 항상 울면서 집에 온다. 더 일찍부터 축구나 풋살을 해온 친구들은 확실히 발재간이 다르다. 정교함이 부족한 이연이에게 아빠가 코치를 하면 또 그건 듣기 싫어 입이 나온다. 잘하고 싶지만 잔소리는 듣기 싫어, 이런 타입이다. 그러면 실력이 늘 리가 없지.

오늘 수업이 끝나고 코치가 남편과 나를 불렀다.

"이런 말씀 드리면 어떠실지 모르겠는데 운동신경이 있는 편이거든요. 운동하는 걸 권합니다."

"아? 네……."

우리 둘은 놀랍고 당황해서 그렇게밖에 대답하지 못했다. 평소 남편이 이연이 운동신경에 대해 감탄할 때마다 임 씨 집안은 전통적으로 내

구성과 유연성이 없다며 웃어넘겼는데 허가네가 가진 건가?

　돌아오는 길 우리의 표정은 어떠했던가. 우리가 이런 이야기를 듣는 날도 있다니, 벅찼던 것 같다. 그 코치가 사설 풋살 기관에서 일한다는 사실을 알고 다소 찜찜했으나 일단 남편 옆구리를 찔렀다.

　"여보, 드리블 훈련 좀 시켜 봐. 혹시 또 모르잖아."

어떤 학부모

축구와 풋살의 차이도 몰랐던 내가 생전 처음 풋살장을 찾았다. 축구장보다는 훨씬 작은 실내 경기장이다. 토요일 오전 7세반 아이들 10여 명이 모인다. 이연이도 그중 하나다. 수업을 시작하면 경기장을 빙 둘러싼 부모들이 아이들의 훈련 모습과 경기(?)를 관람한다.

남편은 의외로 과몰입해 골을 넣을 때마다 물개박수를 치는 건 물론이고 잠시 물을 마시러 나온 이연이에게 이런저런 훈수를 둔다. 남편뿐만 아니라 다른 부모들도 자신의 자녀는 물론 자녀가 속한 팀을 응원하며 가끔 큰소리로 '파이팅'을 외친다. 여자아이가 거의 없어서 "단발머리 여자애 발 빠르네" 이런 말을 듣는다면 이연이다.

지난주에는 수업 시간 내내 마음을 졸였다. 어떤 아빠가 자신의 아이에게 험한 말을 했다. 초반부터 아이더러 제대로 하지도 않고 까분다면서 투덜대는 게 거슬렸는데 점점 강도가 세졌다.

"○○○! 야! 그렇게 할 거야?"

"정신 차리라고."

차범근의 축구교실도 아니고 사실상 유아들이 공놀이를 하는 가벼운 자리인데 아무리 생각해도 과했다. 옆 사람도 불편할 만큼 정색하기를 여러 차례, 급기야 아이를 소환했다.

"그 따위로 하면 뒤진다."

귀를 의심했다. 같이 보고 있던 재연이가 신경 쓰여 내보내려는데 옆에서 거친 숨소리가 들렸다. 남편이 화가 나서 내는 콧바람 소리였다. 화가 날 때는 동공이 흔들리면서 온몸을 부르르 떨다가 콧바람으로 이어지는데 이미 그 단계에 이른 것이다. 그러다 갑자기 남편이 그 아빠 쪽으로 튕기듯 튀어 올라서 본능적으로 몸을 붙들었다.

아이 때리는 걸 본 것이다. 내가 재연이를 보고 있는 사이 그 애는 뒤통수를 맞았다고 했다. 남편 몸이 나가는 건 막았지만 흥분한 채 왜 애를 때리냐고 소리치는 건 막지 못했다. 갈등 회피형인 나는 일이 커지는 걸 막느라 급급했다.

남편이 하는 소리를 들었는지 남자가 행동을 멈췄다. 끝날 때까지 마음이 불편했고 어떻게 해야 하나 고민이 됐다. 육아든 가정사든 각자의 맥락이 있고 잠깐 본 걸로 함부로 평가해서는 곤란하지만 밖에서 저런 모습이라면 집에서는 어떨지 상상하는 것조차 두려웠다. 코치도 분위기를 감지한 듯 그 아이를 각별히 신경 쓰는 눈치였다.

정반대의 학부모도 있다. 말이 풋살이지 공놀이에 가까워 마음대로 안 되면 삐치거나 그 자리에 서서 우는 아이도 심심치 않게 있다. 아이들이니 당연하다. 그런 애들을 달래고 야단쳐 가며 일이 되게끔 하는 코치 선생님이 대단해 보였다. 이연이도 뛰다 넘어지거나 아이들끼리 세게 부딪히면 울음을 터뜨릴 때가 많았다. 난 수업 중 일어난 일은 코치의 소관이라고 생각한다. 또 심한 경우가 아니라면 일어나 다시 뛰라고 독려하는 편이기도 하다. 뛸 만하니까 다시 뛰는 건데 한 엄마가 내게 다가와 말했다.

"강하게 키우시네요."

그날도 마찬가지였다. 풋살 선생님이 공으로 바닥에 놓인 장애물 사이를 피해 왔다 갔다 하는 시범을 보였고 아이들이 따라 했다. 당연히 대부분 서툴렀고 공은 저 멀리 가기 일쑤였다.

그 집 아이의 차례였다. 못 하겠는지 한참을 가만히 있었다. 다음 순서의 아이가 재촉했으나 그대로였다. 결국 선생님이 와서 타이르는 듯했다. 계속해서 같은 상태라 아이를 데리고 골대 뒤편으로 갔다. 진정하라는 의미인 것 같았는데 아이가 울기 시작했다. 달래도 소용이 없었다. 남은 아이들이 있어 우는 걸 두고 수업을 진행했다.

결국 엄마가 아이를 경기장 밖으로 데려갔다. 뜻대로 되지 않아 속상했나 보다 하고 지나치는데 아까 그 엄마가 우리에게 와서 이 상황에 대해 물었다. 대수롭지 않게 봤다고 말해 주었다. 그 엄마는 수업이 끝난 뒤 코치를 붙잡고 한참 이야기를 나눴다. 내가 경기장을 나설 때까지도 대화는 계속되었다. 속상할 수는 있지만 저렇게 탐문해야 할 일인가 싶긴 했지만, 부모마다 생각이 다르니까 하며 집에 왔다.

그리고 다음주, 수업 직전 갑자기 코치가 바뀌었다는 문자가 왔다. 기미가 전혀 없었는데 이상했다. 남편과 나는 그 소식을 듣자마자 왠지 그 엄마를 떠올렸다. 설마 의사 결정이 그런 방식으로 이루어지는 건 아니겠지 하면서도 의구심을 지울 순 없었다. 한편으로 아이의 재능을 처음으로 발견해 준 선생님에 대한 우리의 편향된 마음도 있었던 것 같다. 풋살장에서 만난 두 양극단의 학부모가 다르면서도 이어져 있는 것 같았다.

나는 어떤 학부모일까?

엄마는 오늘도 통화 중

재연이가 수시로 전화를 한다. 반에서 돌봄교실로 갈 때, 태권도 학원 차량에서, 피아노 학원에 가면서, 끝나고 집에 갈 때 자신의 동선을 알아 두라는 듯 움직일 때마다 전화를 걸고 있다. 늘 친절하게 응대하기는 쉽지 않다. 매번 전화할 필요는 없다고 말하면 상처받을까? 바쁠 때는 "좀 이따가 할게, 아가" 하고 끊기도 한다. 받지 않으면 "왜 전화 안 받아?" "왜 답이 없어?" "엄마 미워" 같은 문자가 날아온다.

나는 내가 생각해도 이상한 데 꽂혀서 재연이가 보낸 문자의 맞춤법이 너무 거슬린다.

"아시움" "세림이랑또예기함" "본해줘" "나 이재 어떡해?"

못 본 척 이야기를 이어 가다가 어느 날은 정정하는 문자를 보냈다.

"아시움-아쉬움" "예기함-얘기함" "본해줘-보내줘" "이재-이제"

내가 생각해도 질릴 것 같은 지적이었는데, 재연이는 "본해줘"는 실수였다고 답장을 했다.

갖고 싶은 것투성이라 뭘 사달라는 문자도 자주 보낸다. 그러면서 아빠한텐 비밀이라고 느낌표를 백 개 붙인다. 이미 아빠에게 거절당했을 때다. 어느 날은 친구가 똥집을 해서 짜증난다고, 어느 날은 선생님이 화를 내서 힘들었다고, 어제는 아빠가 야단쳐서 속상하다고, 또 날씨가 좋은 날에는 옆 단지 분수에 거북이가 다시 나왔다고 소식을 전한다. 친구는 몸무게가 ☺☺인데 자기는 ☻☻라며 뚱보라 큰일이라는 메시지도 보낸다.

오늘도 회사에서 어김없이 재연이 전화를 여러 차례 받았는데 그걸 본 같은 팀 선배가 말했다.

"좀 친절하게 받아. 너무 차가워."

후배 한 명도 비슷한 말을 했다.

"다른 선배들은 애한테 전화가 오면 목소리가 완전 달라지는데 선배는 그대로예요. 되게 사무적이에요."

남들이 볼 때 그렇다면 그런 거겠지. 그 후로 재연이 전화를 받으면 약간 신경이 쓰였다. 언젠가 재연이에게 이렇게 말한 적이 있다.

"엄마는 좀 다정한 사람이 되고 싶은데 잘 안 돼. 사람들이 엄마보고 차갑대. 말투도 그렇고."

"엄마가 얼마나 다정한데. 엄청 다정해. 신경 쓰지 마."

다정함에 대한 재연이의 기대치가 낮아서 다행이다.

지난주에도 편집을 하고 있는데 문자가 왔다. 바쁜 날이라 목요일에는 전화를 받기 어렵다고 했더니 전화 대신 문자를 보낸다.

"엄마 나 정말 잔소리만 하고 화내고 내 마음 생각 안 해주는 아빠 때문에 화나고 속상하고 또 그때 더 짜증나게 하는 허이연 때문에 정말 짜증나고 속상해 지금 엄마가 필요해!!!!!"

일 때문에 답장을 못 하고 다음날 무슨 일이 있었느냐고 물었더니 이미 지나간 일이라며 웃는다. 아빠가 아이스크림을 사줘서 풀렸단다.

오늘은 자주 전화를 걸어 귀찮게 해 미안하다고 말한다. 뭐라고 한 것도 아닌데 불쑥 그럴 때가 있다. 메마른 내 폰을 적시는 유일한 '베프'인데 미안한 마음이 들었다. 선배들이 한 말도 떠올랐다. 그렇게 매일 전화할 날이 얼마 남지 않았다고. 이러니저러니 해도 재연이가 가장 많이 보내는 메시지는 '사랑해'이고 내가 가장 많이 하는 말은 '미안해'다.

미안해, 재연아. 좀 더 다정하게 받을게. 매일매일 전화해 줘.

찰떡엔
귀가 없는데

남편의 눈물

사시 기미가 보인 건 돌 전이었다. 서너 살 무렵 동네 안과를 찾아갔더니 아직은 잘 모르겠다면서도 주 양육자의 소견이 맞을 거라고 잘 기록해 두라고 했다.

지난해 어린이집에서 이연이 생일 파티를 한 날 교사에게 연락이 왔다. 행사 사진을 찍었는데 이연이 눈이 좀 "그렇게" 나왔다고 했다. 다른 학부모가 보는 알림장 앱에 올려도 되는지 물었다. 선생님 눈에도 표시가 많이 난다는 의미였고 더 늦으면 안되겠다 싶어 안과에 갔다. 수술이 필요해 보인다며 대형 병원으로 가라고 했다.

그렇게 잡힌 수술날은 결혼 10주년 기념일이자 내 당직날이기도 했다. 목요일 마감만큼은 빠질 수가 없어서 남편이 보호자로 갔다. 수술 전 침대에서 요가 동작을 시연하는 아이의 사진을 보고 안도했는데 수술 직전 손등과 몸 군데군데 뭔가 주렁주렁 걸치고 있는 걸 보니 금세 마음이 주저앉았다.

퇴원한 이연이는 온몸이 축 쳐져서 계속 잠만 잤다. 안쓰러워 잠든 아이를 품에 안았다. 그 상태로 남편의 이야기를 들었다. 어린이 병동이 따로 없어서 큰 수술을 하는 어르신들과 한 병실을 쓴 이연이는 간호사들에게 예쁨을 받았다고 한다. 남편은 이연이가 입퇴원 하는 동안 한 번도 꼼짝하지 않은 어떤 노인과 그를 계속해서 깨우는 간병인, 험한 말을 자주 뱉는 보호자에 대해 수다를 늘어놓다가 수술 대기실에서 헤어질 때 본인이 설명했던 것과 절차가 달라 당황해하는 아이의 모습을 보며 미안했다고 말하면서 불쑥 눈물을 보였다.

함께 10년을 살았지만 자식 일로 눈물을 보인 적이 없던 터라, 나도
모르게 꺼이꺼이 함께 울었다. 수술 결과가 안 좋더라도 다시는 시키지
않겠다는 남편을 보며 나도 고개를 끄덕였다.

"당신이 안 가서 다행이야."

가보지 못한 게 마음에 걸렸는데 갔으면 정말 힘들었을 거란다. 수
술 후 깼을 때 눈앞이 보이지 않자 안대를 떼려고 버둥거려서 프로포폴
을 투여했다는 말에 얼마나 험난했을지 조금 짐작이 갔다. 잔뜩 긴장해
굳어 있던 남편의 어깨를 토닥여 주었다.

아이들의 학교생활

학교에서 공개수업이 열렸다. 재연이가 입학한 뒤 처음으로 학부모가 교실을 둘러볼 수 있는 자리였다. 팬데믹 때문에 많은 학사 일정을 건너뛰었고 4학년이 돼서야 정상화가 된 것이다. 공개수업이 그 시작이었다.

그동안 교실 풍경을 전해 들었지만 직접 보니 또 달랐다. 아이들이 쓰고 그린 활동지와 그림이 교실 뒷면에 아기자기 빼곡했다. 책상도 의자도 탁자도 나무였던 나의 학창시절과는 달랐지만 일제히 선생님을 바라보는 스물세 명 아이들의 뒷모습은 어제 본 풍경처럼 익숙했다.

얼마 전 초등학생이 된 이연이 공개수업도 같은 날, 같은 시각이었다. 처음에는 내가 재연이 반에, 남편이 이연이 반에 들어갔다가 중간쯤 자리를 바꾸었다. 동화책을 교재로 수업을 준비한 4학년 담임선생님이 질문을 할 때마다 아이들이 손을 번쩍 들었다. 남들 앞에 나서는 걸 어려워하는 재연이는 손을 들지 않았지만 수업에 집중하는 모습이었다. 안심하며 이연이 반에 갔다가 다시 돌아왔는데 수업이 끝나자 재연이가 울면서 학원에 가지 않겠다고 했다. 그럴 기분이 아니라는 설명이 의아했지만 간신히 달래서 보냈는데 문자가 왔다.

"내 기분 지금 너무 안 좋아. 오늘은 학원 갈 기분이 아니라고."

이유를 묻자 답이 왔다.

"나는 엄마가 계속 있었으면 좋았단 말이야. 나 지금 울겠어."

다른 집도 아이가 둘이면 그렇게 나눠서 가고, 학부모 총회는 재연이반에 참석했다고 설명하자 재연이가 긴 말줄임표 끝에 이런 말을 남졌다.

"나 싫어하지?"

한숨이 났다. 남편 이야기를 들어 보니 재연이가 수업 시간 엄마가 와서 본다는 생각에 부끄럽지만 용기를 내 손을 들고 발표했는데 돌아보니 내가 없어 실망했다고 한다. 아빠가 있는데도 그게 너무 섭섭해 꺼이꺼이 울었다는 거다. 속상했을 아이 마음이 이해가 되면서도 갑작스러운 감정의 진폭이 당황스러웠다. 미리 설명해 둘 걸 그랬다. 이연이반 학부모 총회에 참석한 남편은 남자가 자기 혼자라 뻘쭘했다고 했다. 여러 모로 난감한 공개수업이었다.

학부모 상담도 대면으로는 처음이었다. 대면이든 비대면이든 질문이 잘 떠오르지 않기는 마찬가지였다. 궁리 끝에 친구 관계는 어떤지, 수업을 잘 따라가는지 물었다. 재연이 담임선생님은 재연이에 대해 '부끄러움이 많지만 당차다'고 말씀하셨다. 발표에 소극적이고 수줍어하는 것 같아도 할 말은 한다는 것이다.

코로나19가 시작된 첫 해 입학한 재연이 학년의 특징에 대해서도 말씀하셨다. 보통은 저학년 때 끝냈을 글씨 교정을 여전히 하고 있다고 했다. 4학년인데도 소꿉놀이를 하는 친구들이 적지 않아 놀이 종류에서도 일종의 지연 현상이 있다고 하셨다. 여자아이들의 경우 이맘때 무리를 지어 놀기 시작하는데 소외되는 아이가 생기는 등 여러 문제가 발생할 수 있으니 혹시 낌새가 보이면 알려 달라고 했다. 알겠다고 하면 됐을 텐데 그럴 땐 또 나도 모르게 질문이 튀어나왔다.

"그걸 알면 어떻게 하시려고요?"

무리를 짓는 게 자연스러운 일이라면 그걸 어떻게 막으려는 건지 정말 궁금해서 튀어나온 말이었다. 선생님께서는 약간 당황하며 "최대한 늦춰 보려 한다"고 말씀하셨다.

　이연이 담임선생님 말씀이 재미있었다.

　"입학 후 2주차까지는 이연이가 모범생인 줄 알았어요."

　선생님만 뚫어져라 쳐다봤기 때문이었다. 2주가 지나자 아니라는 게 탄로 났나 보다. 수업 시간에 뭘 하라고 하면 너무 하기 싫지만 해야 하니까 하기는 하는데 그게 표정에 다 드러난다고 하셨다. 어떤 표정을 지었을지 상상이 됐다. 친구들과 갈등이 생기면 대면하거나 교사에게 말하기보다는 회피한다고도 말씀하셨다. 갈등 회피형. 요즘 조금 염려하고 있는 부분이기도 했다. 입학한 지 얼마 되지 않았는데 이연이에 대해 잘 파악하고 계셔서 놀랐다.

　녹색학부모에 지원하고 돌아오는 길, 왁자지껄한 아이들의 목소리로 완성되는 학교 풍경에 안심이 되면서도 미숙하고 잔혹했던 옛 교실의 공기가 생각나 아득해졌다. 이제 시작이라는 생각 때문에 더 그랬는지도 모른다.

찰떡은 귀가 없는데

　얼마 전부터 이연이가 학교 숙제로 일기를 쓴다. 그걸 읽으며 아이의 성장을 체감하고 있다. 어제는 남편이 이연이 일기를 낭독하면서 깔깔거렸다. 왠지 모르게 산문이 아니라 동시 같았다.

　도서관에 갔다.
　도서관에서 돌봄선생님을 봤다.
　선생님을 보니 반가웠다.
　선생님에게 "안녕하세요"라고 인사하고 싶다.

　서툴지만 선생님에 대한 마음이 오히려 진솔하게 다가왔다. 담임선생님께 제출하기 전 틀린 글자가 있는지 봐달라고 해서 보다가 나 또한 빵 터졌다. 양꼬치를 먹은 날 쓴 일기였다.

　양꼬치 식당에 갔다.
　양꼬치가 정말 맛있었다.
　이상한 사람들이 많았다.
　그중에서 아빠가 제일 이상했다.

　사람이 많고 어수선한 식당에서 가장 큰 목소리로 떠들며 물개박수를 치는 아빠를 몇 번 저지하더니 '민폐'였다고 생각했는가 보다. 이연이는 초등학교에 입학한 뒤로 대단히 소심해졌다. 사람들이 많은 장소에서 우리 중 누군가 눈에 띄는 행동을 하면 온몸으로 말리고 소소한 규칙이나 공중도덕을 사수하는 데 집착한다. '집착'이라는 단어가 맞춤일 정도로 융통성이 없다.

일기를 쓸 때 '오늘은' '나는'을 빼고 써보라 했더니 어김없이 지키며 단문을 구사하길래 "그걸 어떻게 찰떡 같이 알아들었네!" 칭찬해 줬더니 뚱딴지같은 소리를 했다.

"찰떡은 귀가 없는데 어떻게 들어."

나 혼자 감탄하며 '시 쓰는 체육 소녀'가 되려는 건가 김칫국을 마셨다. 아이는 일기 쓰는 게 재미없다고 세 번이나 말했지만 못 들은 척했다.

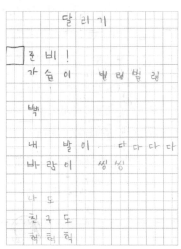

©허이연

치과라는 난제

양육과 관련된 과업을 난이도별로 세웠을 때 가장 먼저 오는 것이 치과 방문이다. 이연이의 치과 예약이 잡히면 우리 부부는 최선을 다해 서로에게 일정을 미룬다. 한 번 다녀오면 그야말로 진이 빠져 버리기 때문에 서로 미루다 다 같이 구렁텅이에 빠지는 길을 택한다.

오늘도 그래서 네 식구가 같이 나섰다. 이연이는 가기 전부터 온몸으로 저항한다. 협박도 하고 어르기도 하고 화도 내고 장난감으로 꼬셔도 보지만 늘 어렵다. 간신히 어린이 치과에 도착하고 나서도 치료 받는 의자에 앉아 온몸으로 입 벌리기를 거부하기 때문에 최소 간호사 두 명, 의사 한 명, 우리 부부 둘이 달라붙어야 일이 가능해진다. 이런 힘은 대체 어디서 나오는 걸까. 아마 고객 블랙리스트가 있다면 당연히 올라 있을 것이다.

한 번은 아예 움직이지 못하도록 몸을 묶어 두는 기구를 사용했는데 그 뒤로 거부 반응이 더 심해져 쓰지 못하고 있다. 치료할 치아가 적지도 않다. 오늘도 치료할 곳이 세 군데였지만 난리를 치는 통에 하나밖에 못 했다. 이 짓을 다음 주에 또 해야 하다니 절망적이다.

돌아오는 길, 치과에서 준 장난감을 만지작거리던 이연이가 말했다. "오늘은 그래도 저번보다 잘했지?"

기가 찼다. 본인에게 꽤나 관대한 편이라는 걸 잊을까 봐 기록해 둔다.

불평등한 어린 시절

남편과 육아를 정확히 반으로 분담한다고 자신 있게 이야기할 수 있던 시절을 지나 지금은 상당히 불평등하다고 느끼고 있다. 그런 분절의 타이밍을 따져 보면 재연이의 초등학교 입학을 전후로 한 시기였던 것 같다. 돌봄에서 교육의 단계로 들어서는 순간 달라진 점들을 꼽아 보자면 이렇다.

모든 연락은 엄마에게 간다

어린이집도 마찬가지였지만 학교 교사, 돌봄교실 교사, 방과후수업 교사, 학원 교사, 학습지 교사 모두 엄마를 찾는다. 왜일까? 약속이라도 한 것 같다. 보호자 연락처를 두 개 이상 묻기 때문에 1번으로 남편 번호를 적어 봤는데 소용이 없다. 보호자가 엄마·아빠일 경우 무조건 엄마를 호출한다. 그건 무슨 일이 생길 때 일차적으로 어떻게 대처할지 판단하는 주 양육자가 된다는 뜻이다. 두 아이 다 그렇다.

우리 집에 오는 한글 교사는 방문 수업이 끝나면 엄마를 찾는다. 그리고 학습 진행 상황에 대해 말한다. 엄마가 없고 아빠가 있으면? 그냥 간다.

그러다 보니 방학과 개학 직전 학원 시간을 조율하고, 점심 도시락 먹는 날을 체크하고, 도시락을 싸고, 방과후수업을 신청하는 것까지 모든 게 내 몫이다. 남편은 개학과 방학을 앞두고 한숨이 잦아지는 나의 심기를 살피느라 눈이 찢어진다.

남편의 자연스러운 뒷걸음질

원래 우리 둘 다 아이의 요구에 섬세하게 대응하는 편은 아니다. 스스로 꾸려 가도록 돕고, 마음 상태를 체크하는 정도면 된다고 생각해 왔다. 그런데 모든 독촉은 나한테 오기 때문에(혹은 내가 해야 되는 분위기라) 학교에서 온 공지에 대한 회신도 늘 내가 하게 된다. 앱으로 간단하게 회신하고 끝나는 일도 있지만 행정실과 몇 차례 협의를 거쳐 처리해야 할 일도 있다. 소요 시간을 합치면 너무 길다.

특히 저학년 방과후수업 신청은 엄청난 공력이 든다. 10초 안에 마감되기 때문에 나 같이 손이 느린 사람은 번번이 실패해 아직 한 번도 이연이 방과후교실 신청에 성공한 적이 없다. 어떤 학부모는 모니터에 미리 점을 찍어 놓고 누르는 연습을 한다고 했다. 남편은 나만큼 사활을 걸지 않는다. 시키는 것만 할 뿐이다.

어제도 취재할 게 쌓여 있는데, 학교 행정실, 방과후수업 교사와 계속해서 통화할 일이 생겼다. 명백하게 업무에 지장을 준다. 불균형을 바로잡을 수도 있지만 굉장한 의지가 필요하다. 불평등이 기본값이라 당하는 내가 부지런히 일일이 바로잡아야만 평등해질 수 있다.

주로 그 프로세스는 이렇다. 사소하지만 해결하지 않으면 안 되는 일들을 연속으로 처리하다 폭발한 어느 날, 남편에게 투덜거리면 남편은 눈치를 보다 쭈뼛쭈뼛 자신이 하겠다고 말한다. 그렇게 일을 맡기면 처음이라 낯설고 부주의해 뭔가 틀어지고 결국 내가 다시 하게 돼 버린다. 애초 친절하게 설명할 만큼의 에너지가 있다면 불만을 표시하는 대신 일을 처리했을 것이다. 남편은 정말이지 기자 정체성이 강해서 무슨 대화를 하든 '기자의 일'로 환원되는데다 세상 걱정, 회사 걱정도 많다. 세상의 진보와는 전혀 무관해 보이는 잘디잔 일을 연속으로 처리하느라 진을 뺀 나는 가끔 그게 좀 가소롭고 아니꼽다. 즉 관계에도 영향을 미친다.

결국 기울어져 있다는 뜻이다.

엄마 커뮤니티

동네 엄마 커뮤니티는 있어도 동네 아빠 커뮤니티는 흔치 않다. 세상이 아무리 바뀌었다 해도 주 양육자는 엄마들이다. 주변을 보면 둘 다 일을 해도 한 명이 아이들 때문에 단축 근무를 해야 한다면 '당연히' 엄마다. 어떤 직장에 다니건 둘 중 하나가 일을 그만둬야 한다면 그것도 엄마다. 그렇게 오가며 친해진 엄마들끼리 서로 학원 정보, 동네 가게 정보, 아이들 정보를 주고받다 보면 챙겨야 할 일은 배가 된다.

그럼으로써 엄마들끼리 서로 내일을 헤쳐 나갈 힘을 받기도 하지만 왜 아빠에겐 옵션인 게 엄마에겐 당연한지 모르겠다. 부부 모두 전문직에 종사하고 있는 경우 아이를 가지면 한 명은 당연히 긴급 호출에 불려 다녀야 하는데 대체로 여성이 그 직종에서 하차하거나 더 낮은 급여를 감수하고서라도 비정규직 일자리로 옮겨 간다. 노벨경제학상을 받은 클로디아 골딘의 『커리어 그리고 가정』의 서문을 읽다가 "긴급 호출" 대목에서 급격하게 감정이입이 됐다.

어떤 여성에게 커리어가 꽃필 기회가 있는데 그 여성이 아이가 있다면, 궁극적인 시간 충돌이 발생한다. 아이에게는 시간이 많이 든다. 커리어에도 시간이 많이 든다. 아무리 소득이 높은 부부라도 육아를 완전히 다 외부인에게 맡길 수는 없다. …… 근본적으로, 여기에서 시간 제약의 문제는 누가 집에서의 일에 대해 온콜(긴급 호출에 지체 없이 대응할 수 있는 상태 임무를 맡을 것이냐의 문제다.*

　정말이지 아이에게는 시간이 많이 든다. 예측 불가능한 일이 빈번하게 발생한다는 점에서 아이를 가지지 않는 건 너무나 합리적인 선택이다. 아이가 생기면서 얻게 되는 일종의 '이익'은 굉장히 정서적이고 추상적인 데 반해, 잃게 되는 건 당장 눈에 보이고 실질적이다. 아이 낳는 일이 더하기 빼기로 될 일은 아니지만 무턱대고 보이지도 않는 효용과 가치를 설파한다고 출산율이 오를까?

　한창 출퇴근 없는 돌봄에 지쳐 있던 어느 날 아이를 갖지 않겠다는 후배 앞에서 나도 모르게 이런 말이 튀어나왔다.

　"어떻게 알았어…… 아니 도대체 어떻게 알고……."

＊　클라우디아 골딘, 『커리어 그리고 가정: 평등을 향한 여성들의 기나긴 여정』, 김승진 옮김, 생각의힘, 2021, 22쪽.

가사 일의 슬픔과 기쁨

정리에 소질이 없는 편이다. 아니 실은 젬병이다. 화장대를 정리한다고 하면 내 딴에는 배열도 다시 하고 버릴 건 버리고 쓸고 닦고 하는데 끝내고 나면 이전과 별 차이가 없다. 그나마 다 버리면 좀 나아서 사무실 자리도 그런 식으로 몇 달에 한 번씩 정리를 하곤 한다.

가사노동을 정면으로 맞닥뜨린 건 결혼한 뒤였다. 함께 살 때 내 방을 보고 내쉬던 부모님의 한숨이 남편에게 넘어갔다. 신혼 내내 도대체 거실에 컵이 몇 개냐고 투덜거리던 남편은 내가 청소에 부적합한 인간이라는 걸 곧바로 눈치챘다. 나는 상황 개선보다 물건을 제자리에 두는 것만이라도 하자 싶어 전략을 바꿨다. 내가 지나온 자리를 티내지 않기. 소박하지만 어려운 미션이었다.

나머지 정리는 남편 몫이었다. 흐트러지지 않게 속옷 개는 방법을 알려 준 사람도 그이다. 우리 둘만 지낼 때는 며칠씩 청소를 안 해서 집 안 꼴이 엉망이 되어도 모른 척 미뤄 뒀다가 한꺼번에 해치우곤 했다. 서툴긴 해도 그날그날 시간 되는 사람, 좀 더 일찍 퇴근한 사람이 밀린 빨래며 청소를 했다.

아이가 태어나고부터는 집안일이 열 배로 늘어난 것 같다. 아이가 어지르는 장난감, 기저귀 쓰레기, 아이가 엎지른 우유와 각종 음식, 응가 묻은 팬티, 철마다 갈아 줘야 하는 계절옷 등 손 가는 데가 끝도 없었다. 가사 일에 적합하고 아니고 따질 개재가 아니었다. 아이가 걷기 전에는 기어 다니다 뭘 집어먹을지 모르기 때문에 신경을 써야 했다. 아이를 씻길 때면 변기며 타일 사이에 낀 물때가 거슬렸다. 끼니 역시 직접

해먹여야 했다. 역할 분담을 따로 해본 적은 없지만 청소는 주로 남편이, 요리는 주로 내가 하게 됐다. 나머지는…… 남편이 했다.

바닥에 밟히는 것 없이 뽀송뽀송한 바닥, 그릇을 꺼내기만 하면 되는 주방, 몸만 들어가 누우면 그만인 침대…… 이 모든 안온함이 엄마의 가사 노동을 통해 이루어져 왔고 그걸 인식조차 못할 만큼 하찮게 여기고 있었다는 사실이 참혹할 만큼 쪽팔렸다.

퇴근하고 돌아온 집, 누군가의 손길이 닿았을 실내 전경을 마주할 때 가장 기분이 좋다. 그럴 때 말 그대로 살 만하다는 생각이 절로 든다. 쾌적한 환경이 인간에게 얼마나 중요한지, 특히 내게 얼마나 큰 행복감을 주는지 깨닫는다. 내가 없는 사이 남편이 우렁 각시처럼 집안일을 다 해놓고 시치미 떼는 날이면 사랑한다는 말을 폭탄처럼 퍼붓는다. 거의 유일한 고백의 순간이다. 남편은 청소부와 결혼을 하지 그랬냐며 입을 삐쭉거린다. 지금이라도 직업을 바꿀 생각이라면 대환영이다.

남편이 국장이 되면서 그런 사치가 사라졌다. 집안일이 우선순위에서 밀렸다. 새벽 다섯 시부터 밤늦도록 노트북과 핸드폰을 들여다봐야 하는 남편의 삶도, 집안도 피폐해졌다. 나는 전과 같은 집이 그리웠다. 그렇다고 내가 전담할 엄두는 나지 않았다. 가사돌봄 서비스를 이용해보자고 제안했지만 남편이 반대했다. 시어머니가 청소일을 하셔서인지, 가사 일을 다른 누군가의 땀으로 대체하는 데 거부감이 있었다. 이해가 잘 되진 않았지만 수긍했는데 어느 날 마음을 고쳐먹고 설득했다. 남편이 부쩍 아이들에게 화를 냈기 때문이다. 장난감을 가지고 논 뒤 치우지 않을 때, 집안을 더럽혔을 때 화내는 강도가 점차 세졌다. 나한테도 한마디 하고 싶었겠지만 차마 그러지는 못하는 것 같았다. 남편도 뽀송뽀송한 마루를 그리워했는지 모른다.

그리하여 앱을 통해 소개받은 가사관리사가 오기로 한 첫날. 남편도 나도 없는 시각, 재연이가 집에 들렀다가 그분을 만났다. 그리고 그날 밤 아빠에게 말했다.

"아줌마가 설거지 누가 했냐고 물어서 아빠가 했다니까 그럴 줄 알았대. 제대로 안 할 거면 식기세척기 사래. 컵이나 그릇이 제대로 안 닦여 있다고"

남편은 씩씩거렸지만 나는 속으로 외쳤다. '찐이다!' 처음 일하러 온 집 아이에게 속내를 드러낼 정도로 안 닦인 그릇이 거슬리는 걸 보면 프로임이 분명했다. 실은 나도 뜨거운 물로 해야 씻기는 설거짓거리를 호기롭게 찬물로 하는 남편에게 살짝 불만이 있었다.

관리사 선생님이 지나간 부엌은 선반이며 후드며 장이며 반짝반짝 빛이 났고 화장실은 쾌적했다. 네 시간 동안 이 모든 걸 해내다니 나는 남편에게 보내던 사랑을 그분께 고백하고 싶어졌다. 이후에도 계속해서 특정 청소 도구를 주문하거나 집안에 출몰하는 나방파리 박멸법을 조언해 주셨다. 주로 재연이를 통해서였다. 재연이는 전달할 게 많아 귀찮다고 볼멘소리를 했지만 나는 주변에도 적극 추천할 정도로 만족감이 높았다.

그러던 어느 날 갑자기 배정된 관리사가 바뀌었다. 그분의 개인 사정으로 우리가 원하는 시간대에 오실 수 없게 된 것이다. 아쉬워서 직접 연락해 일정을 조정해 볼까 했지만 앱을 통해 알게 된 분이라 구조적으로 불가능했다. 그리고 새로 오신 분의 스타일을 파악하기도 전에 계속해서 관리사가 바뀌었다. 우리 집이 난코스인가? 아무 요구 사항이 없어서 오히려 난해한가? 만족도는 점점 떨어졌다. 처음 그분이 그리웠다. 집에 돌아오면 거실 바닥 청소만 간신히 끝낸 것 같은 날도 있었다. 그 정도라면 로봇청소기로도 가능할 것 같았다. 로봇을 써보고 더 필요한 부분만 콕 집어 부탁드리기로 했다. 동네 엄마의 추천을 받아 청소기를 구입했다. 그 뒤로 우리는 더 이상 가사돌봄 서비스를 이용하지 않게 되었다. 로봇청소기의 만족도가 몹시 높았기 때문이다. 로봇청소기는 지금도 우리 집 거실 정중앙, 가장 볕이 좋은 자리에 놓여 있다. 가전제품 중 서열 1위다.

가사도움 서비스를 이용한 건 시어머니에게 비밀로 했다. 남편의 뜻이었다. 돈 주고 맡긴다고 하면 어머니가 나서실 거라는 이유였다. 시어머니는 지난 60년간 청소, 요리, 돌봄, 간호 등 가사노동을 쉼 없이 했으나 대체로 무급이었고 그걸 본인도 당연히 여겨 '집에서 논다'는 말을 종종 근황으로 전하신다. 그런데 나는 어머니가 집에서 엉덩이 붙이고 계신 모습을 본 적이 없다. 집에서 논다는 건 방구석에서 넷플릭스나 유튜브를 틀어 놓고 늘어질 수 있는 나에게나 어울리는 말이다. 『당신이 집에서 논다는 거짓말』을 쓴 정아은 작가는 엄마들이 왜 온종일 가사노동을 하고도 집에서 논다는 말을 듣는지 의문을 품었고 '언어적 배려의 차원보다 더 깊이 들어간 무엇이 필요하다'고 생각했다. 그리고 돈 얘기를 해야 한다는 결론을 내렸다. 2019년 기준 무급 가사노동의 경제적 가치는 총 490조9190억 원이고 이는 국내총생산액의 25.5퍼센트라고 한다.

고백

재연이가 상기된 목소리로 말했다.

"엄마 있잖아, 이연이가 고백 받았대!"

"오, 누구한테?"

이연이에게 물어보니 태권도 차량에서 어떤 1학년 아이가 이연이에게 좋아한다고 말했단다. 저학년의 많은 역사는 학원 차량에서 이뤄진다.

"너는 뭐라고 했어?"

"나는 너 안 좋아하는데."

"그랬더니?"

"그래도 걔는 내가 좋대."

왠지 득의양양한 마무리 발언.

재연이는 해맑은 얼굴로 이연이를 좋아하는 남자애들이 피아노 학원에도 많다고 종알거렸다.

"나 너무 부러워. 나도 고백 받고 싶어."

동생은 별 생각이 없는데 오히려 자신이 들뜬 표정이었다. 재연이와 같은 반의 동성 친구들 대부분이 고백을 받았다고 하길래 좋아하는 애가 있으면 먼저 고백을 하라고 하니까 거절당할까 봐 두렵단다. 사랑은 쟁취해야지 따위의 말을 해도 별 반응은 없다. 대신 학원에서 마음에 둔 아이랑 손 인사를 주고받았다면서 좋아했다.

같은 반의 한 남자아이가 자신과 눈이 마주치자 고개를 돌렸다며 자신을 보고 있었던 것 같다고 설레어 하는데 그건 그냥 우연일 수 있다고 말하려다 말았다. 설렘 가득한 재연이의 얼굴이 눈부셔서 그럴 수 없었다.

요즘 재연이의 소원은 '솔탈'(솔로 탈출)이다. 사귄다고 하면 따로 만나 마라탕-탕후루 코스라도 밟나 싶어 물어보니 타박하듯 답했다.

"내가 어떻게 알아. 안 사귀어 봐서 몰라."

"아, 맞네. 미안 미안."

"왠지 기분 나쁘네."

그 연장선에서 요즘 재연이의 가장 큰 고민거리는 눈이다. 눈이 작아서 고백을 못 받는 것 같단다.

"엄마 눈은 큰데 내 눈은 왜 이래? 내 얼굴은 아빠 닮은 것 같아."

아빠 눈은 재연이보다 크지만 굳이 설명하지 않았다. 내 눈엔 매력적이지만 정 신경이 쓰이면 나중에 쌍꺼풀 수술을 해주겠다고 했더니 말했다.

"나중이 중요한 게 아니라 지금 너무 작은 게 싫다고."

"넌 웃는 게 정말 예쁘니까 마음에 드는 애 앞에서 막 웃어."

"그게 뭐야. 이상한 사람인 줄 알겠어."

이상한 사람이든 눈 작은 사람이든 각인시키는 데서 인연이 시작되는 법이야. 웃음소리가 유난히 크고 박수가 요란했던 너희 아빠도 그랬거든?

51년생 김○○

시어머니가 집에 오셨다. 종종 말씀도 없이 들러 반찬이나 과일을 놓고 가신다. 이번에는 내가 집에 있어서 급히 차를 한 잔 내드렸다. 커다란 배낭을 열고 거기서 호박볶음과 김치찜, 멸치볶음을 꺼내 놓으신다. 복숭아와 다 녹은 빠삐코도 있다. 어느 재래시장 슈퍼 아이스크림이 다른 데보다 100원 더 싸기 때문인데, 집에 도착할 때쯤엔 다 녹아 있다. 다시 얼려 아이들에게 준다. 그렇게 주섬주섬 먹을거리를 꺼내 놓고 약속이 있다며 횅 떠나 버리셨다.

집에 아무도 없을 때 들르셨다가 갇힌 적도 있다. 작은 방과 이어진 개방형 발코니가 있는데 문을 닫으면 밖에서 열리지 않는다. 방범 문제 때문에 그렇게 설계돼 있는 걸 모르고 나가셨다 못 들어오게 된 거다. 핸드폰도 방 안에 있어서 하교한 재연이가 우연히 발견하지 않았다면 몇 시간이고 갇혀 계셨을 것이다. 뒤늦게 놀라서 연락을 드리니 별로 오래 안 있었다며 계면쩍게 웃으셨다. 창 청소를 해주시려다 그런 거였다.

어머니는 집에 들를 때마다 베란다 창을 살피며 '청소를 해야 하는데……' 중얼거리셨다. 내가 하겠다고 하면 "니가 뭘 하노" 하신다. 맞는 말이라 "그럼 애비더러 하랄게요" 했는데 간단한 일이 아니었다. 숙련된 기술과 특화된 장비가 필요한 일, 즉 어머니만 할 수 있는 일이었다.

시어머니는 1951년생이다. 우리 엄마와 네 살 차이일 뿐인데 가끔 세대가 완전히 다른 것 같다고 느낄 때가 있다. 살아온 환경이나 타고난 기질의 차이일 텐데 처음 결혼했을 때는 '내 엄마'만 보고 온 세월이 30년이라 적잖이 놀랐다.

가령 제사에 대한 태도가 그렇다. 우리 아빠도 맏이라 할머니 할아버지 제사를 챙기기는 하는데 엄마가 일을 하신 뒤로는 비교적 약식으로 — 물론 엄마는 동의하지 않을지도 모른다 — 처러 왔다. 나중에는 고모가 음식을 해올 때도 있었고 의례 자체보다 가족끼리 얼굴을 본다는 개념이 강했다. 아빠가 돌아가신 뒤에는 할머니 할아버지 제사를 합쳤고 언젠가부터 그것도 없어졌다.

처음으로 시할머니 제사에 참석했을 때 깜짝 놀랐다. 아직도 이렇게 음식을 많이 하는 집이 있나 싶었다. 전이 종류별로 열 가지는 되는 것 같았다. 기름 냄새 때문에 속이 울렁거렸다 — 입덧을 하는 시기였다. 서울에 사신 지 46년이 넘었지만 경상도 억양이 선명한 어머니는 전과 떡은 물론이고 닭, 문어도 상에 내신다. 그게 그 지역 혹은 집안 스타일인가 보다. 나중에 들어 보니 할머니가 돌아가시고 첫 제사라서 특별히 음식을 많이 한 거라고 해 내심 안도했다. 시어머니는 무릎에 인공관절을 넣는 수술을 받고 입원해 있는 동안에도 외출해 제사 음식을 만들었다. 그건 일종의 소명과도 같은 것이었다. 며느리들에게는 맡기지 않는다. 나라도 나한테는 안 시킬 것 같긴 하지만 단지 못 미더워서만은 아닌 것 같다.

시댁은 뭐든지 넘쳐 난다. 어머니가 쓰고 모아 둔 비닐봉지도, 어디서 하나씩 주워 온 화분도 한가득이다. 소면도, 쌀도, 수건도, 치약도 대량으로 어딘가에 쟁여져 있다. '맥시멀리즘'의 현생 같은 느낌. 식구가 적든 많든 계속해서 종류별로 김치를 담고 그걸 나눠 주고 또 담근다. 재래시장 여러 곳을 누비며 떨이로 나온 오이와 복숭아를 담아 당신도 드시고 자식네도 나눠 주신다. 과일의 당도와 퀄리티가 복불복이라 몰래 투덜거린 적도 있다.

자식을 가까이 두고 싶어 하는 마음도 솔직하시다. 우리 신혼집도, 형님 댁도 시댁 근처였다. 아이도 둘은 있어야 한다는 생각이고 아들이 적어도 하나는 있어야 하며, 사실 둘이라면 둘 다 아들인 게 좋다고 생각하는 편이다. 불쑥불쑥 그런 마음을 내게 들켰지만 — 사실 감추려고도 안 하셨다 — 며느리를 포함해 무조건 자식 편이 되어 주시는 분이라 그 '조건 없음'에 굴복하게 되는 면이 있다.

시부모님은 형님네 아이들을 봐주시다가 아예 같이 살기도 했다. 한때는 우리 아이들까지 도합 다섯 명의 아동으로 집안이 바글바글했다. 형님네가 외국으로 이주한 뒤로는 우리 아이들을 봐주셨다. 몇 달이었지만 퇴근길의 아등바등이 사라지고 여유롭게 귀가하며 비로소 마음의 평화가 찾아왔다. 연세 드신 어머니의 노동에 기댄 평화였기 때문에 마음이 편치만은 않았지만 나도 모르게 '조부모 찬스'의 안락함에 젖어 들 무렵, 다시 형님네 요청으로 해외로 건너가셨다. 요즘은 조카들 방학마다 들어오신다. 아이를 학원에 보내야 하기 때문이다.

오늘 저녁 아이들은 할머니가 만든 김치찜으로 밥 한 공기를 뚝딱했다. 고기 더 없냐고 아쉬워하며 오래 뒤적거렸다. 내가 해준 음식으로는 좀체 보기 힘든 풍경이다. 남편은 어머니의 호박무침으로 비빔밥을 만들어 먹었다. 거기 들어간 고추장도 어머니가 직접 담그셨다. 엉덩이 붙일 새 없이 부지런히 움직여 만든 음식을 먹고 자식과 손주들이 무럭무럭 자라나는 동안 어머니의 무릎 연골은 닳아 없어지고 폐에는 구멍이 생겼다.

55년생 오○○

    뭐든지 차고 넘치는 시댁 집안 풍경에 익숙해져서인지 친정집에 가면 허전한 느낌마저 든다. 친정집은 음식도 한 번 먹을 분량만 하고 수건도 몇 장 없고 치약이나 샴푸는 떨어져야 산다. 집에서 밥을 잘 먹지 않아 반찬통도 거의 없다. 대신 건강 보조 식품이나 다이어트 제품이 넘친다. 우리가 가면 엄마는 음식을 하기보다 나가서 먹는 걸 선호한다. 그러면서도 사위에게 직접 만든 음식을 대접하지 못해 민망해하신다.

    그게 마음에 걸리는 날에는 아침부터 장을 본 뒤 음식을 차려 놓고는 오랜만의 분주함으로 몰려오는 피로감을 못 이겨 소파에서 스르륵 잠이 든다. 그냥 사먹고 쌩쌩한 체력으로 얼굴 보는 게 나을 것 같은데 마음에 걸리나 보다. 남편은 내가 아는 사람 중 외식을 가장 선호하는 사람인데도 말이다. 엄마가 주부일 때는 손맛이 좋았다. 나는 엄마가 해준 음식이 지금도 입에 맞다. 다만 바깥 활동이 늘어나며 요리와 멀어졌다. 자연스러운 일이었다. 엄마는 내게 늘 미안해한다. 반찬을 못 해줘서, 김치를 못 담가 줘서, 아이를 못 봐줘서, 더 못 밀어 줘서…… 거슬러 올라가며 계속 이유를 찾는다.

    엄마의 양육 스타일(?)을 말해 주는 일화가 있다. 오빠가 초등학교 1학년, 내가 다섯 살 때 둘만 안성 외가댁에 보낸 일이다. 할머니 댁 주소가 적힌 쪽지만 들고 서울에서 고속버스를 탔다. 터미널에 내려 택시 기사에게 쪽지를 내밀자 둘만 왔느냐고 재차 물어 왔다. 뒤늦게 엄마에게 소식을 들은 할머니가 마을 입구 느티나무에서 택시를 보고 버선발로 뛰어나오셨다. "아이고 세상에. 아이고 아이고 우짤까." 안도하는 할머니의 모습이 아직도 눈에 선하다.

고졸이던 엄마는 내가 고등학교 때 방송통신대학에 입학해 대학생이 되었다. 입장료가 500원 하는 동네 도서관에서 허리디스크가 도질 정도로 시험공부를 했다. 대학원까지 마친 뒤 전공을 살려 어린이집 원장이 됐다. 내가 성인이 된 뒤에야 직장인이 된 셈이다. 당신도 늦은 나이에 해냈기 때문에 젊은 우리는 더욱더 뭐든 할 수 있다며 한동안 '대책 없는' 파이팅 모드를 견지했다(요즘은 건강 하나만 주문하신다).

최근 10년간 엄마가 많이 받은 질문 중 하나는 어린이집을 운영하면서 왜 자신의 손주들은 봐주지 않느냐는 거였다. 어린이집을 운영한다고 해서 손주들을 봐줘야 하는 건 아닌데 남들 보기엔 뭔가 부자연스러워 보이나 보다. 나도 몇 차례 고려한 적은 있으나 주저하게 됐다. 어린이집은 일터지 친정이 아니었고, 엄마는 아빠의 부재 속에서 일상을 재건하는 것만으로도 힘겨워 보였다.

엄마와 시어머니 두 분 다 시골에서 나고 자랐고 어릴 때부터 농사일을 거들며 동생이나 조카를 돌봐야 했다. 시동생이 줄줄이 딸린 남자와의 결혼은 또 다른 굴레가 되었다. 먹고사는 데 급급해 자식 키우는 재미를 알기 어려웠다. 전에는 엄마의 삶을 함부로 정의했다. '고생했지. 근데 그 시절 여자들이 다 그렇지 뭐.' 개별적인 삶의 형태를 이해해보려 하지 않고 쉽게 일반화했다. 세대를 통틀어 하나의 묶음으로 규정하고 뭉뚱그리는 일이 얼마나 무리한 시도인지 다시 한번 깨닫는다. 같은 시절을 다르게 겪은 엄마와 시어머니 역시 수많은 이야기를 품은 채 살아가고 있다. 자식을 우선하고 안쓰러워하는 마음만은 비슷한 채로.

육아의 기쁨과 슬픔

비가 부슬부슬 내리는 날, 성북동 어느 단독주택에서 작가 커플을 만났다. 인터뷰 내내 결혼을 앞둔 두 사람의 눈에서 꿀이 뚝뚝 떨어졌다. 시종일관 긍정의 에너지를 풍기는 둘과의 대화에 모처럼 마음이 환해 졌다. 일을 마치고 잠깐 사담을 나누는데 아이에 대한 얘기가 나왔다. 주변 지인들이 아이 갖는 걸 권한다고 했다. 꼭 낳으라고, 새로운 세상이 열린다고 했다는데 그런 확신이 어떻게 가능할까 속으로 생각하던 참이었다. 내게 아이가 있다는 걸 알고 두 사람이 물었다.

"기자님은 어떻게 생각하세요?"

그 순간 왜 머릿속이 하얘졌을까. 무언가 기대하고 있는 것 같은 눈동자였고 나는 답할 준비가 되어 있지 않았다. 약 5초의 침묵 후 내 입에서 나온 말은 "노코멘트"였다.

내가 말해 놓고도 흠칫했다. 누가 들으면 무슨 대단한 사연이라도 있는 줄 알겠다. 그보다는 출산에 관한 한 누구에게도 영향을 끼치고 싶지 않아서였다. 나는 뒤늦게 횡설수설 덧붙였다.

"살면서 가장 잘한 일이라고 생각하지만 누구에게 권할 만한 일은 아니라고 생각해요."

진심이었다. 짧은 사이 많은 일들이 머릿속을 스쳐 갔다. 아이 둘을 앞혀 놓고 하염없이 서캐를 잡던 날들, 하원 시간에 늦어 발을 동동 구르던 순간들, 갑자기 열이 나 인터뷰를 미루던 아침, 제발 수족구가 아니기만을 빌던 순간(어린이집에 보낼 수 없기 때문이다), 애가 울기 시작하면 나도 따라 울고 싶어지던 무수한 순간들, 그럼에도 고된 하루를 마치고 나란히 누우면 느껴지던 그 안도감까지.

아이를 키우니 어떠냐는 친구의 질문에 언젠가 이렇게 답한 적이 있다.

"대체 불가능한 기쁨이 있어."

친구는 그 뒤로도 몇 차례 그 얘길 꺼냈고 나는 친구가 아이를 가질지 말지 고민 중이라는 걸 눈치챌 수 있었다. 몇 년 뒤 나는 그 말을 정정했다.

"모든 경험은 대체 불가능해."

아이를 낳고 키우는 일에서 오는 정서적 효능감은 다른 곳에선 느낄 수 없는 것이지만 세상 많은 일이 그렇다. 우열은 없다. 아이를 낳지 않고 또 다른 여러 대체 불가능한 경험들을 해보는 것도 괜찮지 않을까.

두 아이가 말을 듣지 않을 때면 이런 덕담(?)을 자주 한다.

"너 닮은 애 꼭 낳아야 돼. 알았지?"

입술을 꽉 깨물고 이런 말을 하면 아이들은 그게 무슨 의미인지 알아챘다.

이런 얘기까지 신혼부부에게 전하기는 난망했다. 다만 이 두 사람이라면, 이렇게 다정한 둘이라면 진심을 나누는 데 자주 실패하고 스스로의 무능을 탓하며 지내 온 나와는 다를 거라 생각했고 실제로 그렇게 독려 아닌 독려를 하며 자리를 마무리했다.

인터뷰를 마치고 현관문을 나서니 그새 비가 그쳐 있었다. 안개 같은 빗줄기에 가려 보이지 않던 북한산 풍경이 그제야 한눈에 들어왔다. 감탄사가 저절로 나왔다. 마침 재연이한테 전화가 왔다. 다정한 두 사람에게 감염된 것처럼 나는 한껏 톤을 올린 명랑한 목소리로 전화를 받았다.

"딸, 학교 끝났어? 엄마 지금 굉장한 경치를 보고 있어!"

꼬북칩과 혐오 사이

지난 주말, 남편이 심한 몸살에 걸렸다. 나와 아이들 셋이서 버스를 타고 청소년 수련관, 홍제역, 치과를 다니느라 분주했다. 아이들은 틈틈이 엄마는 도대체 언제쯤 운전을 배울 거냐며 투덜댔다.

점심시간 무렵 홍제동 분식집에서 떡볶이와 순대를 먹고 버스 정류장을 향해 갈 때였다. 할머니 두 분이 지나가는 사람들을 향해 서명을 해달라고 외쳤다. 펼쳐 둔 테이블 위에 '동성애 반대, 주한미군 철수 반대'라는 피켓이 붙어 있었다. 지나던 할아버지가 이게 뭐냐고 묻자 난처한 얼굴로 그냥 서명을 하면 된다고 했다. 구호의 선연함과 위풍당당에 비해 할머니들의 표정은 왠지 생활인의 그것이었다. 채워야 할 서명인 숫자가 할당돼 있는지는 알 수 없었지만 흡사 전단지 100장은 돌려야 하는 아르바이트생처럼 지쳐 보였다.

그런가 보다 하고 지나치며 아이들이 잘 따라오나 뒤돌아보았는데, 아차…… 이연이 손에 과자 봉지가 들려 있었다. 꼬북칩 초코맛, 게다가 제법 큰 사이즈였다. 서명 받는 할머니들이 주신 거였다.

재연이가 쪼르르 달려와 허이연이 누가 주는 걸 사양도 않고 넙죽 받았다며 이르는 건지, 부러워하는 건지 모를 아리송한 태도로 내게 말을 전했다. 내 난처한 표정을 본 할머니들이 아가가 귀여워서 주는 거라고 그냥 먹으라 하셨다. 목례로 인사를 대신했다.

"얻어먹는 건 둘째 치고 엄마는 저 말에 동의하기가 어려운데……."

재연이가 내 혼잣말에 호기심을 보였다.

"차별에 찬성하는 말이라서……."

그러자 더한 관심을 보였다.

"차별을 하자는 거라고?"

혼잡한 길거리에서 설명하기는 어려웠다. 속도가 계속 처지는 이연이도 다그쳐야 했다. 동성애자 차별의 맥락을 초등학교 3학년한테 설명하려면 좀 더 고민이 필요할 것 같았다. 그래서 약간 수월한(?) '주한미군 철수'에 대해 설명해 주었는데, 그래도 차별에 찬성하는 건 무슨 얘기냐고 재차 물었다. 어쩔 수 없이 거친 설명을 덧붙였다.

내 설명이 부족해서겠지만 아이들은 모든 사안을 좋고 나쁨으로 구분하기를 좋아한다. 재연이도 당장 "저 사람들 나쁘네" 이렇게 결론을 내버려서 덜컹했다.

"엄마의 가치관이나 선입견이 너한테 그대로 갈까 봐 조심하려고 해. 스스로 판단했으면 해서."

차별과 혐오는 비판받아야 하고, 어떤 의제에 관한 한 내 생각에 확신이 있지만 그러니 내가 옳고 저들은 나빠, 이렇게 아이까지 스스로의 고민 없이 받아들이게 되는 일은 경계하는 편이다.

내 말을 어디까지 이해했는지는 알 수 없었다. 버스를 기다리며 재연이와 대화를 나누는 동안 허이연은 엄마가 언니하고만 얘기하고 자신의 궁금증에 대해, 가령 몇 번 버스를 몇 분이나 기다려야 하는지 친절하게 설명해 주지 않았다며 삐쳤다.

난해한 오후, 집까지 한참이나 돌아가는 버스에 앉아 입 벌리고 잠든 이연이의 얼굴을 바라보았다. 초코맛 꼬북칩은 달달했다. 동성애를 죄악시하는 마음과 어린 아이에게 호의를 베푸는 마음이 같은 마음이었다.

재난과 아이들

며칠간 비가 퍼부었다. 하늘에 말 그대로 구멍이 난 것 같았다. 비가 들이치는 통에 거실과 방의 창문을 꼭꼭 닫고, 가끔 들리는 천둥 번개 소리에 아이들과 함께 몸을 잔뜩 움츠리고 있었다. 만화 보는 시간이 늘었다.

폭우 때문에 서울 신림동 다세대주택 반지하에서 가족 셋이 참변을 당했다. 그중 한 명은 장애인이고 한 명은 초등학생이다. 자다가 변을 당한 것도 아니고, 119에 연락하고 가족과 지인에게 도움을 요청했지만 구조되지 못했다. 집에 갇힌 셈이다. 관련 보도가 계속되고 내 표정이 안 좋아 보였는지 재연이가 무슨 일이 벌어진 건지 물었다.

과거에 목격한 수해가 생각났다. 2011년 7월 서울에 폭우가 내려 산사태가 났고 16명이 사망했다. 서울 서초동 예술의전당 앞 아파트 단지에도 어마어마한 양의 토사가 밀려들었다. 현장에 갔더니 거대한 늪이 있었다. 사진 기자가 성큼성큼 그 안으로 들어갔다. 우물쭈물하던 나도 하는 수 없이 물속에 들어갔다. 엉덩이까지 물이 차올랐다. 새로 산 가죽 가방이 흙탕물 범벅이 되었다. 옆에는 자전거가 둥둥 떠다니고 있었다.

우면산과 인접한 전원주택 단지에도 기자들이 모였다. 당시에도 반지하에 사는 사람들의 피해가 컸다. 집 안에 들어온 물을 퍼내다 안 되겠다 싶어 몸을 피하니 순식간에 차오르더라는 주민들의 이야기를 받아 적었다. 다세대주택 반지하에서 잠을 자던 영아가 익사했다. 여섯 살 난 아들과 엄마는 몸을 피했지만 다시 진흙탕으로 들어갈 수 없었다. 진흙더미 속에서 아이가 발견됐다. 그때의 끔찍함을 전하던 목격자들이 몸서리를 쳤다. 그때나 지금이나 빗물은 낮은 곳에 고였다. 안온해야 할 제 집에서 죽음을 당한 아이들에 대해, 반복되는 재난에 대해 설명할 말을 찾기 힘들었다. 사는 층수에 따라 삶과 죽음이 갈리기도 한다는 걸 어떻게 이해시켜야 할까.

민원인과 학부모

　재연이 담임선생님이 편지를 보내왔다. 올해 재연이반 아이들을 만나 행복한 학교생활을 하고 있지만 본인이 행운을 누리는 동안 고통받는 동료가 있었다는 걸 알게 됐다며 미안함과 책임감을 느낀다는 말로 시작하는 편지였다. 공교육 정상화를 이루어 학생과 학부모, 교사가 모두 행복한 학교가 되었으면 좋겠다는 내용으로 마무리되었다. 짧지만, 고심한 흔적이 역력했다. 동료 교사가 죽었기 때문이다.

　지난 7월, 한 초등학교 교사가 학교에서 목숨을 끊었다. 죽음의 방식과 장소가 모두에게 충격을 주었다. 사건 당일 학교에서 돌아온 재연이에게 이 일을 어떻게 설명해야 하나 난감했는데 이미 친구들끼리 이야기를 나눠서 알고 있었다. 그러면서 어려운 질문을 던졌다.

　"왜 그런 거야? 누가 처음 발견했어? 어떻게 죽은 거야?"

　나와 남편은 자살 사건에 대한 얘기를 나눌 때가 종종 있는데, 그때마다 '자살'이라는 단어를 쓰지 않으려고 노력하는 편이다. 재연이가 마음의 괴로움을 표현하면서 죽고 싶다고 말할 때도 말 그대로의 의미가 아니라는 건 알지만 매번 가슴이 철렁한다. 사는 게 죽기보다 괴로워 스스로 목숨을 끊는 사람들이 있다는 걸 설명하기란 정말이지 쉽지 않다. 자살이란 단어가 의미하는 바를, 그런 일이 적잖이 벌어지는 사회에 살고 있다는 걸 좀 늦게 알았으면 하는 바람도 있었다. 게다가 이번에는 아이들과도 간접적으로 관련되어 있는 죽음, 초등학교 안에서 발생한 일이었다.

　그 교사가 죽음을 결심한 주요 원인이 학부모 민원이라는 게 알려

지자 동료 교사들이 분개했다. 다른 교사들의 죽음도 드러났다. 사십구재를 앞두고 현장 교사들이 '공교육 멈춤의 날'을 제안하고 국회 앞에 모이기로 했다. 많은 학교가 재량 휴업을 계획했지만 정부가 추모 집회를 교사들의 불법 집단행동으로 규정하면서 속속 철회하고 있는 분위기다. 아직 재연이 학교는 휴업을 철회하지 않았지만 얼마나 버틸 수 있을진 모르겠다. 그날을 앞두고 담임선생님이 편지를 보내오신 것이다. 저마다 생각이 다를 학부모를 대상으로 무슨 말이든 꺼내기가 쉽지 않았을 터이다.

많은 이들이 선호하는 직업군으로 여겨졌던 교사 집단이 실은 학부모의 과도한 민원과 직간접적인 폭력 상황에 놓여 있었다는 사실이 내게는 낯설었다. 본질적으로 학생이나 학부모를 쉬이 비난할 수 없는 교사의 자리에 대해서도 헤아려 보게 된다. 교사에게 하키채로 얻어맞는 게 예사였던 학창 시절을 경험해서인지 교권 추락이라는 말을 들을 때마다 머리로는 이해가 갔지만 잘 와닿지 않았다. 짧은 사이, 교육 현장은 달라져 있었다. 사건 이후 봇물 터지듯 쏟아지는 사례들이 그걸 증명하고 있다. 어떤 이들은 소비자주의로 이번 사건을 해석한다. 학생과 학부모는 소비자고 학교는 그 소비자를 만족시키는 공간이어야 한다는 인식이 널리 퍼져 있다는 것. 그러니 소비자를 만족시키지 못한 교사에게 갑질을 해도 된다는 걸까?

실은 학교뿐만이 아니다. 공공 기관이든 자영업 현장이든 언론사든 악성 민원인을 당해 내기는 쉽지 않다. 최근 몇 년, '민원'이야말로 시대정신이 아닌가 싶을 정도로 모두가 '항의'에 골몰하는 것 같다. 자신의 '권리'라고 생각하는 것이 침해당했다고 느낄 때 그것을 가능하게 하기 위해 타인이 무엇을 해야 하는지는 안중에도 없다. 문득 어디서든 쉽게

볼 수 있는 게시글 제목이 떠올랐다. '제가 예민한 걸까요?'

　팬데믹을 거치는 동안 다소 실망감을 늘어놓기도 했지만 학교는 아이들이 타인과 부딪히며 소통과 갈등을 경험하고 넘어졌다가도 다시 일어날 수 있는 거의 유일한 공간이다. 아이들의 성장을 일관성 있게 독려할 수 있는 기관이기도 하다. 여차저차 한 인격체로 성장할 수 있었던 나부터가 공교육의 엄청난 수혜자라고 생각한다. 달리 기댈 데가 없는 우리 부부 같은 입장에서도 공교육이 희망이다. 선생님이 보낸 편지의 마지막 구절처럼 난망해 보여도 어떤 회복을 바라는 수밖에 없다.

　교육에 관한 의제는 다루려고 보면 늘 어렵다. 문제에 대한 진단도 해결책도 제각각이다. 이렇게 저렇게 생각을 해보다 다시 한번 젊은 교사의 죽음이 떠올라 한숨이 나왔다. 그저 학교에 안 가도 된다는 사실에 기뻐하는 아이들에게 무슨 말을 어디서부터 해줘야 할지, 이번에는 정말이지 잘 모르겠다.

타이밍

　간만에 이연이 손을 잡고 등굣길을 함께했다. 아이가 갑자기 걸음을 멈췄다. 같은 반 아이를 발견한 것 같았다. 이연이는 밖에서 아는 친구를 만나면 굉장히 의식을 한다. 인사를 하는 대신 내 등 뒤로 숨어 버린다. 속도를 높여 뛰어서 지나쳐 버리기도 한다. 이연이가 바라보는 쪽을 나도 함께 바라보며 같은 반이냐고 물었더니 고개를 끄덕이며 그 친구에게 장애가 있다고 했다. 어릴 때는 장애라는 말이 어렵게 느껴져 우리끼리 '도움이 필요한 친구'로 표현하곤 했는데 아이가 먼저 그렇게 지칭한 건 처음이었다. 이연이가 말했다.

　"쟤가 부러워."

　"왜?"

　"공부 안 해도 되잖아."

　말문이 막혔다. 그 친구의 서사를 모르고 함부로 짐작해 말해 줄 수도, 그렇다고 긍정할 수도 없는 노릇이었다. 누가 들으면 너 공부 엄청 하는 줄 알겠다고 얼버무리고 출근하는 길, 너무 늦지 않게 뭔가 설명해야겠다고 생각하다 기시감이 들었다.

　얼마 전 겪은 일이 생각났다. 인사동 나들이에 나섰다가 야외에 설치된 놀이 공간을 발견했다. '장애인과 비장애인이 함께 놀 수 있는 놀이터'라는 설명이 붙어 있었다. 재연이는 흥미가 없는지 한발 물러서 있고 이연이가 블록을 쌓았다 무너뜨렸다 하며 한참 신나게 놀았다. 조금 뒤 집에 가려는데 주최 측에서 이용 후기를 묻는 설문지를 내밀었다. 그 중 이런 항목이 있었다.

놀이터에 장애인이 있으면 어떤 생각이 드십니까?

1. 이상하다

2. 상관없다

놀이터를 이용한 이연이에게 설문 내용을 읽어 주고, 말하는 대로 답을 체크했다. 위의 문항과 맞닥뜨린 이연이는 씩씩하게 외쳤다. "1번 이상하다!" 관계자가 옆에서 듣고 있었고 어쩐지 민망해졌다. 가정교육에 실패한 느낌이었달까.

"이상하긴 뭐가 이상해. 같이 어울리는 게 자연스러운 거지."

이연이 의사와 상관없이 2번에 체크를 하고 가볍게 타박을 했다. 그 자리를 모면하기 위한 행동이었는데, 집에 돌아오면서 설문의 목적이 올바른 답을 맞히는 데 있는 게 아니라 실제 아이들이 어떻게 느끼는지 실태를 파악하는 데 있다는 생각이 들었다. 내 시선에서 일을 '처리'한 것이다.

그때도 이연이에게 장애인과 비장애인이 한데 섞여 노는 게 왜 이상한 게 아니라 자연스러운 일인지 설명하리라고 마음을 먹었는데 미뤄 두다 오늘에 이르렀다.

남편과도 상의했으나 우리 둘 다 어떻게 설명해야 할지 확신이 없었다. 이럴 때는 책의 도움을 받는 수밖에 없다. 전자책 구독앱에 들어가 언젠가 담아 둔 『사양합니다, 동네 바보 형이라는 말』을 클릭했다. 기자였던 저자 류승연은 결혼 후 쌍둥이를 임신했고 조산하는 과정에서 장애아를 낳았다. 장애인을 만나면 어떻게 대해야 할지 모르는 비장애인들을 위해 '동네 바보 형'이라는 제목의 글을 인터넷에 연재해 호응을 얻었다.

　그는 지적 장애 판정을 받은 아들의 서툰 학교생활 때문에 '죄송하다, 미안하다'는 말을 반복한 나머지, 다른 학부모에게 너무 그렇게 저자세가 아니어도 된다는 충고를 들을 정도였다. 그런 행동이 아들을 위험인물로 낙인찍는 데 일조했다는 걸 깨닫고 새로운 학년이 되자, 반 친구들을 위해 편지와 사탕을 준비했다. 아이의 말투를 빌려, 아들이 처한 상황을 아주 상세하게 적어 내려갔다.

　장애아를 낳고 키우는 부모의 영상을 볼 때나 책을 읽을 때 그들이 겪고 있는 일이 내 일상이 될 수도 있었다는 생각을 한다. 안도했다는 의미가 아니다. 내가 될 수도 있었던 엄마의 자리에 시선이 머문다. 저자는 아이 반의 일일 학부모 교사가 되어 반 친구들을 만날 때면 "장애인과 너희는 서로 다를 뿐이야"라고 말하는 게 아니라 "장애는 누구에게나 올 수 있는 거야. 우리 모두 언제든 장애를 가질 수 있는 예비 장애인이야"라고 말해 준다고 한다. 그래야 장애인을 바라보는 시각이 달라질 수 있다고 생각했기 때문이다.

　나 역시 조금 다를 뿐이라고 아이들에게 설명한 적은 있지만 그저 '좋은 말 대잔치'에 그칠 때가 많았다. 그만큼 피상적이었다. '도움이 필요한 친구'라는 말도 일방적인 시선이 담긴 표현이라는 걸 최근에야 깨달았다. 며칠 뒤 넌지시 그날의 얘기를 꺼냈다. 이연이의 대꾸에 다시 한 번 말문이 막혔다.

　"아니 뭔 소리야. 나 그런 적 없는데?"

　타이밍이란 무엇인가.

엄마와 우산

비가 와도, 오지 않아도 재연이 가방에는 항상 작은 오리 무늬 우산이 들어 있다. 갑자기 비가 올 때 쓸 수 있도록 항상 들려 보낸다. 비가 오더라도 나나 남편이 마중을 가기는 어렵기 때문이다. 그리고 이유가 하나 더 있다.

어린 시절의 기억이 거의 없는 편인데 한 가지 선명한 장면이 있다. 초등학생 때다. 수업 중 갑자기 비가 쏟아졌고 하교할 때까지 그치지 않았다. 심상치 않은 빗줄기였다. 교문 앞에 우산을 가지고 나온 학부모들이 하교하는 아이들의 얼굴을 확인하느라 바빴다. 대부분 엄마들이었다.

그날따라 엄마가 없었다. 적당한 수준이면 맞고 가거나 뛰어갈 텐데 장맛비를 연상케 하는 굵은 빗줄기였다. 처마 밑에서 그치기를 기다렸지만 한참이 지나도 그대로였다. 학교 앞 공중전화 부스로 뛰어들어 집에 전화를 걸었다.

"엄마, 비 오는데 우산 좀."

엄마는 피곤하고 졸린 기색이었다.

"많이 와? 꼭 가야 돼?"

그때 너무 많이 오니 와달라고 했으면 엄마가 집을 나섰을 텐데 나는 왠지 마음이 상해서 괜찮다며 전화를 끊고 비를 쫄딱 맞으며 집에 갔다.

어릴 적 그렇게 비를 정면으로 맞게 된 날에는 '에라 모르겠다' 하는 마음이 되어 온몸이 젖은 채 살짝 해방감이 들 때도 있었는데 그날은 왠지 서러웠다. 집에 가니 엄마가 놀라며 그 정도면 나오라고 하지 그랬냐고 오히려 나를 나무랐다.

'그러니까, 내가 오죽했으면 전화를 다 했겠냐고.'

젖은 가방에서 젖은 필통을 꺼내며 생각했다. 나는 좀체 투정 부리는 법이 없었는데 말이다. 거절당했다는 감각이 나를 압도했던 것 같다. 아빠는 나와 한 작은 약속도 잘 지키는데 엄마는 호떡 뒤집듯 말을 바꾸는 데 대한 불만도 머릿속에서 같이 터져 나왔다.

부모님은 앞장서서 나를 이끄는 편은 아니었으나 도움을 요청할 때 흔쾌히 손을 잡아 주는 그런 분들이었다. 많이 넉넉하진 않아도 결핍이라는 걸 상기할 겨를 없이 사랑받았다고 생각하는데 비 오는 날의 이 기억만큼은 왜 선명할까?

부모의 호의라도, 그게 기꺼운 게 아니라고 느껴질 때는 도움을 요청하기가 꺼려진다. 요즘 엄마의 불만 중 하나는 내가 육아든 뭐든 힘들 때 자신한테 어려움을 토로하거나 도움을 구하지 않는다는 거다. 독립한 성인이니 당연한 일이지만 실은 그런 성숙한 마음 때문이 아니다. 내 필요보다 당신 사정이 우선한 날들의 경험이 쌓여 나의 태도가 완성되었을 것이다.

엄마가 살림을 도맡는 주 양육자였기 때문에, 가끔 한 번 뭘 사주기로 약속하며 환심을 샀던 아빠보다는 인심을 잃기 쉬웠다는 것도 이제는 안다. 나조차 아빠에 대해서는 훨씬 관대했고 엄마는 엄마라서 자주 불만족스러웠다. 게다가 내 사정이 허락해야 아이에게 관심을 기울이는 건 — 이건 어찌 보면 인지상정 아닌가 — 내가 더한 것 같기도 하다.

언제 한번 우산 일화를 꺼냈더니 엄마가 "너네는 꼭 엄마 나쁜 점만 기억하더라"라고 대꾸해 '것도 그러네' 싶었다. 엄마가 준 수많은 끼니와 안락한 잠자리와 조건 없는 애정은 공기 같은 거여서 거의 기억에 남아 있지 않고, 그날의 기억만 가지고 투정을 부리는 것 같았다. 어느 날 재연이와 이연이가 내게 그런 말을 하면 뭐라고 답할까? 나 역시 엄마처럼 볼멘소리를 할지도 모른다.

　이연이는 작은 우산이 쿨하지 않다며 — 큰 우산이 쿨하다는데 이유는 모르겠다 — 지니고 다니길 거부해 갑자기 비가 내릴 때 도와줄 방도가 없다. 정 도움이 필요하면 주변 어른들에게 도움을 청하겠지, 눈앞에 안 보이니 느긋한 심정이 된다. 엄마인 나보다 피아노 선생님의 걱정이 하늘을 찌른다. 오늘도 이런 문자가 왔다.

　"어머님, 밖에 비가 많이 오네요. 우리 이연이 우산 챙겨 갔지요?"

부자 엄마 가난한 엄마

이연이는 내 겨드랑이를 파고들어 냄새 맡기를 좋아한다. 내 손안에 얼굴을 부비며 애교를 떨기도 한다. 개나 고양이와 함께 살아 본 적은 없지만 이런 느낌이 아닐까 싶을 때가 있다. 오늘도 품에 안기는 이연이를 꼭 안아 주며 물었다.

"이연아, 이연이는 엄마가 엄마라서 좋겠다."

그랬더니 말했다.

"아닌데."

"그럼 어떤 엄마가 엄마였으면 좋겠어?"

곰곰이 생각하는 얼굴이 되었다. 친구 엄마들을 떠올리는 것 같았다. 누구 엄마 얘기가 나올까 기대하며 답을 기다리는데 서우 엄마라고 했다. 요즘 거의 교류가 없는 아이의 엄마였다. 일곱 살 때 그 집에 놀러 간 적이 있었다. 다녀온 이연이가 말했다.

"이층 침대도 있고 장난감도 완전 많아. 걔네 집 부자야."

다음번에 그 친구를 우리 집에 초대하자고 하니 절대 안 된다며 만류했다. 우리 집에는 장난감이 별로 없다는 이유였다.

"우리가족이돈을마니가져서부자가대면좋겠어요달님."

이연이가 추석을 앞두고 학교에서 써낸 소원이다. 이연이는 요즘 자주 묻는다.

"우리 집 부자야? 우리는 거지야?"

"우리 집 돈이 얼마 있어?"

"1억도 없어? 그럼 우리 거지 되는 거야?"

아이스크림을 고를 때도 얼마냐고 묻고는 싼 걸 사겠다고 해 그냥 먹고 싶은 걸 고르라고 하는데, 200원 차이로 비싸다며 호들갑을 떤다. 빼빼코보다 비싼 구구콘을 고른 언니에게 한마디 할 때도 있다. 그러면서도 문구점에 들르면 그중 가장 값나가는 로봇 장난감에 정신이 팔린다. 200원은 아까워도 2만 원에는 관대한, 신박한 셈법이다.

이연이가 아는 사람 중 최고 돈부자는 우리 엄마다. 할머니네 가면 용돈을 받고 먹고 싶은 걸 먹을 수 있고 백화점 옷을 선물로 받는다. 할머니의 인심은 항상 넉넉했다. 게다가 외삼촌은 닌텐도 게임기와 게임팩을 선물하고 각종 게임을 맘껏 하게 해준다. 할머니네 들렀다 집에 갈 때면 받은 용돈으로 뭘 할지 구상한다. 그날 받은 돈을 그날 다 써야 하는 것처럼 조급하다.

"엄마, 지금 당장 마트 가야 해."

늘 자기 용돈의 권리를 주장하며 과도한 소비를 강행해 아빠와 부딪힐 때도 있다.

"아빠가 번 돈도 가족들하고 같이 쓰는데 네가 받은 돈을 무조건 네가 다 써야 하는 건 말이 안 돼."

얼마 전 함께 보던 방송에서 기초생활수급에 대한 이야기가 나왔다. 아이들이 그게 뭐냐고 물었다. 설명을 해주니 이연이가 대뜸 이렇게 말했다.

"역시 돈이 최고야."

"돈이 최고는 아니야." 당황한 나는 힘주어 말했다.

"봐봐, 돈이 없으면 힘들잖아."

돈을 삶의 우선순위에 두었을 때 벌어질 부작용을 설명했지만 전혀 와닿지 않는 눈치였다. 모두의 출발선이 같은 게 아니고, 그러니 사회적으로 배려가 필요하다는 나의 말은 '돈이 없으면 피곤하다'는 명제 앞에 맥을 못 췄다.

재연이도 얼마 전부터 우리 집이 얼마냐고 묻는다.

"친구가 그러는데 우리 집이 ○억이래."

나도 모르는 시세를 대서 깜짝 놀랐다. 그 친구의 부모님이 부동산 중개 일을 하신다고 했다. 초등학생들끼리 집값 얘기를 한다는 게 좀 놀라웠고 엉겁결에 사실은 다 은행 거라는 말이 튀어나왔다. 그 뒤로는 이연이가 가정 형편을 물을 때마다 재연이가 나서서 이야기한다.

"은행에 빌린 돈을 갚아야 해서 돈 없어."

왜 부자가 되고 싶냐는 질문에 이연이는 갖고 싶은 장난감을 맘껏 살 수 있기 때문이라고 했다. 서우 엄마가 엄마였으면 싶은 이유와 같았다. 재연이와 이연이는 갖고 싶은 게 엄청 많고, 거기엔 1000원짜리가 있는가 하면 20만 원짜리도 있다. 슬라임이든 포켓몬 카드든 화석 발굴 키트든 무언가 소비한 결과물로 시간을 보낸다. 이게 바로 소비가 취향이 된다는 요즘 아이들의 정서인가. 스스로 인터넷 검색을 하게 된 뒤로는 요구하는 물품의 목록이 더 세밀하고 다양해졌다. 재연이는 이제 자신이 얼마짜리를 획득할 수 있는 타이밍인지 살피기 시작했다.

그런 아이들에게 엄마의 지갑 인심은 늘 아쉽다. 아이가 불안을 느낄 정도로 인색하게 굴었나 싶어 돌아보면 그건 아니다. 그런데 왜 어린애가 '돈 돈 돈' 할까.

가격이 나가는 건 특별한 날 사주려고 하지만 하루 종일 들들 볶일 때는 지고 말 때도 있다. 갖고 싶은 게 생길 때마다 은근한 신경전이 벌어진다. 때로는 애교를, 때로는 떼쓰기를, 때로는 반복적 언어 공격 — 성공률이 제일 높다. 지쳐서 사주게 된다 — 을 펼치는데, 원하는 걸 쟁

취할 때도 있지만 아무것도 얻지 못한 채 '엄마의 화'만 득템하기도 한다. 그전에 벌인 신경전 때문에 큰돈을 쓰고도 아이와 나 둘 다 기분이 상할 때도 있다. 문득 어릴 때 좀처럼 지갑을 열지 않았던 부모님 덕분에 소액 결제가 생활화된 남편이 떠올랐다.

행복은 유난스럽게

엄마는 늘 가족들의 생일을 기억하지 못했다. 생전의 아빠는 물론 나와 오빠, 당신의 생일도 마찬가지였다. 내가 다른 가족들의 생일을 상기시킬 때마다 깜빡했다고 하는데, 다음 해가 되어도 마찬가지였다. 다른 가족들은 기억을 했다 못 했다 어떤 부침이라도 있었다면, 엄마는 한결같았다.

그런 엄마가 재연이의 생일 오후, 아무도 없는 집에 다녀가셨다. 저녁 약속이 있어 일하는 중간에 잠시 들렀다고 했다. 퇴근하고 돌아오니 냉동실에 아이스크림 케이크가 들어 있었다. 식탁에는 재연이가 갖고 싶었던 말랑이 만들기 재료와 돈 봉투가 놓여 있었다. 재연이만 선물을 주면 이연이가 섭섭할 테니 그 돈으로 꼭 장난감을 사주라고 했다.

손주의 생일은 기억하는 걸까. 그럴 리가 없는데…… 알고 보니 재연이가 먼저 할머니에게 연락을 한 것이었다. 자기 생일이라는 걸 알리고 원하는 선물까지 주문한 거다.

나는 재연이의 행동에서 큰 깨달음을 얻었다. 특히 생일을 기억하지 못한다고 꽁해 있느라, 쿨한 척하느라 무수히 많은 기회(?)를 날렸다는 사실을! 엄마도 밝은 목소리로 말했다.

"나는 재연이가 먼저 그렇게 말해 줘서 얼마나 고마운지 몰라."

재연이처럼 모두가 보는 달력에 빨간색으로 동그라미를 열 번씩 칠해야 했던 것이다. 생일 몇 달 전부터 그날만 기다리는 사람처럼 직진해야 할 일이었다. 남편은 일하는 장모를 무리해서 다녀가게 한 걸 두고 유난이라며 재연이를 흘겨보았지만 나는 마음껏 요구하는 태도가 오히려 좋아 보였다.

그리고 문득 깨달았다. 가족들 모두가 생일을 기억하지 못한 때에도 내 마음속 가시가 유독 엄마를 향했다는 사실을 말이다. 가정 안에서 엄마에게 요구되는 수백 가지 역할 중 가족의 생일을 기억하고 챙겨 주는 일이 있었을 것이다. 상차림을 하고 마음을 쓰는 자체로 에너지가 드는 일인데 그런 집안의 대소사가 생일 말고도 얼마나 많을까. 가정을 꾸리고 아이를 키워 보니 비로소 그런 사정이 눈에 들어왔다.

친구들과 가족에게 다이어리 과자 스티커 키링 르세라핌 앨범 등등을 받은 재연이가 가장 흡족한 선물은 아빠의 손편지였다. 그동안 아빠의 편지를 받아 본 적이 없었다. 항상 엄마가 쓰고 '엄마아빠가'라고 썼다면서, 단독의 발신자를 요구했다. 정확한 내용은 모르지만 아빠의 'ㅎㅎㅎ' 가득한 편지에 감동받은 눈치였다. 아빠가 인심을 얻는 것이 2020년대에도 이렇게 쉬울 일인가! 이연이도 할머니 덕분에 동네 문구점에서 '변신 슈퍼 팔찌'를 획득해 신이 났다.

생일날 아침, 전날 밤 끓여 둔 미역국을 데우고 메추리알 장조림을 만든 뒤 콩나물을 무쳐 갓 지은 밥과 함께 차려 주었다. 늘 계란볶음밥 단일 메뉴였다가 반찬이 세 가지로 늘어서 감동받은 눈치다. 이만큼 오느라 수고한 나, 그리고 이제 내 콧등까지 키가 닿은 재연이를 응원하며 함께 밥을 먹었다.

재연이의 학교생활

요즘 재연이가 부쩍 자주 이야기하는 같은 반 친구가 있다. 재연이 말에 따르면 ○○은 하루에 한 번은 꼭 선생님께 혼이 난다. 수업 분위기와 상관없이 큰 소리로 웃기도 하고 때론 친구에게 욕을 하거나 시비를 건다고 했다. 재연이는 "하고 싶은 걸 다하는 성격"이라고 표현했다. 얼마 전에는 체육 시간에 피구를 하기로 했는데, 반 친구에게 욕을 해서 선생님이 그걸 듣고 훈계하느라 한 시간이 그냥 갔다고 한다. 성적인 표현이 들어간 욕설에 화가 난 담임선생님은 교장선생님께 말씀드려야 할 일이라며 "전에는 본 적 없는 화"를 내셨다고 했다.

재연이가 특히 힘들어하는 이유는 그 아이와 짝이 되었기 때문이다. 한 달에 한 번 짝을 바꾸는데 두 번이나 그 아이와 짝이 된 것. 반 아이들 절반이 자신의 소지품을 하나씩 내고 나머지 아이들이 그 물건을 골라서 짝이 되는데 그 애와 물건 취향이 겹치는가 보다. 선생님한테 혼이 난 아이가 바로 옆에서 험한 말로 중얼거리는 걸 듣다 보면 마음이 불편하다고 했다. 더러 의자나 책상을 차기도 하는 모양이었다.

"하지 말라고 해봤어?"

"아니."

"왜 안 했어? 스트레스 받는다며."

"걔가 나 싫어할까 봐. 그리고 나한테 욕을 할 수도 있어."

남편은 당장은 아니어도 다음번 짝 바꿀 때 참고가 될지 모르니 쉬는 시간에 선생님께 직접 조용히 이야기해 보라고 조언했다. 재연이는 한참 고민하는 얼굴이었다.

그러고 잊고 있었는데, 어느 날 물어봤더니 선생님께 말하지 않았다고 했다. 그것조차 재연이의 선택이었다. 내색하지 않고 그 시간을 견디는 데서 얻어지는 무언가가 있겠지. 그래도 집에 올 때마다 울상인 아이를 보면 마음이 쓰였다.

얼마 뒤 재연이가 밝은 얼굴로 짝이 바뀌었다고 말했다. 직접 말하는 대신 재연이가 선택한 방법은 글이었다. 한 달에 한 번 짝꿍과 지낸 소감을 적어 내는 시간이 있는데, 그때 자신이 받은 느낌을 솔직히 표현했다고 한다. 듣고 보니 그것도 좋은 방법 같았다.

"써내고 나니까 좀 후련해?"

"괜히 한 것 같아. 어차피 한 달 지나서 짝꿍 바뀌는데."

"그래도 마음을 표현한 거잖아. 선생님이 네 마음을 알게 되었다는 건 큰 차이지."

"응. 쉬는 시간에 복도에 있는데 선생님이 어깨를 살짝 치고 가셨어. 내 생각 알았다고 하면서."

고학년이 되면서 재연이는 교우 관계를 통해 다양한 갈등 상황을 경험하는 것 같다. 얼마 전에는 반에서 친한 친구들끼리 나눈 이야기가 다른 아이 귀에 들어가 곤란해졌다며 말을 전한 친구와 다시는 놀지 않겠다고 눈물을 보였다. 아이들끼리 한 뒷담화가 당사자에게 흘러 들어간 모양이었다. 간만에 닭똥 같은 눈물을 떨구길래, 뒷담화 하지 말라는 훈계보다 그냥 안아 주는 걸 선택했다. 그런데 며칠 뒤 학교생활 후기를 재잘거리는 재연이의 입에서 그 아이 이름이 나왔다.

"너 걔랑 안 논다며?"

"아, 그랬는데…… 이제 놀아."

재연이가 계면쩍은 웃음을 보였다. 눈물과 함께 보였던 강력한 다짐은 간 데 없었다. 슬플 때 금세 눈물을 떨구다가 기쁠 때 반달눈이 되는 건 빈도는 줄었어도 여전하다. 가끔 뭔가 속은 느낌이 들기도 하지만 그렇게 투명하게 순간의 진심을 보여 주는 게 부모로서 어쩐지 안심이 된다. 같이 있으면 마음이 불편하다던 ○○와도 좀 편해졌는지 하굣길에 우연히 그 아이와 동행하며 주고받은 이야기를 들려주었다. 여전히 험한 말을 구사하지만 그 애가 축구를 잘한다는 걸 알게 됐다. 또다시 싸우더라도 친구와 어긋난 관계를 회복하게 되어 다행이다.

두 아저씨

동네 어귀의 솥뚜껑 삼겹살집은 우리의 단골 가게다. 특히 이연이가 고기 기름에 구운 떡을 사랑해서 틈만 나면 가자고 한다. 재연이와 단둘이 일본 여행을 다녀올 때도 삐친 이연이에게 우리가 없는 동안 솥뚜껑 삼겹살집 2회 방문을 약속하면서 달랠 수 있었다.

오늘 저녁 삼겹살집에 가는 길, 이연이가 넌센스 퀴즈를 냈다.

"아몬드가 죽으면?"

"다이아몬드."

"왕이 넘어졌다를 두 자로 하면?"

"킹콩."

"세상에서 가장 뜨거운 복숭아는?"

"천도복숭아."

"신하가 왕에게 마지막으로 한 말은?"

"바이킹."

문제를 내는 족족 재연이가 맞혀서 이연이가 아쉬워했다. 기발한 답변을 듣다 나 혼자 자지러졌다.

삼겹살집 주인아저씨는 무뚝뚝한 편이다. 불친절한 것과는 다르다. 그 점이 우리를 편안하게 한다. 아는 티를 내면 왠지 좀 부끄러워하는, 내향인 가족이기 때문이다. 그래도 우리를 알고 계시는구나 느낄 때가 있다. 얼마 전 퇴근길, 내가 먼저 혼자 가서 주문을 하고 남편과 아이들을 기다리는데 아저씨가 다가와 말했다.

"포크 드릴까요?"

나를 보고 이연이를 읽어 내는 능력, 이것이 단골의 맛인가.

오늘도 떡사리를 주문하고 이연이와 재연이에게 반씩 나누어 줬다.

돌아오는 길 손을 잡고 걷던 재연이가 유독 나에게 몸을 밀착했다. 왜 그런지 물었더니 설명을 하지 않다가 한참 뒤에 어떤 아저씨 때문에 기분이 나빴다고 했다. 왜 그런지 끝내 자세히 설명하지는 않았다.

얼마 전에도 횡단보도를 건너는데 어떤 할아버지가 다가와 팔을 쓰다듬고 갔다는 얘길 한 적이 있다. 전에도 비슷한 일을 한참 지나서 말하길래 이유를 물었더니 왠지 말하면 안 될 것 같았다고 했다.

어릴 때 생각이 났다. 초등학생 때 만원 지하철에서 어떤 남자가 내 엉덩이를 만졌다. 난 그날 집에 가서도 엄마한테 곧바로 말하지 못했다. 내 잘못도 아닌데 어쩐지 말하면 안 될 것 같았다. 어떤 젊은 여성이 낯선 촉감에 당황해 굳어 버린 나를 그 자리에서 빼내 자기 앞에 세웠다. 비로소 안도했고 그제야 손을 뻗어 오빠를 찾았다. 어떤 면에서 최초의 기억이다. 여자라면 누구나 떠올릴 수 있는 경험들, 재연이에게도 그런 것들이 시작되고 있다고 생각하니 화가 치민다.

밥과 빵

오전 7시, 재연이가 안방으로 건너와 자고 있는 우리를 물끄러미 쳐다보는 시선이 느껴진다. 엄마를 깨우다 답이 없으면 아빠를 깨운다.

"나 뭐 먹고 가?"

아침 메뉴를 묻는 것이다. 재연이는 아침 '밥'을 중시해 먹을 게 변변찮거나 자기 취향이 아니면 예의 그 토라진 얼굴이 된다. 메뉴를 몇 가지 제안해도 거절하면, 한번쯤 식사를 걸러도 된다고 말할 때도 있는데 그러면 속에 안 좋다며 볼멘소리를 한다.

이연이는 아침에 '밥'을 먹지 않는다. 시리얼이나 빵을 찾는다. 토스트기에 식빵이나 바게트를 넣고 잼을 발라 우유와 주면 끝이고 시리얼은 더 간단하다.

재연이는 밥을 좋아하면서도 만만한 된장찌개나 우엉조림, 멸치볶음 같은 건 안 먹고 간식으로도 빵을 싫어한다. 이연이는 재연이는 안 먹는 반찬을 좋아하고 크루아상을 제일로 친다. 또 재연이는 칸초나 빼빼로 같은 단 과자를 좋아하고, 이연이는 감자칩이나 나초칩 같이 짠 과자를 좋아한다. 만화를 볼 때도 취향이 달라 자주 "엄마~ 이연이가~" "엄마~ 언니가~" 하면서 각자 자기가 보고 싶은 것만 본다고 이르러 온다. 이제 다르다는 사실을 자연스럽게 받아들이지만, 처음 키울 때는 참으로 신기했다.

둘의 동거인인 나는 그렇게나 다른 두 아이 덕분에 취향 부자의 삶을 지향하면 좋겠지만 그냥 일이 늘어 귀찮을 때가 훨씬 많다. 그런 둘이 의기투합할 때는 피자와 치킨을 먹을 때, 그리고 목욕 시간이다. 목욕물을 받아 놓고 비누 거품을 잔뜩 풀어 놀이를 할 때는 서로 기분이 좋아 깔깔깔 웃음소리가 끊이질 않는다. 문을 닫으면 무섭다고 살짝 열어 놓기 때문에 훈훈한 열기와 달뜬 분위기가 집안을 따뜻하게 덥힌다. 즐거움이 넘치는 나머지 볼륨을 조절해 줘야 할 때가 많지만 그래도 함께 하며 즐거운 일이 있어서 다행이다.

어제도 욕조 물이 미지근해질 때까지 몸을 담궈 손가락이 쪼글쪼글한 아이들을 간신히 달래 밖으로 내보내고 뒷정리를 하는데 뭔가 발에 밟혔다. 욕조에서 갖고 논 장난감이었다. 트리케라톱스 피규어와 키티가 그려진 조그만 플라스틱 가방. 한눈에도 어떤 게 이연이 것이고 재연이 것인지 짐작할 수 있었다. 공룡과 키티처럼 전혀 다른 캐릭터를 가진 아이들, 의외로 어울리는 조합일지도 모르겠다.

아이의 취향

    같은 아파트에 사는 서은이 엄마가 옷을 한 꾸러미 들고 나왔다. 아이가 커서 못 입게 된 옷들이었다. 버리기 아까운 꼬까옷이 정말 많았다. 대부분 원피스고 티셔츠도 블링블링했다. 이연이가 입으면 맞겠지만 하나도 가져오지 못했다. 이연이 취향이 아니어서다.

    이연이는 언제부턴가 치마를 입지 않는다. 치마가 아니어도 핑크색이 섞여 있으면 질색한다. 잘 어울려서 몇 차례 설득해 입히기도 했는데 결국엔 몸을 비비 꼬며 그날 일정을 소화하기 어렵게 만들어 이제 시도도 하지 않는다. 일곱 살 때 머리를 묶고 치마를 입은 어느 주말, 횡단보도에 섰는데 건너편에서 같은 반 친구를 발견하고는 화들짝 놀라며 내 뒤로 숨었다. 친구가 반가워 인사하는데도 아이는 나오질 않았다.

    친구들 앞에서는 보여 주고 싶은 모습이 따로 있는 것 같다. 아이들 취향이 바뀌기도 한다기에 혹시나 싶어 재연이가 입었던 치마들을 그냥 두고 있었는데 몇 년째 자리만 차지해 어느 날 큰맘 먹고 처분했다.

    이연이는 여전히 파란색을 좋아한다. 옷을 살 때는 슈퍼맨, 피카추 같은 캐릭터를 고른다. 스파이더맨이 그려진 가방, 칼과 화살, 공룡, 로봇 장난감을 선호한다. 재연이와 너무 달라서 신기하기도 한데, 취향이 또 너무 확고하게 사회가 구획한 남자아이의 전형이라 진짜 자신의 취향인 건지 갸웃할 때가 있다. 시간이 지나면서 핑크와 파랑으로 구분할 수 없는 자신만의 세계가 열리겠지만 아직은 온몸으로 그것이 좋다고 말하는 아이를 존중하는 수밖에 없다. 재연이는 최근 분홍의 세계와 작별하며 중학년으로 접어들고 있다.

얼마 전 이연이에게 옷을 갈아입으라고 했더니 또 한세월을 보내고 있었다. 뭐가 마음에 안 들어 그런가 방에 가봤더니 옷장 문을 열고 티셔츠를 스캔하고 있다. 나를 보더니 물었다.

"치마는 없어?"

나는 잘못 들었나 싶어 다시 물으니 치마를 찾는 게 맞단다.

"안 입는다기에 정리했지. 치마 입고 싶어?"

어떤 대답을 할지 고민하는 눈치였다. 평소 난리를 치며 거부한 기억이 있어서 바로 답하는 게 염치없는 일인 줄 아는 걸까? 내가 먼저 물었다.

"치마 사줄까?"

"응. 편식하지 않을 거야."

애들이 뭘 사달라고 하면 보통은 생각해 보자고 하는 내가 이번엔 금세 마음이 기울었다. 이어 그런 마음이 든 나 자신에 살짝 놀랐다. 아이가 남들 하는 대로 따라가는 풍경에 안도하는구나!

사촌동생의 결혼식 날, 이연이가 하나 남겨 둔 치마를 입었다. 흰색 스타킹도 신었다. 예식과 식사까지 비교적 긴 시간이라 마음이 조마조마했지만 벗겠다고 하지 않고 잘 버텨 주었다.

"두두두두두……."

집에 오자마자 스타킹을 허물 벗듯 벗어 버리고 입으로 실감나게 총소리를 내는 이연이를 보며 새 치마를 사주는 건 역시 미뤄야겠다고 생각했다.

이상한 나라의 허이연

어린이 연극을 보러 애들 일곱, 엄마 다섯이 출동했다. 추운 혜화동 거리를 꽤 오래 걸었지만 여럿이 함께라서 그런지 평소와 달리 투덜대지 않았다. 친구들 사이에 있으면 이연이가 또 다르다. 친구들을 웃기고 싶고 장난치고 싶은데 어른들의 주목은 받기 싫은 모습이 역력하다. 그 모습을 보는데 문득 내 어릴 때 얼굴이 스쳐 갔다. 엄마와 어릴 때 모습이 비슷하다고 했더니 내게 다가와 안기며 물었다.

"엄마도 어릴 때 건조했어?"

피부가 건조하다고 자주 로션을 바르라고 했더니 하는 말이다. 웃으며 "그래, 엄마도 건조했어" 답했다.

"이얏! 용서하지 않겠어! 찹찹~~ 척척~~ 큭! 억!"

이연이는 장난감 칼을 휘두르며 이런 소리를 매일 낸다. 어제도 계속해서 뭔가를 휘두르다 갑자기 내게 "허이연의 나라"가 있다고 했다. 그 나라 이름이 "방뿡□△○△△"라고.

아무렇게나 지어내는 기색이 역력해 한 시간 뒤에도 그 이름을 기억하겠냐고 했더니 그렇단다. 정말 한참 지나 물어봤더니 역시나 까먹었는지 되레 나한테 자신이 뭐라고 했는지 기억하냐고 되묻는다.

갑자기 허이연의 머릿속에 있는 가상의 나라가 궁금해졌다. 그곳엔 누가 살고 어떤 법이 있는 걸까? 그걸 알면 이연이를 좀 더 이해할 수 있게 될까?

허이연 나라의 국왕 허이연은 요새 정말 백성 없는 나라의 왕처럼 제멋대로다. 며칠 전에는 집을 나갔다. 하도 말을 안 듣길래 그럴 거면 나가 살라고 하고 싶었지만, 차마 그 말은 못 하고 엄마는 같이 살기 어려우니 다른 집에 데려다 줘야겠다고 했다. 그러자 이연이가 현관으로 가더니 주섬주섬 신발을 신었다.

"어디 가?"

"나가라며…….."

독심술이 있었나 보다. 한참 뒤에도 안 들어와 재연이한테 나가 보라고 했더니 1층까지 가봤는데 없다고 전화가 왔다. 단전에서부터 깊은 빡침이 올라왔다. '나를 망치러 온 나의 구원자'가 또다시 활동을 재개했구나.

조금 지나 재연이가 들어왔다. 그 뒤로 눈물 콧물로 얼룩진 얼굴의 허이연이 있었다. 밖을 서성이다 들어오는 길이었단다. 어딜 가려고 했냐고 물어보니 단지 내 도서관에 가려고 했단다. 카드키가 있어야 들어갈 수 있는데 허세는.

이연이에게 마음이 힘들다고 해서 그렇게 나가는 건 아니라고 야단을 치고, 엄마도 아무리 화가 나도 그런 식으로 이야기하진 않겠다고 하자 그제야 안심하고 '앙!' 울면서 내 품에 안겼다.

남편한테 이날의 일을 설명하니 자기도 어렸을 때 엄마가 야단치면 약 올리려고 도망간 적이 많았다며 미안하단다. 이연이가 하는 짓을 보며 남편이 자주 사과한다. 나는 뭔 죄냐 싶다가도 남편을 선택한 원죄 아니겠나 싶다.

소용돌이의 시간

　지난 주 암 진단을 받았다. 건강검진에서 이상 소견을 받은 지 5개월 만이다. 유방에 뭐가 보인다고 해서 추가 진료를 예약했는데 대형 병원이라 초음파검사를 기다리는 대기 인원이 너무 많았다. 일단 예약은 유지해 두고 대기가 필요 없는 다른 병원을 찾았다. 거기선 별도의 조직 검사는 필요 없다고 했다. 그리고 얼마 뒤 확실히 해두는 게 좋을 듯해 원래 예약해 둔 검사를 진행했다. 이번엔 조직 검사를 권했다.

　검사 결과를 들으러 간 날, 의사가 같이 온 남편에게 나와 무슨 관계냐고 물을 때부터 예감이 좋지 않았다. 역시 암이었다. 초기인 데 비해 권하는 처방이 좀 충격적이었다. 예방 차원에서 암세포가 없는 쪽을 포함해 양쪽 가슴을 다 절제하고 보형물을 넣자고 했다.

　그리고 일주일, 소용돌이의 시간을 지나는 중이다.

　홍제천 앞 오래된 단독주택에서 요가 수업을 받다 물구나무 선 채 창밖의 나무를 바라보았다. 처음에는 몰랐지만 나뭇잎이 계속해서 흔들리고 있었다. 내 몸과 마음처럼.

　그 가운데서도 시간은 잘도 흘렀다. 주말에는 남편 선글라스를 맞추고, 마트에서 회와 해물탕거리를 사고, 아이들 침대 시트도 바꾸고, 키즈카페에도 가고, 때때로 함께 깔깔거렸다. 재연이가 독감에 걸려 학교에 알리고 미리 밥을 해서 냉장고에 넣어 둔 뒤 학원 일정을 조율했다. 그리고 틈틈이 혼자가 될 때마다 멍해졌다.

　엄마한테 말하는 게 가장 어려웠다. 자식이 암이라고 할 때 부모는 어떤 심정일까. 모두가 알아도 엄마는 몰랐으면 좋겠다고 생각했다. 주말 아침 떨리는 마음으로 엄마한테 갔다. '전 절제' 같은 얘기는 빼고 별 것 아닌 것처럼 떠들었더니 엄마가 말했다.

"수술 말고 레이저로 치료하면 안 돼?"

허탈했다. 상황을 너무 축소해 설명했나 보다.

집에 돌아왔는데 저녁때가 다 돼 웬 현관벨이 울렸다. 문을 열어 보니 양손 가득 장바구니를 든 엄마의 눈에 눈물이 그렁그렁했다. 주변에 연락을 돌려 보고는 마침내 별거라는 걸 알게 된 눈치였다. 병이 내 잘못은 아니지만, 왠지 미안했다. 한참 뒤에 들은 얘기지만 엄마는 돈 빌리러 온 줄 알았단다.

세상에 엄마, 내가 그런 염치없는 캐릭터였어?

물론 그편이 더 나았을 것이다.

삶의 유효함을 자각한 이들이 으레 그렇듯 나는 아이들에게 더 친절해졌다. 카페에서 음료를 기다리는 동안 테이블 위에 우쿨렐레 장난감을 본 이연이가 쳐봐도 되냐고 물었다. 보통 때 같으면 안 된다고 했을 텐데 허락했다. 마침 나오는 기타 선율에 맞춰 이연이가 연주하는 시늉을 하며 눈을 감았다. 우리는 그걸 보며 낄낄댔다. 평소 음료를 주문할 때면 애들 걸로는 하나만 사서 색이 다른 빨대를 두 개 꽂아 줬는데 오늘은 아이스쵸코를 각자 하나씩 사주었다. 너그러워진 엄마 때문에 아이들 표정도 밝아졌다.

이연이가 『산다는 건 뭘까?』라는 그림책을 또랑또랑 읽어 내려가

다 내게 말했다.

"엄마는 사는 게 힘들어 보여."

"왜?"

"항상 졸잖아."

그래, 나는 항상 조는 엄마, 사는 게 힘든 엄마. 그래서인가, 암에 걸린 이유가……

때때로 내가 아무것도 아니라고 생각했다. 아이들을 키우며 그래도 누군가에게 필요한 존재라는 사실에 안심했다. 암 진단을 받고 나니 살아 있는 것만으로도 살아갈 이유가 충분하다는 걸 알겠다. 아이들을 보면서 그랬다. 흉내만이 아니라 언젠가 정말 기타를 배우고 싶다는 이연이가 진짜 연주하는 모습을 볼 수 있을까. 그런 종류의 생각을 되풀이하며 마음이 약해진다는 건 이런 거구나…… 깨닫고 있다.

옷장을 열었다. 입을 만한 옷이 없었다. 목이 늘어나고 보풀이 다닥다닥한 낡은 옷가지들을 보며 왜 이렇게 아등바등 살았나, 갑작스레 회한이 들었다. 색 바랜 티셔츠를 버리려고 내놨더니 이연이가 엄마 냄새를 맡아야 한다고 도로 침대로 가져가 안고 잤다. 내 냄새가 뭔지는 몰라도, 좋다고 해주니 고마웠다. 아빠 옷을 준다고 하니 땀 냄새 때문에 싫단다.

남편의 일상은 부쩍 피폐해졌다. 진단을 받고 병원 앞 아무 식당에 들어가 먹은 백반은 반찬 재활용의 흔적이 역력했다. 소주를 한 병 시키길래 화를 내며 주문을 취소한 뒤 갈치조림과 함께 밥 한 공기를 야무지게 비우고 각자의 회사로 돌아갔다. 생각보다 남편이 의연해 보여 다행이라고 생각했는데 그날 밤 설거지를 하며 흐느끼는 게 보였다. 가만히 등을 보듬으며 어수선했을 마음을 어루만졌다.

    나의 병이 안 그래도 바쁜 회사 일로 피폐한 그의 일상에 건조함을 더할 텐데 걱정이다. 시간이 빠르게 흘러, 이 순간을 담담히 되돌아보게 되면 좋겠다.

몸 튼튼 마음 튼튼

미국에 계신 은사님한테서 메일이 왔다. 한국에 있는 어느 뮤지션의 연락처를 알아봐 달라는 내용이었다. 글을 청탁하고 싶다고 했다. 이어진 긴 글에 그 이유가 담겨 있었다.

선생님의 친구는 1년 전 이태원 참사에서 딸을 잃었다.

그날 이후 매주 토요일 오전이 되면, 한국에 있는 친구에게 주말 일정을 물어보는 것이 선생님의 주요한 주말 일정이 되었다. "친구로서 할 수 있는 유일한 일"이었기 때문이다. 고인이 된 친구 딸의 생일에는 다른 친구들과 마음을 모아 주머니 사정이 넉넉하지 않은 청년들에게 저렴한 한 끼를 제공하는 협동조합에 하루치 밥값을 기부했다. 그렇게 '친구 딸의 생일상'을 차렸다.

첫 기일에는 편지글을 모아 문집을 만들기로 한 모양이다. 고인과 동명의 뮤지션에게 글을 부탁하고 싶은데 최근의 흔적을 찾을 수 없어 나에게까지 연락이 닿은 것이다. 문집에 실릴 고인의 친구가 쓴 편지 몇 장을 보는 것만으로도 가슴이 내려앉았다. 1년 전 생각이 났다. 실제가 아닌 것 같던 그 밤, 그 장면들.

선생님은 고3 때 내 담임이다. 얼핏 보면 무서운 인상이지만 항상 학생들 편이었다. 학창 시절 선생님 운이 좋은 편이었다. '스승'이라는 단어가 어울리는 선생님들을 많이 만났다. 재연이와 이연이가 서로 자신의 선생님이 더 예쁘다고, 더 친절하다고 자랑할 때마다 나는 고3 담임을 떠올린다. 졸업식 날, 화려한 한복을 차려입고 와 반 아이들을 한 명씩 꽉 안아 주며 뒤돌아보지 말고 앞으로 가라고 말씀하시던 선생님.

앞길이 막막할 때마다 앞으로 가야 하는데 어떡하지 생각하다 결국 뒤돌아서서는 선생님께 연락을 드리곤 했다. 미국으로 이민을 가신 뒤로는 간간이 메일로 연락을 주고받고 있다.

얼마 뒤 직장으로 책이 여러 권 배송됐다. 발신자를 보니 낯익은 이름이다. 선생님이었다. 우리 아이들에게 읽혔으면 좋겠다며 책을 선물로 주셨는데 인권, 철학, 글쓰기 등 여러 주제를 쉽게 풀어 쓴 시리즈였다. 애석하게도 재연이와 이연이는 전혀 흥미를 보이지 않았다. 내가 읽고 구두로라도 전해 줘야겠다. 몸 튼튼 마음 튼튼. 아주 옛날부터 선생님이 메일에 자주 쓰는 안부 메시지다. 몸 튼튼 마음 튼튼. 그게 얼마나 어려우면서 소중한 안부인지 이제야 깨닫고 있다.

절제의 방식

처음 암 진단을 내린 의사의 처방이 좀 과한 것 같아 병원을 바꿨다. 급한 마음에 되도록 빨리 수술을 하려고 했지만 아무리 생각해도 잘 이해가 되지 않았다. 그는 양쪽 가슴을 다 절제하면 최소 5년을 복용해야 하는 호르몬 억제제를 먹지 않아도 된다고 했는데, 내가 약의 부작용을 물었더니 "이혼을 많이 해서 문제"라고 했다. 갱년기 증상이나 불면증 같은 약의 부작용에서 연유한 결과를 빗댄 것이겠지만 좀 의아했다. 가족 같으면 어떻게 하겠냐고 물으니 남자라 솔직히 모르겠단다. 나는 이 의사를 계속해서 믿고 가긴 어렵겠다고 결론지었다.

병원을 바꿔 새로 만난 의사는 당장 필요한 정보만 일목요연하게 알려 주고는 마지막에 반드시 궁금한 게 있냐고 물었다. 처음에는 병변이 있는 오른쪽 가슴의 일부만 절제하면 될 것 같다고 했는데 MRI 등 추가 검사를 해보더니 넓게 제거해야 해서 가슴 모양이 푹 꺼질 것 같다며 전 절제를 권했다. 암세포가 있는 쪽 가슴을 전부 잘라 내고 보형물을 넣는 방식이다.

유방외과 담당의는 성형외과 진료를 잡아 주었다. 진료실에서 세 차례나 앞섶을 풀어헤쳤다. 기름진 머리의 인턴들이 초점 없는 눈으로 내 가슴을 바라봤다. 성형외과 의사는 소견이 왔다 갔다 했다. 처음에는 부분 절제를 권했다. 그러면 한쪽 가슴이 작아지는데 수술하지 않은 가슴을 나중에 축소하는 게 어떻겠냐는 제안이었다. 어안이 벙벙했다. 이유는 미용상 그게 보기 좋다는 것. 내가 너무 당황스러워하자 원하면 전 절제도 할 수 있다며 결국 내 '선택'이라고 결정을 미뤘다.

　　미용 목적의 축소 수술은 생각도 안 해본 옵션이었다. 공교롭게도 두 남자 의사에게 공통적으로 들었던 말이 "애매하다"였다. 한 의사는 내 나이가 애매하다고 했다. 조직 검사 방식을 선택할 때였다. 젊으면 비싸도 흉터가 적은 총생검을 하라고 권하겠고 나이가 많으면 흉터가 남지만 비용이 저렴한 절개 생검을 하라고 할 텐데 나이가 이도 저도 아니라 "애매하다"는 것이었다. 난 그냥 빠른 쪽을 택했다. 성형외과 의사는 내 가슴을 원래 크기로 복원하기에는 미적으로 "애매하다"고 했다.

　　암에 걸리기에 '애매한' 나이라는 것도 있을까. 이차성징이 시작된 이후부터 내내 거추장스러웠던 나의 유방은 끝내 장식품으로도 '부적격 판정'을 받고 말았다.

　　결국 내 선택이었다. 병을 진단하고 치료하는 것까지 모든 결정을 병원이 해왔는데, 갑자기 선택권이 내게 넘어왔다.

　　완전히 없애면 재발률이 낮아질까? 그렇다면 고민할 필요가 없을 텐데, 이론상 그것도 아니고 그냥 미용상 차이일 뿐이라고 했다. 아무래도 가슴이 남아 있으면 재발 때문에 불안할 것 같은데, 그렇다고 전 절제를 하는 건 어쩐지 마음에 걸렸다. 주말 안으로 결정해야 했다. 한 시간 단위로 갈팡질팡했다.

　　옷을 갈아입다 문득 재연이와 이연이한테도 이제 털어놔야겠다는 생각이 들었다. 마침 며칠 전, 오랜만에 <금쪽이>를 보는데 아이가 엄마를 암으로 잃었다는 내용을 본 터였고 그래서 암이 뭐고 암에 걸리면 죽느냐고 이연이가 질문한 다음이었다.

　　나는 '암'이라는 단어를 쓰지 않고 설명해 보기로 했다.

　　"엄마 가슴에 나쁜 게 생겼는데 그걸 수술해서 없애야 한대."

　　"그래서 계속 병원 얘기를 했구나?"

재연이가 고개를 주억거렸다. 요즘 재연이는 내게 어디가 아프냐고 자주 물었으나 자세히 설명해 주지 않아 궁금해하던 차였다.

"근데 엄마가 고민이 있어."

"뭔데?"

"나쁜 게 좀 넓게 퍼져 있어서 그냥 가슴 전체를 다 잘라 내고 말랑이 같은 걸 넣어서 나머지 가슴이랑 똑같이 만들 수 있대. 그게 아니면 모양이 푹 꺼져도 그냥 잘라 내기만 할 수도 있고. 선택하라고 해서 고민돼."

"많이 잘라 내면 어떻게 되는데?"

"가슴이 짝짝이가 되지. 한쪽은 이렇게 딱 붙고 한쪽은 원래대로 축 처지는 거야. 크기가 달라져서. 어때?"

내가 한쪽 가슴을 확 올려 모으자 말이 끝나기도 전에 그 모습을 본 이연이가 자지러졌다. 짝짝이가 된 가슴을 강조하는 모양새가 우스웠나 보다.

"엄마 가슴이 이렇게 완전히 다르면 목욕탕이나 워터파크 갔을 때 좀 창피하지 않을까?"

깔깔거리는 이연이에게 물었더니 "완전 웃겨 엄마" 하고 웃음을 멈추지 못했다. 나도 함께 웃었다. "엄마 가슴에 상처가 있으면 목욕탕에서 일행 아닌 척할 거 같은데"라고 꼬집어 말하니 재연이가 부인하지 않고 활짝 웃었다.

재연이는 일부만 절제하라고 했다. 몸에 말랑이 같이 인공적인 뭔가를 집어넣는다는 게 잘 상상되지 않아 그러는 것 같았다. 결정을 내리지 못한 덕분에 병과 수술에 대해 자연스럽게 얘기를 꺼낼 수 있었다.

재연이 말 때문만은 아니지만 부분 절제를 하기로 했다. 아니 어쩌면 재연이의 말 때문일지도 모른다.

초기니까 괜찮을 거라고 다들 나를 안심시켰지만 진단을 받은 날부터 읽고 보는 모든 것에서 유방암으로 소중한 사람을 잃었다는 얘기가 나왔다. 유방암 환우들의 온라인 커뮤니티를 드나들며 이런 선택이 가능하다는 사실이 그래도 복이고 다행스러운 일이라는 걸 깨닫는다.

유전의 확률

한 사람을 상실하는 데 걸리는 시간은 얼마일까. 수술을 사흘 앞두고 아빠의 제사가 있었다. 상에 놓인 아빠 사진을 보는데 마음이 쿵 내려앉았다. 단정한 손톱, 가지런한 이, 부리부리한 코, 두터운 입술, 부푼 눈 밑 지방, 나를 바라보던 걱정스러운 눈빛. 금세라도 어디선가 아빠가 나타날 것 같았다.

아직도 상실이 진행 중이구나 깨닫는다. 십 년째 아빠를 잃는 중이다. 내 눈 밑 다크서클이 서서히 지방살로 변하는 걸 보면서도 아빠를 떠올린다. 암에 걸린 걸 안 뒤로 디엔에이를 탓하며 아빠를 원망해 보기도 했다. 그걸 듣던 오빠가 유방암도 아빠 탓이냐고 물었다.

"응 이게 다 아빠 때문이야. 엄마는 왜 아빠랑 결혼했어. 엄마의 건강한 유전자는 어디로 갔어."

그러면서도 그리웠다. 소식을 듣고 나만큼이나 놀랐을 고모들 얼굴도 오랜만에 봤다. 고모가 사다 준 장어를 꼭꼭 씹어 먹으며 막연한 두려움도 함께 삼켰다.

수술을 앞두고 가장 마음 졸였던 때를 꼽으라면 브라카 검사 결과를 기다리는 시간이었다. 결과가 좋지 않으면 아이들이 유방암에 걸릴 확률도 높아진다고 했다. 만일 결과가 나빴다면 출산을 두 번이나 감행한 자책감으로 좌절의 늪에서 벗어나기 힘들었을 것 같다.

입원 전 일주일은 아이들과 자주 목욕탕에 갔다. 한동안, 아니 어쩌면 다시는 못 갈 것 같았다. 인사동에 가서 재연이가 하고 싶어 하던 오르골 만들기 체험도 했다. 매일같이 검색창에 '아이와, 체험' 키워드를 입력했다. 개학을 앞두고 일기를 몰아 쓰듯 방학을 축약해 보려 애썼다. 아이들이 어릴 때 아픈 엄마를 경험하는 게 어떤 영향을 미칠지 가늠이 되지 않았다. 평소보다 더 자주 아이들과 한 침대에 누워 잠을 청했다. 문득 혼자가 되었을 때 재연이가 만든 오르골의 태엽을 감았다. <마녀 배달부 키키>의 OST 멜로디가 흘러나왔다. 끝으로 갈수록 속도가 점점 느려졌다. 태엽을 감고 또 감으며 이대로 영영 음악이 끝나지 않으면 좋겠다고 생각했다.

암 수술 ____

아침을 일찌감치 먹고 평소처럼 아이들을 돌봄교실에 보내며 꼬옥 안아 주었다. 열흘 뒤에나 볼 거라고 생각하니 품에서 떠나보내기 싫었다.

입원 수속을 하러 병원에 갔다. 수술 설명회를 먼저 들으라고 했다. 배우자와 함께 온 환자가 많았는데 의료진이 하는 얘기를 꼼꼼하게 받아 적는 이들이 눈에 띄었다. 특히 수술 후 후유증에 대한 설명이 나오니 한층 집중하는 눈치였다. 어제까지 격무에 시달리다 이제 막 휴가를 시작한 옆자리 내 파트너를 지그시 바라보았다.

팔짱을 낀 채 졸고 있었다. 숙면에 가까워 보였다. 코를 골지 않아 다행이다. 나중에 그 얘기를 하니 이미 다 찾아봐서 아는 내용이라고 당당했다. 입원한 병동의 창밖으로 대학 교정이 한눈에 들어왔다. 오후의 햇살을 받아 평온해 보였다. 마침 재연이에게 전화가 왔다. 보이는 풍경을 전해 줬더니 "공부 잘해야 가는 대학?" 하며 알은 체를 했다. 그날 밤, 보호자 침대에 누워 코를 고는 남편 옆에서 나도 금세 잠이 들었다.

다음날, 수술 위치를 정하느라 긴 침을 가슴에 꽂는데 지난번 조직검사 때와 마찬가지로 또 정신을 잃었다. 이유는 모르겠지만 일종의 쇼크 상태였던 것 같다. 지난번보다 회복이 더뎌서 이대로는 수술을 못 할수도 있다고 했다. 나 때문에 다른 일을 하던 간호사들도 어디선가 달려왔고 다른 환자들의 대기도 지연되어 마음이 불편했지만 이대로 수술을 못 하면 아이들 곁으로 돌아가는 날이 늦춰진다는 생각 때문에 정신을 붙들어 맸다. 간신히 해냈지만 침대에 실려 병실로 돌아왔다. 수술 전부터 험난했다.

이번엔 두꺼운 바늘을 손등에 꼽아야 할 차례. 두 명의 간호사가 다섯 번을 찌른 끝에 성공했다. 매번 아팠으나 내색은 안 했는데 나중에 보니 왼쪽 손등부터 팔목까지 부어서 시푸르뎅뎅했다. 병실에서 대기할 남편과 인사를 나누고 누군가 끌어 주는 이동식 침대에 누워 수술실로 향했다.

수술실에 들어가기 앞서 환자들이 잠시 머무는 대기실. 춥고 외롭고 막막한 가운데 누운 자리에서 딱 맞춤한 천장에 성경 구절이 적혀 있었다.

Do not fear for I am with you
두려워하지 말라. 내가 너와 함께하리라.

심호흡을 했다.

간호사가 흔들리는 치아가 있는지, 수술 부위는 어디인지 물었다. 수술실에서도 두어 차례 같은 질문을 받았다. 이동식 침대에서 수술대로 옮겨지는 동안 의료진끼리 주고받는 사담이 들려왔다.

"나 패드가 필요한데 사물함을 아무리 뒤져도 없더라고요."

"그거 다른 방에서 본 것 같은데. 저쪽 방 캐비닛에서."

"내가 헷갈렸나? 어느 방인데요?"

일상적인 대화에 오히려 마음이 편해졌다. 나에겐 생이 걸렸지만 이들에게는 흔한 일상이다. 오늘 아침 해낸 양치질처럼 익숙하게 마쳐 주겠지 하는 생각에 어쩐지 안심이 되었다. 준비가 끝나자 담당의가 나타났다. 아침 일을 전해 들은 모양이었다.

"이제 괜찮으시죠? 시작할게요. 자고 일어나면 금방 끝나 있을 거예요. 궁금한 거 뭐 없으세요?"

"없습니다. 잘 부탁드려요."

암세포가 있는 부위를 도려낸 뒤 "남은 걸 잘 추슬러" 모양을 잡아보겠다며 안심을 시켰다. 주사기에 마취제가 들어가자 맨소래담이 핏속에 들어가는 것처럼 화한 느낌이 들었다.

눈을 뜨니 다시 그 대기실이었다.

몸이 으슬으슬하고 속이 불편했다.

"숨 쉬세요. 더 더 크게. 더 크게 들이마셔야 해요."

간호사가 나를 깨우며 다그쳤다. 최선을 다해 숨을 쉬고 병실로 돌아와 남편의 얼굴을 봤다. 갑자기 마음이 놓여 눈물이라도 날 줄 알았는데 마취가 덜 깨서인지 아무 생각이 안 들었다. 다만 지난 몇 년, 두 아이의 보호자가 되었다는 사실만 넘치도록 감각해 왔는데, 한 명의 보호자를 얻기도 했다는 게 실감났다.

두 시간가량은 잠들면 안 된다고 했지만 약기운 때문인지 계속 졸음이 쏟아졌다. 언제 졸았는지도 모르겠는데 나를 깨우는 소리가 들렸다.

"지영, 자면 안 돼."

"아직 아니야. 조금 있다가 자, 응?"

다 귀찮고 그냥 잠들고 싶었다.

전신마취의 부작용으로 속이 계속 울렁거렸다. 의료진이 몇 차례 상태를 살피러 왔다. 수술 부위를 살핀다고 간호사가 내 환자복 상의를 들췄는데 그 모습을 지켜보던 남편의 눈시울이 붉어지는 게 보였다. 겁이 덜컥 났다. 간호사가 간 뒤 나도 울음이 터지기 직전의 목소리로 물었다.

"상처가 그렇게 흉해? 가슴 푹 꺼졌어?"

"뭐래. 수술 받은 게 실감 나서 그러지. 밴드 붙여 놔서 상처는 보이지도 않아."

수술 부위에 연결된 배액관 — 피나 고름 같은 걸 빼내는 얇은 관이 조그만 플라스틱 주머니와 연결돼 있었다 — 을 본 거였다. 내 말에 남편 눈물이 쏙 들어갔다.

하루 업무를 마친 교수가 퇴근을 앞두고 병실에 들렀다. 가운을 벗고 일상복에 백팩을 맨 모습이 여느 직장인 같아 보였고, 다시 한 번 '아, 이건 정말 일상이구나' 하는 생각이 들었다. 그러나 한가한 생각이었다. 곧 처참한 심정이 되었다. 수술은 잘 됐는데 — 의사들은 대체로 이렇게 말한다. 뒤에 나오는 말이 진짜다 — 잘라 낸 부분과 맞닿은 부위에서 비정형 세포가 나왔다고 했다.

"그게 혹시 암세포일 수도 있어서 결과가 나쁘면 재수술을 해야 합니다."

잘 이해가 안 갔지만 "재수술"이라는 단어는 선명하게 들렸다. 정신을 차리고 처음 들은 말이 재수술 가능성이라니!

'비정형 세포'가 뭔지 검색해 봤다. 암의 전전 단계쯤 되는 세포로 보통 같으면 떼어 내는데 내 경우 유두 바로 아래 있어서 떼어 내면 유두까지 절제해야 했다고 한다.

'아니 그럴 거면 보호자는 왜 있는 거야? 수술 중이면 보호자와 상의해 떼버리면 되지…… 사람 목숨이 달렸는데.'

원망스러운 마음이 들었다. 그렇게 심란한 마음을 다독이고 있는데 전공의가 다가와 묻는다.

"내일 퇴원하셔야죠?"

대형 병원은 자비가 없었다. 암 덩어리를 떼어 낸 나는 수술 다음날 퇴원해야 했다. 퇴원 날 아침 간호사가 무표정하게 나의 배액관을 당겼다. 그 순간 갑자기 엄청난 고통이 밀려들었다.

"아픕니다."

눈물 콧물 다 짜며 정말 흉하게 울었다. 수술 전후를 통틀어 가장 아팠다. 진통제를 급하게 삼키고 쫓기듯 병원을 나섰다.

병원 앞 교차로에 우리 차가 멈춰 섰다. 신호등이 바뀌자 수많은 인파가 바쁘게 어디론가 향했다. 문득 내가 저들 사이에 속해 있지 않다는 사실을 깨달았다. 내 손이 닿지 않는 아주 먼 곳에 일상을 두고 온 것 같았다.

요양병원

　요양병원은 서울 변두리, 재개발에 찬성하는 주민의 비율을 알리는 현수막이 큼지막하게 걸린 동네에서 유일하게 멀끔한 건물이었다. 하얀 시트와 베개가 뽀송뽀송해 보였고 창가 앞이라 시야가 트여 있어 마음에 들었다. 회복이 덜된 몸을 좀 더 추스르기 위해 찾은 곳이다.

　첫날, 마취제 부작용인지 계속 속이 안 좋았다. 유기그릇에 담긴 8첩 반상의 음식 냄새도 거슬렸다. 특히 반찬으로 빠지지 않는 동치미 냄새가 너무 강력해 입에 댈 수 없었다. 속 가라앉는 약을 처방 받고 내리 잤다. 다음날도 잤다. 이틀쯤 지나 정신을 차린 나는 그제야 같은 병실 사람들에게 인사할 수 있었다.

　약 기운에 취해 비몽사몽 하는 동안에도 옆 자리 환자의 통화 음성이 간간이 들렸다. 주로 초등학생 아들과의 통화였다.

　"2시까지 학원 가는 거 알지?"

　"저녁은 뭐 먹을래? 엄마가 배달시켜 놓을게."

　"오늘 일정 다시 한 번 확인할게. 영어 간 다음 어디라고? 아니 그게 아니라……."

　나는 잠결에도 '대체 남편은 뭐하고……'라고 중얼거렸던 것 같다. 나중에 들어 보니 유방암 수술을 하고 방사선치료를 받는 동안 요양병원에 입원한 분이었다. 남편으로 추정되는 이와의 통화도 이어졌다.

　"음식은 거기 올려 뒀으니까 챙겨 먹고"

　"애 학원 가야 하니 아침 9시에 맞춰서 보내고"

　집에서 몸만 빠져나왔을 뿐 '집사의 노동'을 그대로 수행 중인 것 같았다. 언젠가 들은 얘기가 생각났다. 암 환자들이 많이 가는 요양병원에 입원한 중장년 여성들은 밥을 안 차려도 된다는 사실에 일종의 해방감을 느낀다고 한다. 요새는 수술 직후 혹은 항암이나 방사선 등 여러 치료를 받는 동안 약해진 몸을 추스르고 원활하게 치료를 따라갈 수 있도록 요양병원에 가는 경우가 적지 않다. 삼시 세끼 밥을 차리기는커녕 누가 그걸 차려 주니 얼마나 다른 삶일까. 물론 가족 끼니에 대한 염려는 그대로라 병원에서 배달앱을 켜야 하는 지경이지만 말이다.

여성 전용 요양병원이라 모두 여자였다. 20대로 보이는 환자들은 갑상선암 수술을 받은 이들이었다. 나머지는 유방암과 자궁암, 그중에서도 유방암이 압도적이다. 머리카락이 없어도, 유난히 짧아도, 길어도 자연스러운 곳이다. 허투양성, 삼중음성, 온코검사 등 내가 모르는 단어가 난무해 유방암 카페를 검색했다. 유방암도 유형이 다양한데 내 조직검사지를 보고 나의 타입에 대해서 가늠할 수 있었다.

오전엔 거의 숨쉬기 운동에 가까운 요가, 오후엔 산책, 때때로 족욕, 안마 의자를 오가는 와중에 면역 주사를 맞고 혈압을 재고 어쩌고 하면 하루가 금방 갔다. 컨디션을 회복하고 나니 역시 '남이 해준 밥'은 꿀맛이었다. 아이들과 통화하며 하루 일과를 전해 듣고 나면 해가 졌다.

긴 밤이 찾아오면 마음이 뒤숭숭해졌다. 재수술을 하는 게 아닌지 심란했다가 최종 기수가 높아져 항암을 하는 건 아닐까 걱정을 하다가 차라리 재수술이 낫겠다고 말도 안 되는 생각을 하다 보면, 잠이나 자는 게 최고인데 이미 너무 늦은 시각이었다. 밤에만 찾아오는 손님이 있는 것 같았다.

그사이 요양병원의 비하인드와 이모저모 사연도 전해 들었다. 유치원이 있던 자리에 요양병원을 지었다는 저출산의 상징 같은 일화였다. 한 언니가 병원에서 겪은 일을 이야기해 주었다. 여름에 수술하고 입원

을 했는데 같은 병실의 환자가 오한이 있다면서 계속해서 에어컨을 껐
다고 한다. 다른 환자들과 합의해 온도를 정해 두었는데도 안중에 없었
다. 외과 수술 후엔 쾌적한 온도가 중요한데 그 일로 실랑이를 하다가
상처가 못나게 아물어 그 자국을 볼 때마다 속이 상하다고 했다. 그러면
서 말했다.

"좋은 사람은 아파도 여전히 좋은 사람인데 이기적인 사람은 아프
면 더 이기적으로 변하는 것 같아요."

인생에서 어떤 절망의 시기를 겪고 있다는 공통점을 갖고 있지만
각각 처한 상황과 병환의 깊이가 달랐다. 어떤 시기보다 강한 생의 의지
를 가진 사람들 사이에도 갈등이 내려앉았다.

좀 더 있을까 하다가 아이들이 보고 싶어 일주일 만에 퇴원을 했다.
퇴원 전 엄마가 먹고 싶은 게 없냐고 열 번 넘게 물어 와 간신히 도토리
묵이라고 답했는데, 집에 가보니 나물 반찬만 있었다. 엄마가 해놓은 나
물을 꺼내 먹으며 그래도 역시 집이 좋구나 생각했다. 여전히 수술 부위
에 배액관을 달고 있어서 아이들이 보지 못하도록 옷을 껴입었다. 시각
적으로 좀 충격적일 듯해 그랬는데 눈 밝은 재연이에게 결국 들켰다. 안
을 때 오른쪽 가슴이 몸에 닿을까 신경 쓰는 아이들 때문에 미안하고 고
마웠다.

재연이는 퇴원 기념으로 핸드크림과 틴트와 편지를 준비해 나를 감
동시켰다. 편지엔 엄마 수술을 앞두고 걱정이 돼서 사실은 혼자 우는 때
가 많았다고 적혀 있었다. 짠하면서도 그런 마음을 숨기지 않아 다행이
었다.

내가 없는 사이에도 아이들의 일상은 똑같이 흘러가야 했다. 수영
레슨이 제일 걱정이었는데, 엄마가 없으면 수영모와 물안경 쓰기가 어

렵다고 하던 재연이가 마음에 걸렸다. 나중에 들어 보니 같은 시간에 아이를 수영장에 보내는 시우 엄마가 수영복을 입고 벗고, 씻고, 머리 말리는 것까지 다 도와주었단다. 또 누군가의 호의로 엄마가 부재한 아이들의 시간이 채워졌다. 시우 엄마에게 문자를 보냈다. "고마워, 퇴원하면 내가 더 잘할게."

아이들이 잠든 뒤 이연이가 쓴 일기를 읽었다. 거기에도 수술하던 날의 흔적이 남아 있었다.

1월 3일 수요일 / 바람이 쌩쌩 부는 날
집에 가니 엄마가 없었다.
대신 할머니가 있었다.
할머니가 말했다.
엄마는 가슴 수술을 받으러 병원에 갔다고 말하셨다.
……
오늘 밤에 송촌에 갔다.
엄마는 가지 못했다. 아시왔다.
엄마가 없으니 뭔가 허전했다.
그래도 고기를 맛있게 먹었다.

배달의 맛

"합죽이가 됩시다 합."

아이들 모두 '합'을 따라 외치며 고요해졌다. 그 뒤로도 몇 차례, 목소리가 커질 때마다 매번 효과가 있는 주문이었다. 이연이 친구의 생일 파티 자리. 어수선함을 정리해 보려고 아이 엄마가 궁여지책으로 쓴 방법이었다. 왠지 찜찜해 집에 와 사전을 찾았다. 합죽이는 "이가 빠져서 입과 볼이 움푹 들어간 사람을 낮잡아 이르는 말"이었다. 되도록 쓰지 말아야겠다 싶었다. 아이들에게 어떻게 설명해야 할지 난감했지만 함께 자려고 누웠을 때 말을 꺼냈다. 이연이에게 물어보니 선생님도 쓴다고 했다. 누군가를 비난하지 않으면서 그 말의 부적절함을 설명하기가 난망했다. 난이도로 따지면 최상이었다. 길어서 탈이지만 조곤조곤 설명 잘하는 남편을 호출하고 싶었으나 마침 집에 없었다.

되도록 비껴가려는 내게 이연이가 묻는다.

"그럼 엄마는 그 엄마를 비난하는 거야?"

"아니 그게 아니고, 엄마 어릴 때도 그렇고 지금도 많이 쓰는데 어떤 사람들을 배려하지 않고 차별하는 말이기 때문에 되도록 안 쓰는 게 좋을 것 같아서. 워낙 대부분이 익숙하게 많이 써왔기 때문에 쓰는 사람더러 나쁘다고 말하는 건 아니야."

내가 말하면서도 앞뒤가 안 맞았다.

"그러니까 그 엄마를 나쁘게 말하는 거냐고."

다시 한 번 쉽게 설명해 주었으나 다음날 이연이가 쓴 일기를 보고 망했다는 걸 깨달았다.

친구 생일 파티에 갔다.

과자와 젤리를 먹었다.

우리가 시끄러웠는지 이모가 합죽이가 됩시다! 라고 외쳤다.

잘 때 엄마가 합죽이는 차별하는 것이라고 하지 말라고 했다.

나는 그 말을 하지 않겠다고 마음속에 속삭였다.

틀린 말은 아니지만 그 긴 이야기가 이렇게 요약되다니! 복잡한 일을 단순 명쾌하게 설명하기는 쉽지 않다. 우리 집 애들은 세 마디만 넘어가도 집중력이 흩어지기 때문에 전략을 세워야 한다. 실컷 떠들어도 아이들 뇌리에 남는 건 누가 나쁘고, 누가 선하다는 것 정도다. 가르쳐 주지 않아도 좋고 나쁜 걸 잘도 가른다. 선거 때 누구를 뽑았냐고 묻길래 대답해 줬더니 어느 틈에 다른 후보가 '나쁜 할아버지'가 되어 있었다. 나의 시각이 주입된 것 같아 그 뒤로는 비밀이라고 말한다.

딜레마는 계속됐다. SPC 계열사 공장에서 끼임 사고가 발생한 뒤 불매운동이 일면서 우리의 포켓몬빵 구매 시도도 중단됐다. 집 앞 편의점에 밤 9시면 애어른 할 것 없이 슬금슬금 모여 편의점 직원의 인솔 아래 가위바위보로 승자—공급량이 하도 딸려 보통 한두 명이다—를 결정하는 전장(!)에 매일같이 참여해 온 아이들은 하루아침에 이를 불허하자 동공이 흔들렸다. 나름대로 설명을 해주었고 애들도 일단 받아들이는 듯했지만 배스킨라빈스 아이스크림까지 불허 리스트에 오르자 적잖이 실망한 눈치였다. 나로선 아이들의 생떼 동인이 하나 사라진 셈이라 호재였는데, 그런 나도 금세 느슨해졌다. 모바일 쿠폰 선물이 들어왔고 누군가 선물로 아이스크림 케이크를 사다 주는 일도 잦았다. 몇 달이 지나자 전반적으로 경계심이 풀렸다. 이제는 가위바위보 대전 없이도 구할 수 있는 포켓몬빵을 보고 재연이가 큰 눈망울로 나를 쳐다보면 '한 번인데, 그래……' 하는 마음이 돼 버린다. 역시 일관성을 지키는 게 가장 어렵다.

쿠팡의 경우도 예외는 아니어서 배달 노동자들의 노동조건을 오랫동안 취재해 온 남편을 포함해 우리 가족은 어느 순간부터 이용하지 않고 있었다. 아이들이 어떻게 알고 로켓배송을 시켜 달라고 할 때 안 되는 이유를 설명하며 과로사 하는 노동자들에 대해 이야기했던 것 같다 (그다지 친절한 설명은 아니었던 모양이다).

조금 불편해도 마트가 가까이 있기 때문에 아쉬울 게 없다고 생각했는데 착각이었다. 수술을 마치고 집에 온 어느 날부터 나는 새벽에 받아 보는 신선 식품의 세계에 빠져들었다. 사과를 들고 오르막길을 오르다 헉헉댔던 날 밤부터였던 것 같다. 수술 후 무거운 걸 들면 안 된다는 점이 허들을 낮췄다. 역시 아이 둘을 키우는 옆집에는 늘 택배 상자가 쌓여 있었고 그중에서도 새벽 배송 박스는 빠지지 않았다.

'어차피 저 집에 매일 오니까 우리가 시켜도 드는 에너지는 비슷한 게 아닌가!'

그렇게 좋은 구실도 찾았다. 자정 전까지만 주문하면 7시에 문 앞에 대령한다니 항암에 좋다는 당근이며 사과며 양배추며 그 무거운 과일 채소를 이고 지고 언덕을 오르지 않아도 된다. 아이들 찬거리도 전날 주문해 다음날 아침 바로 줄 수 있다. 남들에겐 일찌감치 찾아온 '혁신'에 뒤늦게 전도돼 거의 매일같이 주문 버튼을 눌러 댔고 남편도 눈감아 주었다. 그런데 아침에 등교하다 배송 박스를 본 이연이가 물었다.

"엄마, 그럼 이거 배달해 준 사람은 죽는 거야?"

아차 싶었다. 배달을 하는 모든 사람이 죽지는 않는다고 궁색한 변명을 늘어놓았다. 이후로도 쇼핑은 이어졌다. 담당자로서는 옆집보다 우리 집이 주력이 되었으리라.

남편이 또 시켰냐는 시선을 몇 차례 보냈지만 모른 척했다. 어느 날 "그래도 내가 그걸 취재해서 책까지 냈……" 이런 소리를 하는데 나도 모르게 갑자기 발끈했다.

"이봐, 나는 암환자야!"

아무런 논리도 없이 한마디로 제압해 버렸지만 이기고도 찜찜했다. 그날 뉴스를 보다가 남편이 왜 그랬는지 알게 됐다. 쿠팡이 노동자들의 블랙리스트 명단을 가지고 있다는 보도였다. 카메라가 물류 센터를 비췄다. 포장을 서두르라는 지시가 방송을 통해 흘러나왔다.

'내가 밤 11시 57분에 주문을 하는 바람에 새벽에 배송할 물건을 빨리 담느라고 저렇게 압박을 받는 게 아닐까.'

갑자기 마음이 무거워졌다. 끙…… 하는 나를 아이들이 쳐다보자 남편이 대신 설명해 주었다.

"엄마가 요즘 매일 이용하는 쿠팡에 대해 안 좋은 기사가 나와서 지금 마음이 불편해서 그래."

친절한 설명이로구나. 다시 한 번 일관성이란 얼마나 어려운가.

그래, 좀 움직이는 게 좋지. 사다 먹자.

유기농 채소 대신 바퀴가 달린 장바구니를 검색하는데 최저가에 배송이 가장 빠른 건 역시 또 쿠팡에 있었다.

얼음판의 두 자매

아이들과 처음으로 스케이트장에 다녀왔다.

총평: 허이연이 정말 대단했다.

대단하다고밖에는 할 말이 없었다. 계속해서 자빠지면서도 한없이 발버둥 치며 전진하는 아이가 있다면 이연이다. 기우뚱 갸우뚱 이리 넘어지나 저리 넘어지나 싶다가도 기를 쓰며 전진하고 그러다 뱅그르르 돌기도 하고 꽈당 하기도 여러 번, 그래도 어김없이 다시 일어나 아슬아슬 10센티미터씩 앞으로 나아간다. 보다 못한 안전 요원이 다가와 이연이에게 펜스를 잡고 돌라고 조언했다. 이연이는 잠깐 듣는 척하더니 다시 손을 떼고 무조건 전진이다.

"안 무서웠어?"

나중에 왜 펜스를 잡지 않느냐고 했더니 그럼 지루하다고 했다. 넘어져도 안 잡고 앞으로 나아가는 게 좋다며 아빠가 뒤에서 잡아 줘도 잡지 말라고 뿌리쳤다.

반면 재연이는 펜스를 잡고 살살 앞으로 나아갔다. 그게 익숙해지니 아주 조금씩 넘어지지 않을 정도로만 속도를 냈다. 두 시간쯤 지났을까. 둘 다 방식은 다르지만 비슷한 속도로 나아갈 수 있게 됐다. 이 놀랍도록 다르면서 결국은 비슷하게 전진하는 아이들이라니. 전혀 다른 세상끼리의 교집합을 맛본 느낌이랄까.

어느 논두렁 스케이트가 마지막이었다는 남편도 실내 스케이트장

331

은 처음이었다. 금세 적응했지만 제멋대로 전진하는 이연이를 돌보느라 녹초가 되었다. 혀를 차며 또다시 자기 어렸을 때 정확히 저랬다고 말한다. 그제야 뭔가 이해가 됐다. 뭔가를 시작할 때면 잔뜩 힘을 주는 남편은 넘어지더라도 끝끝내 버둥거리며 일어나 또 온 에너지를 쏟는 타입이다. 세상에…… 그런 인간이 또 있을 줄이야.

시간이 갈수록 사람이 늘더니 북적이는 링크장 한구석에서 강습 같은 것이 시작됐다. 지도자의 강압적인 말투가 거슬린다는 남편이 엘리트 체육에 대한 비평까지 나아가는 걸 보니, 이제 집에 갈 시간이라는 생각이 들었다. 취미 부자가 된 두 아이는 각각 머랭과 자기 두 손보다 큰 사각 초콜릿을 손에 들고 돌아오는 차 안에서 외쳤다.

"또 가고 싶어!"

재연이의 첫 전시회

재연이가 니트 원피스를 빨아 달라고 했다. 요즘 치마를 잘 안 입는데 웬일인가 했더니 다음날이 미술학원 전시회 오프닝 날이었다. 팬데믹으로 건너뛰었다가 오랜만에 열리는 행사란다. 생전 처음 해보는 전시에 잔뜩 들뜬 재연이는 니트 원피스를 옷걸이 째 방문에 걸어 두고 잠이 들었다. 다음날 아침, 계란밥을 먹던 재연이가 내게 말했다.

"엄마, 예쁘게 입고 와주면 안 돼?"

"엄마가 예뻐야 입어도 예쁘지."

말은 그렇게 해도 신경이 쓰여서 안 입던 롱코트에 굽 있는 부츠까지 찾아 신었다. 재연이는 모르겠지만 올블랙이라 <매트릭스>의 레오 코스튬 같았다. 그 모습을 본 재연이가 예쁘다고 해주었다. 이제 아이한테까지 '몸 스캔'을 당해야 하다니.

아침에 아빠가 웬일로 코트에 단정한 차림을 하고 회사에 갔다고 했는데 정치인 인터뷰 때문인 것을 알고 있었으나 본인 전시회 때문이라고 생각하는 것 같아 그냥 두었다. 카페에 도착하니 평소보다 서둘러 퇴근한 남편이 꽃다발을 준비해 먼저 와 있었다. '옛날 아빠'처럼 무심한 척 꽃이 엄마 꺼라고 거짓말을 했다. 한참 우리끼리 떠들고 있는데 재연이가 아빠더러 목소리를 낮추라고 타박했다. 소리가 커서 창피했는가 보다. 태생적으로 목청이 좋은 남편의 표정이 구겨졌다.

내가 병원 다녀온 얘기를 했더니 이번엔 내게 핀잔이 날아왔다.

"여기서까지 그런 얘기를 해야 돼? 다른 얘기 하면 안 돼?"

말문이 막혔고, 그럼 긍정적인 화젯거리가 뭐지 생각하다가 아니 이런 말도 못 하나 싶어 나도 기분이 상했다. 부모가 전반적으로 창피해지는, 그 유명한 사춘기의 초입인 걸까? 사진이나 찍기로 했다.

남편 얼굴이 더 굳었다. 생일날 재연이가 법석 떠는 걸 보고도 못마땅해하는 편이라 이런 날이라고 유난인 게 거슬렸을 것이다.

전시 주제는 '선물'이었다. 재연이는 '행운의 고양이'를 그렸다. 일본에 가면 볼 수 있는 손 흔드는 고양이와 닮아 있었다. 우리 가족에게도 행운이 깃들길 바라는 마음에서 그렸다고 했다. 그 마음이 예뻐서 또 스르륵 풀렸다. 몇 달 동안 공들인 걸 알고 있었기 때문에 내 딴에는 호들갑스럽게 칭찬을 해주었다. 남편은 얄밉게 "정말 너 혼자 그렸어?" "진짜?"를 연발하며 재연이 신경을 긁었다. 그래도 꽃다발의 주인이 내가 아니라 자기라는 말에 초승달 눈이 되어 주변도 환해졌다.

"아빠가 나한테 꽃을 선물한 거 처음이야."

딸만큼이나 남편도 '내가 딸에게 꽃을 선물하다니……' 하며 상념에 빠졌다. 난 두 부녀를 보며 고개를 저었다.

이연이는 전시를 보고도 미술에 전혀 관심이 없었고 청포도 주스와 스콘을 흡입하는 데 열중했다. 오늘 저녁만큼은 재연이가 먹고 싶은 걸 먹이고 싶었는데 남편이 이미 메뉴를 점지했다. 치킨 먹는다는 재연이를 설득해 중년 남성들이 꽉 들어찬 감자탕·보쌈집을 갔다. 간만에 조미료의 바다에 빠졌더니 기분이 좋아졌다. 보통 같으면 롱패딩으로 통과해야 하는 추운 날씨에 나로서는 봄에나 입는 얇은 코트를 걸치고 레오 같은 기럭지가 아니라 무리라고 할 수밖에 없는 신발까지 여러모로 불편한 차림이었지만 실없는 농담에 웃고 떠들며 걷다 보니 어느새 집이었다. 겨울밤에도 남편과 아이들의 손이 따뜻했다. 언제까지고 놓고 싶지 않은 온도였다.

결혼기념일 선물

심장 소리가 밖으로도 들릴 것 같았다. 남편이 나를 안심시키려고 시답잖은 이야기를 늘어놓았지만 귀에 들어오지 않았다. 진료실 앞. 예약해 둔 시간을 한참 넘기는 건 익숙해졌지만 진료 자체는 도통 적응이 안 된다. 늘 예상하지 못했던, 새로운 이야기를 듣기 때문이다. 드디어 간호사가 외쳤다.

"임지영 님."

열한 번째 결혼기념일이자 수술 결과를 듣는 날이었다.

나를 보자마자 수술 부위 반창고를 서슴없이 뜯어낸 의사는 손을 움직이면서도 가장 궁금할 만한 것에 대해 말해 주겠다고 했다.

"조직 검사와 마찬가지로 초기이고 재수술은 안 해도 됩니다."

재발을 막기 위해 방사선치료와 호르몬 억제제 복용을 5년 하면 된단다.

뒤에 앉은 남편이 내 어깨를 토닥였다. 뛰던 가슴도 진정됐다. 안도하며 병실을 빠져나왔다. 병원 앞 약국에 들러 처방받은 타목시펜을 샀다. 관절염, 자궁내막증, 탈모, 우울증, 불면증 등 부작용 리스트가 끝도 없이 이어지는 약이다. 자궁암 발생률도 높이기 때문에 자궁도 정기적으로 체크해야 한다. 암을 낮추는 건지 암을 만드는 건지 모르겠다는 생각이 들어 의사에게 먹지 않아도 되냐고 물었다가 환자 선택이지만 재발률을 절반가량 낮춘다고 해서 조용히 처방전을 받아 들었다.

입에 잘 붙지도 않는, 이상한 이름의 세포도 아직 남아 있고 재발이 흔한 병인 만큼 앞으로 긴 '관리의 시간'이 기다리고 있지만 그래도 오늘 하루만은 축제 같은 느낌으로 동네 중국집에 가서 어항가지와 탕수육과 마파두부를 시켜 양껏 먹었다.

열한 번째 기념일의 선물은 수술 결과라고 생각했는데 재연이가 엄마 아빠에게 각각 장미와 카네이션을 선물했다. 재연이 덕분에 크고 작은 기념일이 의미 있는 날이라는 걸 실감한다.

다음날 처음으로 약을 복용했다. 각각 밥과 빵으로 아침을 해결하는 아이들 앞에서 나는 약을 삼켰다. 부작용 중 하나가 감정 기복이니 갑자기 엄마가 다정하지 않게 굴어도 이해해 달라며 여러 예시를 들었다. 가령 평소에는 이렇지만 약을 먹고 나면 막 이렇게 변한다며 표정을 바꾸자 아이들이 깔깔거렸다.

수영장에 가서 오랜만에 동네 엄마들과 수다를 떨고 다음날엔 놀이터에도 갔다. 방사선 치료가 남아 있지만 일상이 회복되는 느낌이었고 무언가 일단락된 것 같았다.

늘 화가 나있는 것 같던 남편도 표정이 많이 누그러졌다. 11년 전 아빠 돌아가셨을 때가 생각났다. 그는 역시 어떤 일이 닥쳐도 결국 나를 웃게 하는 사람이다. 주변 사람들의 크고 작은 호의들도 떠올랐다. 계속해서 집에 뭔가가 배달됐고, 경조사도 아닌데 자꾸 돈봉투가 생겼다. 장문의 응원 메시지를 받고 코끝이 찡해져 잠시 걸음을 멈추기도 했다. 당연하지 않은 이 마음들을 앞으로도 잊지 않으려 한다.

병의 주인공은 질병 그 자체였다. 암세포는 내 안에 있지만 겪는 나는 아무것도 아니다. 스스로 내릴 수 있는 결정은 사실상 없다. 의사의 지시대로 표준 치료를 따라야 한다. 대기에 대기를 거듭하는 동안 의사가 한 말과 한숨의 의미를 곱씹고 진료 시간 단축을 위해 질문 거리를 머릿속으로 정리하고 다른 환우들의 사례를 찾아보는 일밖에 할 수 있는 게 없었다. 최악의 최악을 가정하는 일만 허락되었다. 수술을 마친 뒤에도 그 감각은 좀체 사라지지 않는다. 그래도 끝내 이 병의 주인이 나이기를, 포기하지 않기로 한다.

얻은 게 있다면 살아 있다는 감각 그 자체였다.

매일 밤 잠들기 전 "엄마 잘 자. 사랑해"라고 말하는 아이를 품 안에서 실감할 수 있다는 것만으로도 삶의 이유가 명료해졌다. 내일도 눈뜰 무렵 재연이의 말로 하루를 시작하고 싶다.

"엄마, 뭐 먹고 가?"

빌런이 나타났다

식탁 위에 둔 재연이 핸드폰이 울려서 보니 발신자가 "빌런"이었다. '빌런? 누구지?' 생각하는 사이 사진이 떴다. 이연이다. 우리 부부는 그걸 보고 동시에 웃음을 터뜨렸다.

갑자기 큰소리로 웃거나 괴성을 지르는 통에 영어학원 선생님은 이연이에게 '급발진'이라는 별명을 붙여 줬다. 재연이가 그 얘기를 전하며 같이 다니기 창피하다고 하던 게 생각났다. 급발진 빌런과 퉁명스러운 목소리로 통화하는 재연이를 보며 우리는 작게 수군거렸다.

"우리 집 빌런이 누군데⋯⋯."

요즘 들어 무슨 질문을 해도 삐딱하게 대꾸하거나 어딜 나가자면 무조건 싫다고 하는 재연이는 평소엔 뽀로통한 얼굴을 하고 있다가 뭔가 필요한 게 생길 때만 인상을 펴고 나긋나긋해진다. 너무 사춘기 대접(?)을 해주면 안 되겠다고 생각하다가도, 정말 '호르몬의 마술'이 있나 싶어 갈피를 못 잡고 있다. 어쨌든 인간에 대한 예의는 지켜야 한다고 강조하는데, 입력이 되고 있는지 확신은 없다.

이 모든 게 현실 빌런이 등장하기 전날의 일이다 — 벌써 전생처럼 느껴진다. 휴가를 내고 모처럼 학교에서 돌아온 아이들을 집에서 맞았다. 이연이는 아직(!) 엄마를 보면 반가워하며 뛰어와 폭 안긴다. 차가운 감촉의 패딩까지 한아름 안고 인사를 나눈 뒤 간식으로 팬케이크를 먹였다. 남편이 늦는 날이라 혼자서 애들 저녁을 챙겨 주고 각자의 시간을 보냈다. 노트북을 켜고 늘 듣는 아이돌 음악을 트는 재연이를 보며 다른 노래 없냐고 물으려다가 말았다. 이연이도 언제나처럼 레고와 장난감 칼을 들고 "푸슈푸슈 킥, 으억! 용서하지 않겠다" 이런 소리를 내고 있었다. 평화로운 저녁이었다.

갑자기 핸드폰 진동이 울렸다. 이어서 전화가 온 것처럼 계속해서 진동이 느껴졌다. 전화가 아니라 텔레그램 메시지였다. 카카오톡 대화방에도 불이 났다. '계엄'이라는 단어가 등장했다. 하다 하다 이런 수준의 가짜뉴스까지 돌다니, 현실 파악이 안 된 나는 재연이에게 음악을 끄라고 한 뒤 라디오를 켰다. 익숙한 음성이 들렸다. '그'의 목소리였다. 분명히 "계엄"이라고 발음했다. 북한이 도발이라도 한 걸까, 귀를 기울였지만 아니었다. 대통령의 말이 끝나고 한동안 진행자가 말을 잇지 못했다. 계엄을 선포했다는 말만 반복하더니 다시 한 번 대통령 담화문을 틀었다. 퇴근했던 동료들이 국회로, 회사로 돌아갔다. 모두 당황했는지 메시지마다 오타가 가득했다.

"계엄이라니, 제정신인가?"

도저히 믿기지가 않아 내가 외치는 소리에 재연이가 계엄이 뭐냐고 물었다.

"계엄이 뭐냐면…… 아 그러니까 잠깐만……."

쏟아지는 속보를 좇느라 제대로 설명을 못 해주자 재연이는 검색창을 열었다. 실은 어떻게 설명해야 할지 난감했다. 나도 처음 겪는 일이다. 2024년에 계엄이 선포될 줄 누가 알았을까. 재연이는 검색을 해보더니 말했다.

"안 나오는데, 엄마?"

"계엄의 '계'는 ㅏㅣ가 아니라 ㅕㅣ야."

"아, 그러네…… 근데 엄마. 읽어도 무슨 말인지 모르겠어."

무슨 일이 벌어진 건지 어른들도 잘 모를 때였다. 두서없이 말하다 아이가 겁먹을까 봐 톤을 조절했다. 동네 엄마들 대화방도 불이 나기 시작했다. 당장 어떻게 해야 하는 건지, 아이들을 서울 밖으로 보내야 하는 게 아닌지, 내일 학교가 어떻게 되는 건지 알 수 없어서 우왕좌왕했다. 밖에서 술을 마시다 속보를 보고 부랴부랴 귀가한 남편은 찬물 샤워를 하며 비명을 질렀다. 그리고 밤을 꼴딱 샜다. 시시각각 상황이 변하니 기사가 쏟아졌다. 그렇게 고요한 연말, 산타 대신 역대급 빌런이 우리 집에 쳐들어왔다. 그리고 세상이 뒤집어졌다.

국회의원들이 의사당 담을 넘고, 총을 든 계엄군이 국회 유리창을 깨는 걸 지켜보며 재연이와 이연이가 잠든 방을 힐끔거렸다. 안 그래도 내일을 알 수 없는 사회에서 아이들을 키우는 일이 늘 챌린지 같았는데, 이 거대한 불확실성의 세계를 또 어떻게 통과해야 할지 한숨이 나왔다. 그러다 분노가 치밀었다. 이 밤을, 오늘 하루를, 어쩌면 먼 미래까지 상실한 기분이 들었다.

431분 만에 계엄령이 해제된 새벽, 안도의 한숨을 내뱉다 문득 휴가 때마다 일이 터진다는 생각이 들었다. 재연이를 낳고 육아휴직을 쓰고 있을 때 세월호 참사가 터졌고, 이연이를 낳고 쉴 때 현직 대통령이 탄핵됐다. 이번엔 짧은 휴가였는데 그사이 쿠데타가 실패했다. 한국이라는 나라가 잠깐 사이에도 많은 일이 벌어지는 곳이라는 걸 새삼 깨달으면서도 나라를 생각하면 휴가를 내지 말아야 하나 싶다. 어쨌든 휴가는 반납할 수밖에 없었다.

설핏 잠이 들었다 깨보니 남편이 하룻밤 새 폭삭 늙어 있었다. 재연이도 눈을 뜨자마자 아침 메뉴를 묻는 대신 어떻게 됐느냐고 물었다. 뒤늦게 일어난 이연이는 학교에 가는 거냐고 물었다. 안도하면서도 서운

한 기색이었다. 아침을 어떻게 차려 줬는지 모르겠다. 기사를 읽으면 읽을수록 화가 났다. 계엄사령부 포고령에는 모든 언론과 출판은 계엄사의 통제를 받는다고 되어 있었다. 국회 점령에 성공했다면 그 뒤에는 어떤 세상이 펼쳐졌을까?

전 국민의 수면 부족은 탄핵 소추안이 가결되는 날까지 이어졌다. 영하의 날씨, 여의도 국회 앞 집회 현장에서 취재를 하다 어느 모녀를 만났다. 집회에 처음 나왔다는 이들은 전날 밤을 꼴딱 샜다고 했다. 오늘은 집에 들어가고 싶다며 서로를 마주 보다 누가 먼저랄 것도 없이 말했다.

"들어갈 수 있겠지?"

나이를 묻는 내게 엄마가 49세라고 답하는 걸 본 20대 딸이 말했다. "51이지 무슨 49야" 만 나이라고 대꾸하면서 티격태격하는 둘을 보며 어쩐지 재연이가 생각났다. 자연스레 어머니 편을 들던 나는 세대를 넘어 모녀를 한마음으로 묶어 준 시대의 빌런을 다시 한번 떠올렸다. 시간이 지나면서 국회 앞에 모이는 사람들이 점점 불어났다.

현장에서는 재연이도 알 만한 아이돌 노래가 흘러나왔다. 평시라면 아마 12·3 쿠데타 대신 언론을 도배했을 한강 작가의 노벨문학상 시상식도 그사이 있었다. 스웨덴 현지 기자회견에서 작가는 말했다. "시민들이 보여 준 진심과 용기 때문에 많이 감동했다. 그래서 이 상황이 끔찍하다고만 생각진 않는다."

그날 이후 남편은 한시도 손에서 노트북과 핸드폰을 놓지 못했다. 내 핸드폰은 낡고 느려서 싫다는 아이들이 아빠 핸드폰을 쓰게 해달라고 졸랐다. 잠시 건네면서 무슨 메시지가 울리면 반드시 알려 줘야 한다고 당부했다. 그렇게 받은 핸드폰으로 이연이가 게임을 하다 말했다.

"아빠 텔레파시 왔어."

텔레그램이었다. 다 같이 웃었다. 얼마 만의 웃음인지 모르겠다. 재연이 핸드폰 화면에 '빌런'이 뜬 뒤로 처음인 것 같다. 탄핵소추안이 가결된 날, 송년회를 재개하라는 국회의장의 당부에 우리도 기약 없이 미뤄질 뻔했던 연말 파티 계획을 다시 짜기 시작했다.

제목: 우는 얼굴

괜찮아 잘 될거야.

© 허이연

에필로그

1

초등학교 2학년 이연이가 쓴 일기의 맞춤법을 봐주다가 한 가지 패턴을 발견했다. 결말이 며칠째 똑같았다. 이런저런 일을 겪었지만 결국엔 '괜찮아졌다'로 끝이 났다. '언니가 때려서' '엄마가 장난감을 안 사 줘서' 속상했지만 '아빠가 젤리를 사줘서' '엄마가 안아 줘서' 괜찮아졌다. 선생님이 — 혹은 내가 — 읽는다는 걸 의식한 걸까. 목격한 것과는 다른 결말이었다. 내용 전개와 무관한, 급격한 해피엔딩을 보며 생각했다. '글은 그렇게 봉합될 수 있지만 일상은 그렇지 않을 텐데.'

기억력이 좋지 않은 나는 죽을 때까지 잊지 못할 거라고 생각한 일도 곧잘 잊는 편이다 — 그런 생각을 했다는 사실만 가끔 기억한다. 성큼성큼 자라는 아이의 빛나는 장면도 그렇게 잊고 말 거라 생각하니 아쉬웠다. 일기를 쓰기로 했다. 지나고 보니 빛나는 순간을 포착하기보다는 주로 화를 삭이는 용도였다. 아이들이 잠든 뒤 가까스로 이불에서 빠져나와 키보드를 마구 두드리다 보면 금세 한바닥을 채웠다. 울퉁불퉁해진 마음이 조금 편평해지는 느낌이었다. 그제야 졸음이 몰려왔다. 험한 말을 지우고 급하게 마무리를 했다. 그래도 곁에 아이가 있어서, 보드라운 살결을 매만질 수 있어 다행이라고 하루의 끝을 매끈하게 봉합했다. 나는 그렇게 아이가 잠들고 나서야 아이와, 그리고 아이를 미워하던 나와 화해할 수 있었다. 며칠이 아니라 몇 년씩 반복되는 패턴을 돌아보며 애 일기를 뭐랄 게 아니라는 생각이 든다.

그래서일까. 하루하루가 간단치 않다고 생각했는데 모아 보니 지나치게 평화롭다. 비유하자면 '마라맛인 줄 알았는데 맵기 0단계인 건에 관하여.' 정상 가족 신화를 비판해 왔으면서, 막상 내가 꾸린 가정이 가족제도가 선호하는 4인 가구의 전형인 것 같아 계면쩍다. 그저 내향인 넷이 모여 뜻하지 않게 — 친구가 가족뿐이라서 그렇다 — 가족주의를 실천하게 되었다고 말하면 좋겠지만 우리의 선택이 사회의 입김과 무관하지 않다는 걸 깨닫는다.

부모로서 남편과 나는 항상 어설펐다. 무언가를 결정할 때도 아이보다 성인인 우리 둘을 우선시한 것 같다. 그렇게 해도 아이들이 조금씩 중심을 치고 들어왔다. 어떤 이들에게는 자격 미달 부모의 일화가 아슬아슬하게 느껴질지도 모르겠다. 그래도 혹여나 어느 한 시절이 영원할 것 같아 허둥거릴 부모에게 위안이 되면 좋겠다 — 이런 우리도 지나왔습니다! 해질녘 아이를 옆에 두고 안도감과 쓸쓸함을 동시에 느끼는 한 여성에게 가닿는 상상도 해본다. 아이와 이웃한 사람들에게는 동시대를 살아가는 어떤 이의 시선으로 읽히길 바란다. 다양한 형태의 가족, 그 안에서 혹은 밖에서 고된 하루를 보내고 있을 아이와 누군가의 아이였던 어른들을 응원한다.

2

한때는 내 이름이 너무 성의 없다고 생각했다. 오빠 이름은 왜 작명소에서 짓고 나는 아빠가 지었는지 따져 묻기도 했다. 너무 흔한 이름을 가져 줏대 없이 우유부단한 게 아닐까 하고 이름 탓을 했다. 글을 정리하면서 시대의 보편을 품고 있는 이 이름에 이제야 정을 붙인다. 육아일기에서 출발했으나 '80년대생 지영'의 기록이기도 하다. 첫 출산 당시의 나와 지금의 나는 같으면서 또 다르다. 글을 정리하다 낡은 생각에 갇힌 나를 발견하고 여러 번 놀랐다. 그사이 세상이 많이 바뀌었다는 걸 실감했다. 상이라도 엎어야 하는 무수한 순간, 내가 꾹 참고 지나는 바람에 세상이 더디게 변하는 것 같아 늘 부채감이 있었다. 특별할 것 없는 '엄마'의 이야기를 책으로 출간할 수 있게 된 배경에는 나와 달리 각자의 방식으로 상을 엎은 여성들이 있었기 때문이라는 걸 안다. 그들에게 빚진 글이다. 침범하기도 침범당하기도 싫어 한껏 움츠려 있던 나는 수시로 선을 넘는 생명체와 지지고 볶으며 조금 달라졌다. 낯선 이의 악의 없는 침범에 한결 너그러워졌다. 기꺼이 타인과 영향을 주고받고 싶다.

3

어느 날 밤, 자려고 누웠는데 첫째가 물었다.

"근데 엄마, 내 얘기인데 내 허락은 받아야 하지 않아?"

처음에 책 얘기를 꺼냈을 때 "그런 얘길 뭐하러?" 정도의 반응이었는데, 기억도 나지 않는 어릴 적 일들을 꼬치꼬치 물어보니 그런 생각이 들었나 보다.

"엄마가 겪은 일이기도 하지만 네가 등장하는 이야기니까 원하지 않으면 하지 않을게."

이렇게 답하면서도 약간 긴장이 됐는데, 아이가 배시시 웃으며 말했다.

"아니야, 해. 나의 위대한 업적을 세상에 남겨 줘."

안도했지만 업적이라는 단어의 의미를 아는 걸까 의심스럽긴 하다. 요즘 아이는 사춘기의 초입을 지나고 있다. 목소리 큰 아빠와 동생이 창피해 함께 걸을 때 거리를 둔다. 팔짱을 끼고 미간을 찌푸리는 횟수가 늘고 있다. 더 시간이 지나면 이 책이 세상에 나오는 걸 허락하지 않을지도 모른다. 역시 인생은 타이밍이다.

둘째도 책 낼 결심을 도왔다. 일기는 블로그에나 쓰라는 말을 듣지 않을까 — 평소 내가 했던 말이기도 하다. 후회한다 — 아무래도 망설여졌다. 그즈음 마침 학교에서 돌아온 아이가 별일 없었냐는 아빠의 질문에 이렇게 답했다.

"아빠, 아무 말도 하지 않으면 아무 일도 일어나지 않아."

세상의 이치를 깨우친 '인간' 같았다. 그래서 학교에서 아무 말도 안한다고? 해맑게 긍정하는 아이를 보며 부모로서 복장이 터졌지만 그 말 덕분에 의외로 한 발 나아갈 수 있었다.

끝내 해피엔딩이 아니더라도 일은 벌어지는 게 낫다고 생각한다. 이 작은 이야기가 세상과 만나길 바라게 되었다. 아프고 난 뒤, 그 바람이 좀 더 강해졌다. 말하기를 선택함으로써 벌어질 일들을 기대하고 있다. 재연이와 이연이가 어떻게 읽을지 두렵고 설렌다. 멍게의 맛처럼 낯설고 비릿하고 시원하고 쓰다가 이따금 달콤한, 이 오묘한 '엄마의 세계'를 선물해 준 아이들에게 감사하다. 이 이야기가 우리의 전부는 아니며, 혹 어긋나는 기억이 있다면 너그러운 용서를 구한다.

에필로그

4

　실은 가족 이야기를 좋아한다. <가족의 탄생> <어느 가족> <미스 리틀 선샤인>처럼 조금 다른 형태의 가족 이야기에 마음이 많이 움직였다. 처음엔, 기자로 산 게 15년인데 책에서는 왜 '육아'와 '가족' 얘기인가 자괴감이 들기도 했지만 무엇보다 좋아하는 가족 서사라 다행이다. 가족이라 부르지만 바꿔 말하면 지지자다. 나의 가장 오랜 지지자인 엄마와 돌아가신 아빠, 그리고 오래전 내게 노트북을 선물함으로써 이 책의 탄생을 가능하게 한 오빠에게 깊이 감사한다. 집안에 들어선 순간 마음이 놓이는 기억 자체가 얼마나 귀한 것인지, 내가 얼마나 운이 좋은 편이었는지 아이를 키우며 알게 되었다. 12년 전, 나의 가족이 되어 남들은 전혀 모르는 내 감정 기복을 온몸으로 받아 준 허환주에게 애정의 마음을 전한다. 이 책을 편집해 준 진실 언니에게는 고맙다는 말로 부족하다. 깜냥이 아닌 것 같아 내내 미심쩍었으나 혜안을 믿고 따라갔다. 아이를 키우며 받은 선물 중 가장 기억에 남는 건 언니가 만들어 준 포토북이다. 만날 때마다 틈틈이 찍어 둔 아이들 사진으로 꽉 찬, 세상 어디에도 없는 책이었다. 부모도 준 적 없는 마음, 그런 호의가 아이들을 키웠다. 또 어떤 시간을 버틸 수 있게 해주었다. 이 책은 내가 살면서 받은 선물 중 아이들 다음으로 크다. 그 또한 다 언니 덕분이다.

엄마는 저에가 장큰보
물이에요. 사 랑하요.
정말 정말 사 랑해고 감사
합니다. 행복하세요.
저이 가있어도 행복하세요. 재연올림

엄마.
그동안 수고한
딸 이윤. 저는 끈기 없는 엄마
가들 이윤.

엄마 사랑해요. -이윤-

멍게의 맛
두 딸을 키우며 생각한 것들

지은이. 임지영   1판 1쇄. 2025년 1월 13일

펴낸이. 정민용·안중철   펴낸 곳. 후마니타스(주)
책임편집. 이진실   등록. 2002년 2월 19일 제2002-000481호
편집. 윤상훈   전화. 02-739-9929, 9930
                                         메일. humanitasbooks@gmail.com
                                         블로그. blog.naver.com/humabook
인쇄. 천일인쇄   SNS. f ⓞ /humanitasbook
제본. 일진제책   주소. 서울시 마포구 신촌로14안길 17, 2층(04057)

값 18,000원   ISBN 978-89-6437-472-6 03800